# DIE SCHATTEN DER BOURBON STREET

## STREET

JADE CALHOUN SERIE, BUCH 5

DEANNA CHASE

Übersetzt von
ANNA DRAGO

BAYOU MOON PRESS, LLC

# ÜBER DIESES BUCH

Die New York Times-Bestsellerautorin Deanna Chase bringt Ihnen das fünfte Buch der Jade Calhoun-Reihe.

Einen neuen Job anzufangen ist nicht leicht, ... besonders, wenn der Boss kein Problem damit hat, eine Hochzeit zu stören.

Nach einem Jahr im Kampf gegen Geister und Dämonen heiratet die weiße Hexe Jade Calhoun endlich den Mann ihrer Träume. Oder doch nicht? Minuten bevor Jade und Kane „Ja" sagen können, erscheint der Hohe Engel mit einer Mission für die neuen Schattenwandler. Das Leben einer anderen Hexe steht auf dem Spiel, und es ist an Jade und Kane, sie zu retten.

Angesichts eines schwarzen Magiers, der eine von Jades Freundinnen vernichten will, mehr Dämonen, die ihr Unwesen treiben, und einem Incubus, der nicht gefunden werden will: Können die fast Frischvermählten die Hexe retten und ihr eigenes Happy End bekommen?

# KAPITEL EINS

*D*unkle Vorahnungen waren nicht die Emotion, die eine Frau Minuten, bevor sie den Gang zum Altar hinuntergehen sollte, erleben will. Doch genau die strömten von Lailah, meiner Seelenhüterin, aus. Ich zog den Rock meines silbernen Hochzeitskleides hoch und ging mit aller Lässigkeit, die ich aufbringen konnte, zu ihr. „Was ist los?", flüsterte ich.

„Hm?" Sie blickte erschrocken von ihrem Smartphone auf.

Mom beobachtete uns von der anderen Seite des Schlafzimmers. Wir waren oben im Schlafzimmer, um letzte Hand anzulegen, bevor meine Hochzeit im Summer House beginnen sollte, dem Haus im Süden von Louisiana, das ich von Kane als Hochzeitsgeschenk bekommen hatte. In der kleinen Stadt Cypress Settlement gelegen war es seit Jahren im Besitz seiner Familie und der Ort, an dem auch seine Großeltern geheiratet hatten. Ich setzte ein Lächeln auf, winkte ihr zu und tat so, als wäre alles in Ordnung. Der Ausdruck auf ihrem Gesicht wurde weicher, und sie wandte sich wieder ihrem Make-up zu.

„Du strahlst eine Stimmung aus, die Hunde zum Weinen bringen würde", sagte ich.

Lailah strich sich eine Locke honigblonde Haare hinter ihr Ohr, und jetzt haftete Verzweiflung an ihr, als sie sich zu einem Lächeln zwang. „Ich mache nur meinen Job. Nichts, über das du dich sorgen solltest."

Ich konnte spüren, wie sie versuchte, Freude und Aufregung heraufzubeschwören, um das zu verbergen, was sie so in Aufruhr versetzte. Doch sie konnte ihre Gefühle nicht vor mir verbergen, schließlich war ich eine Empathin. „Versuch das nicht mit mir", schalt ich sie sanft. „Irgendwas ist. Ist es Kane? Er ist hier, oder?" Vor fünf Minuten war ich vollkommen in Ordnung gewesen, bereit, mich an den Mann zu binden, der durch all den Wahnsinn, der im letzten Jahr passiert war, an meiner Seite gewesen war. Jetzt war mir übel. Was, wenn er entschieden hatte, dass ich doch zu viel Ärger bedeutete? Dass er sein Leben besser mit einer normalen Frau verbringen wollte? Keiner Hexe/Empathin mit Engelsblut.

„Natürlich ist er das", sagte sie mit vor Überraschung weit aufgerissenen Augen. „Warum sollte er nicht hier sein?"

Ich holte tief Luft und presste meine Hand an meine Brust. „Tut mir leid. Nur eine vorübergehende Brautpanik."

Sie lachte und mehr ihres inneren Aufruhrs entglitt ihr. „Ich denke, das können wir gerade so durchgehen lassen. Mach dir keine Sorge. Alles ist gut. Versprochen."

„Berühmte letzte Worte."

Die Tür flog mit einem Knall auf, und die kleine Ansammlung gerahmter Fotos, die an der Wand hingen, klapperte. „Jade", keuchte Kanes Mutter, während sie das halbe Dutzend Mardi Gras-Perlenstränge befingerte, die um ihren Hals hingen. Das hätte mich nicht gestört, wenn an einer davon nicht blitzende Penisse gehangen hätten. An jedem anderen Tag hätte ich gelacht, doch an meinem Hochzeitstag wusste ich das nicht zu schätzen und musste einen finsteren Blick zurückhalten. „Du siehst fantastisch aus, Darling."

Sie trug ein knallrotes, tief ausgeschnittenes, enges Seidenkleid, das für eine Frau in den Sechzigern mehr als ein paar Zentimeter zu kurz war. Ihr Lippenstift, dessen Farbton perfekt passte, war auf einer Seite ein wenig verschmiert, als hätte sie kurz zuvor mit jemandem rumgemacht. Was war das hier? Eine Studentenverbindungsparty?

„Danke, Shelia." Ich machte einen weiteren Schritt auf Lailah zu und hoffte, eine weitere der unvermeidlichen knochenbrechenden Umarmungen vermeiden zu können, die sie mir heute schon fünfmal zuteil hatte werden lassen. Doch ich hatte kein Glück. Sie stürzte zu mir, und ein starker Geruch von Rum ging von ihr aus.

Lailah schenkte mir ein mitfühlendes Lächeln. „Ich werde nachsehen, wie weit sie unten sind."

Ich funkelte sie über Shelias Schulter hinweg an und formte mit den Lippen: *Verräterin*.

„Shelia!", rief Pyper, als sie an Lailah vorbei ins Schlafzimmer kam und einen eleganten, feminin geschnittenen Smoking trug. „Kane hat gerade nach dir gesucht. Es ist Zeit für die Mütter, ihre Plätze einzunehmen." Sie hielt inne und betrachtete meine zukünftige Schwiegermutter. „Bist du schon wieder draußen gewesen und hast für Perlen blankgezogen?"

Shelia grinste und berührte einen der Plastikpenisse. „Es ist Mardi Gras. Was soll ich sonst tun, während ich darauf warte, dass dieser Rummel losgeht?"

Pyper lachte, doch als sie mein Gesicht sah, hustete sie. „Vielleicht ist es besser, bis nach der Zeremonie zu warten, um an den Paraden teilzunehmen."

„Jetzt bin ich ja hier, oder nicht?" Shelia nahm eine weiße Perlenkette von ihrem Hals, an der drei kleine Bierflaschen befestigt waren. Dabei verrutschte ihr Kleid, und Pyper und ich durften einen Blick auf ihre BH-lose Brust werfen. Ich schloss kurz meine Augen und betete um Geduld. Kane hatte mir gesagt, seine Mutter sei ein bisschen ... interessant. „Ich habe nichts verpasst", fuhr Shelia fort. „Jedenfalls war ich da draußen, um Perlen für Jade zu besorgen. Sie kann ihre Hochzeit nicht am Mardi Gras-Wochenende feiern und keine Perlen tragen." Sie kam auf mich zu, die Perlen in beiden Händen, als wollte sie mir den Strang umlegen.

„Whoa." Ich hob meine Hände. „Ich trage schon Perlen." Ich berührte die zarte Blumenkette aus Glasperlen, die ich speziell für die Hochzeit angefertigt hatte. Alle meine Brautjungfern trugen eine ähnliche Kette. Ich hatte Pyper eine Kette mit runden Perlen gegeben, die zu den Manschettenknöpfen passten, die ich für Kane gemacht hatte.

„Und sie ist wunderschön", sagte Shelia. „Aber die haben nichts mit Mardi Gras zu tun." Sie lachte. „Komm schon, Jade. Mach dich ein bisschen locker."

Ich stand wie erstarrt da, als sie mir die klebrigen Perlen über den Kopf zwang.

„Perfekt! Jetzt sind wir startklar." Sie lächelte zufrieden, und als sie aus dem Raum sauste, wiegten ihre Hüften so stark, dass ich überrascht war, dass sie sich dabei nicht den Rücken verrenkte.

„Heilige Scheiße", sagte Pyper und strich ihr pechschwarzes Haar glatt. „Sie ist schlimmer, als Kane gesagt hat."

„Jade!", rief meine Mutter, als sie herbeieilte. „Was ist das denn?"

„Ein Geschenk von Hurricane Shelia." Ich ließ mich auf eine Ottomane sinken, doch Mom packte meine Arme, um mich daran zu hindern.

„Oh nein. Du wirst dein Kleid zerknittern." Mom führte

mich zur Tür. „Warte hier. Dein Vater wird in einer Minute hier sein, um dich zu holen."

„Okay." Zu diesem Zeitpunkt war alles, was mich interessierte, Kane zu sehen.

Mom musterte mich noch einmal, warf einen finsteren Blick auf die Plastikperlen und riss sie dann, wobei sie mir beinahe mit einer Mini-Bierflasche eines meiner Augen ausstach.

„Autsch!", protestierte ich.

„Tut mir leid, Süße, aber denk an die Bilder." Als sie den Flur hinuntereilte, klapperten ihre Absätze auf den alten Holzböden.

Pyper legte mir eine Hand an den Arm. Ihre stille Heiterkeit überkam mich, und meine Stimmung hellte sich sofort auf. Sie schüttelte den Kopf. „Familie. Sie sind beide verrückt."

Ich lachte, als ihr Humor all die Befürchtungen wegwusch, die sich in den letzten paar Minuten aufgebaut hatten. „Ich bin mir ziemlich sicher, dass Shelia die Krone zusteht."

„Stimmt." Pyper hob die Perlen auf, die Mom auf den Boden geworfen hatte, und zog sie sich über den Kopf.

Ich warf ihr einen entsetzten Blick zu. „Bilder. Schon vergessen?"

„Oh, Jade", imitierte sie Shelias Stimme. „Mach dich locker. Es ist eine Party."

„Hey!", sagte Kat, als sie den Raum betrat. „Wo sind meine Perlen?"

„Niemand hat was von Mardi Gras-Perlen gesagt", sagte Lailah, als sie ihr ins Zimmer folgte.

„Es gibt keine Perlen. Niemand außer Shelia trägt Perlen." Ich wandte mich Pyper zu. „Nimm diese kitschigen Dinger sofort runter, bevor ich dich mit einem Zauber dazu zwinge."

„Mann", sagte sie und tat, was ich verlangte. „Du musst kein

Brautzilla sein." Zwinkernd warf sie sie auf die Kommode. „Wenn du sie während des Empfangs trägst, wird das Shelia vielleicht besänftigen."

„Nachdem die Zeremonie abgeschlossen ist und die Fotos erledigt sind, kann jeder tragen, was er will, aber schau mich nicht an. Ich trage *diese* Kette nicht. Ich mag lieber Wein. Es sei denn, wir reden über Guinness." Ich schnitt eine Grimasse. „Ich trinke kein Budweiser."

„Snob." Pyper streckte ihre Zunge heraus, und wir kicherten alle.

„Oh ja", sagte ich. „Einsicht ist der erste Schritt zur Besserung."

„Ich hasse es, eure Party zu stören, Jade, aber es ist Zeit." Lailah streckte ihre Hände aus. „Lasst uns einen Kreis machen, und wir können den Zauber beginnen."

Alle wurden ernst, und wir gehorchten.

„Nichts wird diese Hochzeit stören", fuhr Lailah fort. „Nicht, wenn ich etwas zu sagen habe."

Der Zauber war mein Hochzeitsgeschenk von meinem Schutzengel. Da ich eine Neigung dafür zu haben schien, Ärger anzuziehen, war mein einziger Wunsch, dass Kane und ich die Zeremonie und den Empfang danach in Frieden feiern konnten. Und bei meiner Vorgeschichte wollten wir kein Risiko eingehen.

Wir vier standen im Kreis und hielten uns an den Händen, als Lailah sang: „Vier zu eins und eins zu vier, vereine unsere Kräfte in alle Ewigkeit und jetzt und hier."

Ein Prickeln ging von ihren Fingern zu meinen über, lief durch mich hindurch und in Kats Finger in meiner anderen Hand. Sie stieß ein leises Keuchen aus und griff fester zu.

„Von Norden nach Süden und von Osten nach Westen binden wir unsere Herzen an dieses Haus. Über unsere Freunde. Über diesen Tag. Niemand darf ungebeten dieses

Land betreten. Lass den Tag voller Liebe, Lachen und Freude sein. Von eins zu vier und vier zu eins, unser Wille geschehe."

Wir alle wiederholten die letzten Worte: „Unser Wille geschehe."

Der Funke zischte noch einmal durch unsere Finger. Dann legte sich eine völlige Ruhe über meine Nerven, und mein Herz füllte sich mit all der Liebe, die von meinen Freundinnen ausging.

„Es ist perfekt", sagte ich zu Lailah.

Sie zuckte mit den Schultern und täuschte Lässigkeit vor, doch selbst wenn ich das Glück und den leichten Stolz nicht hätte spüren können, die direkt unter ihrer Oberfläche strahlten, hätte ich nicht geglaubt, dass es ihr egal war. Ich kannte sie besser. Lailah behielt ihre Gefühle gerne für sich, und der einzige Grund, warum ich sie spüren konnte, war, dass wir früher eine psychische Verbindung hatten. Die war jetzt weg, doch ihre Gefühle kamen immer noch laut und deutlich durch.

Ich schlang meine Arme um sie und umarmte sie fest. „Danke."

Als wir uns voneinander lösten, grinste sie. „Gern geschehen. Jetzt lass uns dich verheiraten."

Ein Klopfen, gefolgt von Luciens Stimme, drang durch die Tür. „Jade? Es ist Zeit."

„Das ist mein Stichwort." Pyper gab mir einen Kuss auf die Wange. „Wir sehen uns in ein paar Minuten."

Lucien, mein Stellvertreter im Zirkel von New Orleans, trug einen schwarzen Anzug und eine silberne Krawatte und wartete darauf, Pyper an Kanes Seite zu eskortieren.

„Bist du bereit, schöne Frau?", fragte er sie, doch bevor sie antworten konnte, wanderte sein Blick zu Kat. Sehnsucht huschte über sein Gesicht, machte jedoch schnell Schuldgefühlen Platz. Ich wollte etwas sagen, irgendetwas, um sein Leiden zu lindern, doch was hätte ich sagen können? Tut mir leid, dass du in meine beste Freundin verliebt bist, und wenn du in ihrer Nähe Magie anwendest, könnte es sie töten? Nein. Er musste sicherlich nicht daran erinnert werden. Nicht, nachdem sie letzten Monat beinahe gestorben wäre. Er litt genug.

„Du siehst auch sehr gut aus", sagte Kat und strich mit der Hand über eines seiner Revers.

Sein Lächeln wirkte gequält. Kat wusste, dass er Gefühle für sie hatte. Die hatte sie auch für ihn, und sie war nicht allzu begeistert davon, dass er Abstand hielt.

„Heb einen Tanz für mich auf", fuhr sie mit einer so verführerischen Stimme fort, dass ich rot wurde.

Ich schnitt Pyper eine Grimasse.

Ihre Augen weiteten sich, und sie nickte mir kurz zu, um anzuzeigen, dass sie sich darum kümmern würde. „Alles klar. Lucien, lass uns gehen, bevor Kane jemand anderen hochschickt, um mich zu finden." Pyper hakte sich bei ihm unter und zog Lucien den Flur entlang, ohne ihm eine Chance zu geben, noch etwas zu sagen.

Kat seufzte. „Eines Tages wird er seine Ängste überwinden."

„Kat, Honey", sagte ich. „Er versucht nur, dich zu beschützen. Und ehrlich gesagt bin ich froh. Nach dem, was passiert ist …"

Sie hob ihre Hand. „Das reicht. Wir haben das schon durchgekaut. Er zaubert gerade nicht, und solange er es nicht tut, besteht keine Gefahr für mich."

„Er ist ein Hexenmeister. Manchmal geschieht Magie, ohne dass wir es überhaupt wollen."

„Jade hat recht", stimmte Lailah zu. „Hexen sind unter den besten Umständen unberechenbar …"

„Okay, okay!", jammerte Kat und hob kapitulierend beide

Hände. „Ich hab's begriffen. Lassen wir das jetzt. Wir haben eine Hochzeit zu feiern." Sie lächelte mich an, eine wahre und aufrichtige Geste, die gegen die Traurigkeit ankämpfte, die ihr Herz ausstrahlte.

„Oh, Kat", sagte ich und legte einen Arm um sie. „Alles wird gut. Du wirst sehen." Ich sagte die Worte, hatte aber keine Ahnung, wie wir Luciens Fluch loswerden sollten. Meine Mentorin Bea, Lailah und ich hatten wochenlang versucht, etwas zu finden, das ihn aufheben würde, doch ohne Erfolg.

„Halt!" Sie zog sich von mir zurück und warf mir ihren Leg-dich-nicht-mit-mir-an-Blick zu. „Hochzeit." Sie tippte an ihr Ohr. „Hörst du das?"

Die ersten Töne der Hochzeitsmusik schwebten die große Treppe hinauf.

Sie lächelte, doch Tränen glitzerten in ihren haselnussbraunen Augen, als ich mich zu einer Umarmung vorbeugte. „Ich hab dich lieb", sagte sie.

„Ich dich auch. Jetzt fang bloß nicht an zu heulen, sonst bin ich auch erledigt."

Sie schniefte und ging dann los, um einen von Kanes Trauzeugen am oberen Ende der Treppe abzuholen. Lailah drückte meine Hand und folgte ihr.

Ich nahm mir eine letzte Minute Zeit, um meine Haare und mein Make-up im Spiegel zu betrachten, bevor ich mir meinen schlichten weißen Rosenstrauß nahm und in den Flur trat.

„Hallo, Baby", sagte mein Vater. Nun, mein Stiefvater, Marc. Er war der Mann, der mich großgezogen hat, bis meine Mutter ihn zwang wegzugehen. Mein leiblicher Vater Drake war irgendwo hier, doch wir hatten keine Beziehung außerhalb meiner Aktivitäten in der Engelswelt – genauer gesagt, meinem Job als Schattenwandler, den ich beginnen sollte, sobald Kane und ich aus unseren Flitterwochen zurückkamen.

Wir standen uns nicht nah. Wir mochten uns nicht einmal besonders. Trotzdem war ich froh, dass Drake beschlossen hatte zu kommen. Immerhin war er mein Vater.

„Was ist?", fragte Marc.

„Hm?" Ich hakte mich bei ihm unter. „Nichts."

„Das ist nicht wahr. Ich kann deine Sorge spüren."

„Das kannst du?" Ich drehte mich zu ihm um und ließ meine Sicht verschwimmen, sodass ich seine Aura sehen konnte. „Du bist kein Empath. Deine Aura ist blau. Keine Spur von Violett."

Er schmunzelte. „Ich muss kein Empath sein, um zu wissen, was mit dir los ist, Jade. Ich habe geholfen, dich großzuziehen, erinnerst du dich? Ich kann deine Stimmungen deinem Gesicht ansehen."

Ich atmete scharf ein. „Ich sehe verunsichert aus?"

„Nein. Nicht wirklich. Du siehst umwerfend aus, aber genau hier ist diese winzige Falte." Er strich mit seinem Zeigefinger über meine Stirn. „Sie zeigt sich nur, wenn dich etwas beunruhigt. Und gerade jetzt ist sie da."

Ich rieb mir die Stirn und versuchte, die Haut zu glätten.

„Willst du mir sagen, was es ist?", fragte er.

Ich lehnte mich an ihn und mochte es, dass ich endlich eine Vaterfigur hatte, auf die ich mich verlassen konnte. Er war groß und schlank mit einer Spur Grau im blonden Haar. „Ich weiß nicht, wirklich. Lailah hat sich Sorgen wegen irgendwas gemacht, und ich werde das Gefühl nicht los, dass etwas nicht stimmt und es mir den Tag ruinieren wird."

Er strich mit einer Hand sanft über meinen nackten Arm. „Bei all dem verrückten Mist, den ihr beide im letzten Jahr durchgemacht habt, ist es natürlich, am großen Tag besorgt zu sein. Aber versuch, dir keine Sorgen zu machen. Alles ist gut. Und du hast diesen Zauber, den ihr vier gerade gesprochen habt. Ich wette, das ist nur Nervosität."

„Das hoffe ich."

„Das ist es", sagte er. „Glaub mir."

Marc führte mich den Flur hinunter und blieb ein paar Meter, bevor wir am oberen Ende der großen Treppe in Sicht kamen, stehen. „Das ist dein Moment. Bist du bereit?"

Mein Herz schien zu explodieren. Unser Tag war endlich da, trotz der Geister, der Dämonenangriffe und der Tatsache, dass ich fast gestorben wäre, als meine Seele gespalten worden war. Kane war die ganze Zeit an meiner Seite geblieben, und ich konnte es kaum erwarten, den Rest meines Lebens mit ihm zu verbringen.

Die Musik wechselte zum traditionellen Hochzeitsmarsch, und Tränen stiegen mir in die Augen, als wir an die Treppe traten. Ein leises Raunen ging durch die Menge unten, doch das Einzige, was ich sah, waren Kanes liebevolle Augen, die zu mir aufblickten.

Ich schwebte die Treppe hinunter, alle Vorahnungen vergessen. Die Liebe im Raum hüllte mich ein und füllte mein Herz bis zum Platzen.

Als der Pastor fragte: „Wer übergibt diese Braut?", antworteten sowohl Mom als auch Marc. Damit hatte ich nicht gerechnet. Bei den Proben hatten wir mit Marc geübt, doch ich fand es schön, dass Mom sich auch zu Wort gemeldet hatte. Endlich hatte ich das Gefühl, eine richtige Familie zu haben. Ziemlich gestört, ja, aber eine, die sich bedingungslos umeinander kümmerte. Das war in Ordnung für mich.

Kane sah mich bewundernd an und streckte mir seine Hand entgegen. Marc beendete die Übergabe, indem er meine Hand in die von Kane legte. Seine Finger schlossen sich sofort um meine, und meine Knie wurden weich von der schieren Emotion, die von ihm ausging. Es war der schönste Augenblick meines Lebens.

Der Pastor sprach ein Gebet, gefolgt von einem Erdsegen.

Kane lächelte mich an und nickte ganz leicht mit dem Kopf in Richtung seiner Mutter. Ich hätte beinahe gelacht, weil ich wusste, dass sie wegen des Erdsegens wahrscheinlich den Verstand verlor. Sie hatte mir mindestens fünfmal erklärt, wie deplatziert das in der Hochzeitszeremonie sei. Doch ich war eine Hexe. Und es konnte keine Hochzeit ohne Erdsegen geben. Nachdem er sich geräuspert hatte, fuhr der Pastor mit unserer christlich-heidnischen Hochzeit fort. „Wenn irgendjemand hier einen Grund kennt, warum diese beiden nicht im heiligen Stand der Ehe vereint werden sollten, dann möge er jetzt sprechen oder für immer schweigen."

Stille.

„Ausgezeichnet –"

Ein lauter Knall hallte durch den Ballsaal, gefolgt von einem strahlenden weißen Lichtblitz. Ein kollektives Keuchen ging von unseren Freunden aus, und Kane trat sofort vor mich, um mich abzuschirmen.

Ich wusste, dass es Instinkt war, also trat ich einfach hinter ihm hervor, anstatt mich zu ärgern, und fand meinen biologischen Vater und seine Gefährtin, Chessandra, den Hohen Engel, im Mittelpunkt zwischen uns und unseren Gästen. Wut stieg aus den Tiefen meiner Seele auf. Was zum Teufel taten sie, und warum trugen sie ihre goldbestickten Ratsroben?

Bevor ich etwas sagen konnte, wedelte der Hohe Engel mit der Hand, tauchte den gesamten Raum in ein blaues Licht und sagte: „Jade Calhoun und Kane Rouquette, ihr werdet hiermit sofort in die Schattenwelt berufen."

„Was? Jetzt?", protestierte ich. „Wir sind im Begriff zu heiraten."

Chessandra warf uns einen gefühllosen Blick zu. „Planänderung."

# KAPITEL ZWEI

*D*er Raum wurde schwarz, und als sich meine Augen daran gewöhnt hatten, waren wir nicht mehr im Summer House – zumindest nicht in dem, in dem unsere Hochzeitsgäste waren. Nein, dieses hier war baufällig, mit Schlingpflanzen, die an den rissigen Wänden wuchsen, und Putz, der von der Decke fiel. Eine traurige Leere hing in der Luft, so dick wie ein heißer, schwüler Tag.

„Was zum Teufel soll das?", fragte Kane mit angespannter und gefährlicher Stimme.

Chessandra sträubte sich. „Achte auf deinen Ton, Traumwandler."

Mein Vater trat einen Schritt vor und streckte eine Hand in einer beschwichtigenden Bewegung aus. Er war ausgesprochen gepflegt, doch sein Gesicht war eingefallen, als hätte er seit Tagen nicht geschlafen. „Einen Moment. Wir sollten uns erst einmal alle beruhigen."

„Uns beruhigen? Hast du sie noch alle?", keifte ich, als Kane seine Hand fester um meine schloss. „Seht uns an. Ihr habt unsere Hochzeit ruiniert! Und was ist mit unseren Gästen?

Werden die nicht ausflippen, weil Kane und ich einfach verschwunden sind?"

„Lailah und Beatrice können einen Illusionszauber wirken. Sie werden denken, dass die Hochzeit nie angefangen hat. Ihr könnt die Details später ausarbeiten." Chessandra schritt durch den Raum und wirbelte dabei Staub auf. Sie blieb vor einem zerbrochenen Fenster stehen und blickte hinaus.

„Das hätte nicht passieren dürfen", sagte ich zu Kane. „Wir haben einen Schutzzauber gewirkt. Niemand hätte in der Lage sein sollen, ihn zu durchdringen."

Mein Vater räusperte sich. „Ich war eingeladen, erinnerst du dich? Und Chessa ist meine Begleitung."

„Wunderbar", murmelte ich und funkelte dann meinen Vater an. „Das ist verrückt. Ich kann nicht glauben, dass du da mitspielst."

Er öffnete den Mund, um etwas zu sagen, doch Chessandra unterbrach ihn. „Das Leben einer Hexe steht auf dem Spiel. Und leider bist du die Einzige, die ihr helfen kann. Also vergib mir, wenn ich euren *besonderen Tag* gestört habe." Ihr Ton war sarkastisch. Unsere Hochzeit war ihr egal.

Echten Hass erlebte ich selten. Jedenfalls nicht von mir selbst, doch ich war gerade gefährlich nah am Abgrund. Wie konnte sie es wagen?

Kane und ich tauschten Blicke aus. Jede Hexe, die ich kannte, war bei meiner Hochzeit. „Wer ist es?", fragte ich, unfähig, meine Neugier zu unterdrücken.

Drake, mein Vater, warf Chessandra einen besorgten Blick zu. „Sie arbeitet für den Rat und steckt in der Schattenwelt fest."

„Dann schick jemand anderen", sagte Kane und legte einen Arm um mich. „Wir arbeiten noch nicht für den Rat. Ich verlange, dass du uns zurück zur Hochzeit bringst. Oder wir besprechen das mit dem Rat der Hexen, der ernannt wurde, um die Schattenwandler zu beaufsichtigen."

„Habt ihr nicht zugehört?" Chessandra wirbelte herum und starrte uns an. „Es gibt keine anderen. Ihr beide seid die einzige Chance, sie zu retten, bevor sie für immer dort festsitzt. Ihr geht nicht zurück. Nicht, bis ihr herausgefunden habt, was mit ihr passiert ist."

Tränen glitzerten in Chessandras Augen, als sie mit einer zitternden Hand durch ihr zerzaustes kastanienbraunes Haar fuhr. Sie war nur wenige Augenblicke davon entfernt, sich in Tränen aufzulösen. Nichts an ihr glich dem eleganten Engel, den wir vor ein paar Wochen getroffen hatten, als wir die Bedingungen unserer neuen Rolle ausgehandelt hatten.

„Was meinst du damit, wir sind die Einzigen, die ihr helfen können?", fragte Kane. „Wo sind all die anderen Schattenwandler?"

Die Farbe wich aus Chessandras Gesicht, und Panik breitete sich in mir aus. Die Empörung, die meinen Verstand dominiert hatte, begann sich aufzulösen. Etwas war schrecklich schief gelaufen, etwas, das nicht einmal der Hohe Engel beheben konnte, und wir wurden mitten hineingezogen.

Drake legte Chessandra eine Hand auf die Schulter und sah uns an. „Andere haben es versucht. Ohne Erfolg."

„Versucht? Was ist passiert?" Ich war eine mächtige Hexe, ich leugnete das nicht, aber es war nicht so, als wäre ich ein Experte. Ich war erst seit weniger als einem Jahr eine aktive Hexe. Mein Wissen in allen Bereichen der Magie war leider beschränkt. Wenn andere diese vermisste Hexe nicht retten konnten, hatte ich keine Ahnung, wie ich es tun sollte.

„Vielleicht sollten wir uns hinsetzen?" Drake sah sich um und deutete auf eine abgewetzte Sitzgarnitur. Das zerfledderte Sofa und die beiden Ohrensessel waren mit Staub bedeckt.

Ich sah mein Kleid an und wollte weinen. „Das kann nicht dein Ernst sein."

„Sag einfach, was du zu sagen hast." Etwas, das der Wut nahekam, strömte von Kane aus. Er war kurz davor, einem Engel ernsthaft in den Hintern zu treten.

Chessandra drehte sich langsam um, ihre Augen weit aufgerissen und rot leuchtend.

„Oh Scheiße", murmelte ich und drückte mich an Kane. Rote Augen? Unheimlich. Es war ein Zeichen, dass sie nicht weit davon entfernt war, die Kontrolle zu verlieren.

„Matisse – Mati – hat an einem Zauber gearbeitet, um den Schleier zwischen der Hölle und der Schattenwelt undurchdringbar zu machen. Es hat funktioniert, doch dann ist etwas furchtbar schiefgelaufen, und jetzt sitzt sie irgendwo fest. Sowohl Engel als auch Schattenwandler haben sie nicht gefunden."

Ich keuchte. Wenn sie sie in der Schattenwelt nicht finden konnten, dann ... „Könnte sie in der Hölle gefangen sein?" Bitte nicht. Nicht die Hölle. Das letzte Mal, als wir dort waren, hatten wir es kaum zurück geschafft und dann nur, weil wir die Hilfe von zwei Engeln hatten.

Drake schüttelte schnell den Kopf. „Nein. Das glauben wir nicht." Er warf Chessandra einen Blick zu. „Sie spürt immer noch eine vage Verbindung zu ihr. Wenn Mati in der Hölle wäre, würde Chessa es wissen. Die seelenzerschmetternde Unterdrückung der Hölle würde sich auf beide auswirken."

Das war wenigstens etwas.

„Warum wir?", fragte Kane. „Wenn sonst niemand sie finden kann, warum glaubt ihr, dass wir es können?"

„Darum." Chessandra griff in ihre Tasche und streckte mir ihre geballte Hand entgegen. „Sie hat mir das gegeben, bevor wir angefangen haben, an dem Zauber zu arbeiten, nur für den Fall, dass etwas schiefgeht." Sie ließ eine glänzende silberne

Libelle in meine Hand fallen. „Das ist ihr wichtig. Wenn wir den Suchzauber wirken, fliegt sie immer zur selben Stelle."

Während wir darauf warteten, dass sie ihre Erklärung beendete, wuchs meine Ungeduld auf ein unerträgliches Niveau. „Die Details in die Länge zu ziehen, um eine Wirkung zu erzielen, wird nicht helfen, mich zu überzeugen", warnte ich.

Kane verbarg ein Lächeln, und Drake seufzte.

Der Hohe Engel sah mich mit seinen roten Augen an. „Sie ist immer im Club deines Liebhabers gelandet."

Erschrocken drehte ich mich zu Kane um. Er runzelte die Stirn. Er war offensichtlich genauso überrascht wie ich. Warum sollte sie in den Club gehen? Es sei denn ...

Erkenntnis dämmerte in Kanes Gesicht, und wir sagten beide: „Das Portal."

„Welches Portal?", fragte Drake.

„Bea hat im Club eins zur Hölle geöffnet, um einen bösen Geist zu vertreiben", sagte ich leise. „Aber wenn der Schleier zur Hölle undurchdringlich ist, weiß ich nicht, ob wir es wieder öffnen können."

„Wenn es wirklich ein Portal und kein Tor zur Hölle ist, sollte es kein Problem sein. Öffne es, und du wirst unsere Hexe finden", sagte Chessandra mit einer Endgültigkeit, als wäre das Gespräch für sie beendet.

Ich warf Kane einen Blick zu. Sein Gesichtsausdruck spiegelte genau das wider, was ich empfand, völlige Verwirrung und tiefe Zweifel. „Du weißt also nicht wirklich, ob ich das kann. Du hoffst nur, dass dem so ist, oder? Was ist, wenn ich sie finde, aber dann selbst nicht zurückkomme?"

„Du wirst einen Weg finden", sagte Chessandra. „Deine Macht ... Sie ist beispiellos."

„Jade", sagte Drake. „Bitte. Wir brauchen dich. Du musst es versuchen."

*Wir.* Die Verzweiflung erfüllte den Raum und drohte, mich zu ersticken. Das schien für beide persönlich zu sein. Ich würde helfen, wenn ich könnte. Ich würde niemals jemanden in einer anderen Dimension darben lassen, wenn ich etwas dagegen tun könnte, besonders nicht mit meiner Familiengeschichte. Meine Mutter war über fünfzehn Jahre im Fegefeuer gefangen gewesen, und niemand hatte versucht, ihr zu helfen, nicht einmal die Engel. Ich kniff die Augen zusammen.

„Wenn mir jetzt jemand erklären könnte, warum ihr euch plötzlich Sorgen um eine Hexe macht? Als Mom im Fegefeuer war, nachdem sie versucht hatte, einem Engel zu helfen, ist der Rat auch nicht eingeschritten."

Chessandra ließ den Kopf hängen.

Drake trat an ihre Seite und beugte sich vor, um ihr etwas ins Ohr zu flüstern. Sie nickte, und als sie aufblickte, liefen ihr rosafarbene Tränen über die Wangen. Whoa, rosa?

Drake bemerkte meine Beunruhigung und sagte: „Das ist das Blut ihrer Vorfahren."

Chessandra wischte die Feuchtigkeit aus ihrem Gesicht, hielt ihre Finger hoch und starrte sie an. Mit leiser, ätherischer Stimme sagte sie: „Wir weinen das Blut der unseren, wenn sie an der Schwelle des Todes stehen."

Kane versteifte sich neben mir. „Willst du damit sagen, dass diese Hexe dir gehört?"

„Sie gehört mir nicht, Mr. Rouquette." Chessandra konzentrierte sich auf ihn, als ihr überirdischer Ausdruck verschwand. Diese geröteten Augen weiteten sich, und ein Feuer entzündete sich in ihnen. „Mati ist meine Schwester."

„Okay", sagte ich leise.

„Jade –", begann Kane.

Ich hob eine Hand und drehte mich zu ihm um. „Ich kann

sie nicht dort lassen. Du weißt, dass ich es nicht kann. Du auch nicht. Ich kenne dich."

Er senkte seinen Blick und deutete auf das wunderschöne silberne Kleid. „Aber was ist mit der Hochzeit?"

„Ich weiß." Ich verzog das Gesicht. „Aber was sollen wir sonst tun? Nein sagen?" Ich zog mich zurück und schüttelte den Kopf. „Das kann ich nicht. Du?"

Er schloss die Augen und seufzte. „Nein."

Ich warf meine Arme um ihn, umarmte ihn fest, überwältigt von seinem großen Herzen und seiner unerschütterlichen Unterstützung. „Ich liebe dich."

„Ich weiß, hübsche Hexe."

Ich wandte mich den Engeln zu. „Also gut. Wir werden helfen, aber ich muss nach Hause, um mich umzuziehen."

„Bring sie zurück", sagte Chessandra und hob ihren Arm. Die Dunkelheit verschwand, als die Welt um uns herum verschwamm. Ich tastete nach Kanes Hand und fand nichts. Als die Welt um mich herum scharf wurde, war mir schwindelig, doch Kane stand neben mir und hielt mich aufrecht. Und direkt vor uns war sein Schrotflintenhaus im French Quarter.

Kane legte mir die Hand an den Rücken und führte mich ins Haus. Drinnen zog er mich in seine Arme. „Bist du okay?"

Ich schluckte. „Ja."

Zärtlichkeit erfüllte seine Schokoladenaugen. „Du bist unglaublich, weißt du das?"

Ich stieß ein ersticktes Lachen aus. „Eher wie ein wandelnder Alptraum. Wer sonst hat Engel, die seine Hochzeit ruinieren?" Ich legte eine Hand an sein Herz und mein eigenes brach vom Rausch der Gefühle, den ich empfand, als ich ihn in seinem Smoking sah. „Du bist der Unglaubliche, weil du bei all dem Wahnsinn bei mir geblieben bist."

Er legte seine Hand auf meine und führte sie dann an seine

Lippen. „Ich bin auch ein Teil des Wahnsinns, Liebes. Das Böse hat in meinem Club angefangen, erinnerst du dich?"

Tränen stiegen in meine Augen. „Ich weiß." Schniefend begegnete ich seinem durchdringenden Blick. „Aber du musst zugeben, wenn ich nicht gewesen wäre, wärst du wahrscheinlich nicht in diesem Schlamassel."

Er strich mir eine Haarsträhne aus der Stirn. „Baby, ohne dich wäre mein Leben leer und unglaublich langweilig. Wir werden tun, was wir tun müssen, und dann wird diese Hochzeit stattfinden. Jetzt lass uns dein Kleid ausziehen und jemandem in den Arsch treten."

Die Art, wie er sagte, *jetzt lass uns dein Kleid ausziehen*, ließ mich ein wenig weich in den Knien werden. Dann fühlte ich mich sofort schrecklich für meine Reaktion. Das Leben einer Frau stand auf dem Spiel.

Ich nickte und ging ins Schlafzimmer. Ein Gefühl des Verlustes erfüllte mich, als ich aus meinem Hochzeitskleid schlüpfte. Warum konnte ich keinen normalen Tag haben? Seufzend hängte ich mein Kleid auf und zog Jeans und ein T-Shirt an. Es waren ungefähr zweihundert Haarnadeln und eine Gallone Haarspray nötig gewesen, um mein Haar in der schicken Hochsteckfrisur zu halten. Mit meiner Freizeitkleidung sah sie ziemlich lächerlich aus, doch wenn ich nicht die nächste halbe Stunde damit verbringen wollte, die Haarnadeln herauszuoperieren und das Haarspray auszuwaschen, musste ich damit leben.

Kane zog eine ähnliche Uniform aus Jeans und einem schwarzen T-Shirt an.

Ich hielt die Libelle in meiner Hand und folgte ihm in die Küche. Hoffnung und Glück strömten aus Matis Talisman. Sie hatte positive Energie gehabt, bevor sie verschwunden war. Das war ein gutes Zeichen. „Bereit?"

„Es sei denn, du denkst, wir sollten Verstärkung rufen."

Ich dachte einen Moment darüber nach. Es würde Stunden dauern, die Zirkelmitglieder während des Mardi Gras in die Innenstadt zu bringen. Und wenn wir ein Portal öffnen würden, wäre ihre Macht sowieso nutzlos, sobald wir in der anderen Dimension waren. Es sei denn, sie kamen mit uns. Das war sehr verlockend. Andere als Backup zu haben, war definitiv gut. Doch ich schüttelte den Kopf. „Ich denke, wir können es uns zumindest ansehen. Einen Blick hineinwerfen, ob wir irgendwelche Hinweise finden können. Ich hasse einfach den Gedanken, jemanden länger als nötig dort sitzen zu lassen, wenn wir etwas dagegen tun können."

„Okay, aber ich lasse dich nirgendwo allein hingehen."

Er meinte es ernst. Er war mir einmal in die Hölle gefolgt. „Verstanden." Ich hielt die Libelle vor mich. „Ich werde sie nutzen, um eine Verbindung zu ihr herzustellen. Ich möchte selbst sehen, wo sie uns hinführt." Ich nahm ein paar Kräuter aus meinem Regal und machte mich mit Stößel und Mörser an die Arbeit. Sobald die Zutaten zusammengemahlen waren, legte ich Kane die Libelle in die Hand.

Er stand still, die Augen auf mich gerichtet. Es war intensiv und seltsam bewegend. Das war das erste Mal, dass Kane und ich offiziell als Schattenwandler zusammenarbeiteten. Ich lächelte ihn an. Ich nahm eine Prise der Mischung aus Mohn und Silberweide, streute die Kräuter über die Libelle und sagte: „Göttin der Erde, wir bieten demütig die Kräuter der Erkenntnis an." Die Libelle begann sofort zu leuchten. „Möge dein Blick durch die Schleier des Universums sehen und uns zu der führen, die wir suchen." Magie prickelte aus der Mitte meiner Brust, und als ich die Libelle berührte, leuchtete sie in einem funkelnden, weißen Licht.

Einen Moment lang starrten wir auf die Brosche. Dann, gerade als ich bereit war aufzugeben, erwachte sie zum Leben.

„Wow. Beeindruckend, Jade", sagte Kane mit großen Augen.

Ich lächelte. Es war nicht gerade ein komplizierter Zauber, doch die Tatsache, dass er funktionierte, ohne die kollektive Magie des Zirkels in Anspruch nehmen zu müssen, freute mich. „Jetzt sind wir startklar."

Kane hob eine Hand. „Warte. Lass uns eine Nachricht für die anderen hinterlassen. Früher oder später werden sie bestimmt nach uns suchen."

„Gute Idee." Unsere Handys waren immer noch in Summer House.

Kane schrieb eine Notiz und legte sie auf den Tresen. Pyper hatte einen Schlüssel. Sie würde sie finden.

„Flieg, Libelle", sagte ich. „Bring uns zu Mati."

Kane und ich folgten der Libelle aus dem Haus, die Straße entlang und bogen dann nach links in die Menschenmassen der Bourbon Street ein. Die kollektive Aufregung der Menge schlug mir entgegen, gab mir Auftrieb und laugte mich gleichzeitig aus. Egal was ich tat, ich konnte die Emotionen von Hunderten von Menschen nicht vollständig ausblenden. Die Menge war das genaue Gegenteil eines emotionalen Vampirs, eher wie ein Drogenrausch oder so etwas. Doch es machte mich auch verletzlich und unfähig, irgendetwas davon zu kontrollieren.

„Verdammt." Ich hob die Hand und zwang die Libelle über die Menge. Das Letzte, was wir brauchten, war, dass sie sich im Gedränge der Menschen verirrte, obwohl es ziemlich offensichtlich schien, dass sie auf den Club zusteuerte.

Kane presste sich an mich, seine Hände an meinen Hüften, als wir uns durch die Menschenmassen und die überall herumfliegenden Perlenstränge kämpften. Seine Nähe brachte sofortige Linderung. Seine stetige Energie floss in mich hinein und stärkte meine eigene. Ich klammerte mich an ihn wie eine Rettungsleine. Wir kamen langsam voran, doch wir hatten einige Blöcke hinter uns gelassen, bevor wir schließlich von einer Masse fliegender Perlen angegriffen wurden. Ich duckte mich.

„Verdammt!", rief Kane und ließ mich los. Die Menge füllte sofort den Raum zwischen uns, und Panik erfasste mich zusammen mit der kollektiven Energie der Menge. Mein Körper vibrierte davon, sodass ich aus der Haut fahren wollte. Von der Energie von Hunderten von Fremden bestürmt zu werden war etwas, das ich niemandem wünschen würde.

„Kane!", schrie ich und stolperte gegen einen großen betrunkenen Mann, der eine Frau anflehte, ihm ihre Titten zu zeigen. „Aus dem Weg!"

Als der Mann sich nicht rührte, brach Magie aus meinen Fingerspitzen.

„Was zum ...?", schnaubte er und rieb sich den Arm. „Was soll die Scheiße? Blöde Kuh. Hast du 'nen Elektroschocker oder sowas?"

Ich reckte meinen Hals und schob mich um ihn herum.

„Jade." Kane packte mich am Arm und unterbrach die Invasion der Energie noch einmal. Die Panik verflog, bis mir klar wurde, dass wir die Libelle verloren hatten.

„Oh Mann. Siehst du sie noch?", rief ich über die Musik, die aus den Clubs dröhnte.

Kane nickte und deutete vor uns.

Und tatsächlich schwebte sie direkt über der Tür des *Wicked*.

# KAPITEL DREI

*L*ass uns gehen." Kane übernahm diesmal die Führung, während ich mich an ihm festhielt, und in Anbetracht der Tatsache, dass er über eins achtzig groß war, konnte er leicht einen besseren Weg finden.

Als wir vor seinem Club ankamen, ging die Libelle in einen Sturzflug und flatterte hinein. Ich winkte Jim, dem Türsteher, zu und ignorierte seinen fragenden Blick. Die beiden Stripperinnen, die versuchten, eine Menge anzulocken, waren nicht annähernd so zurückhaltend.

„Kane", schalt eine kleine Blondine, die zwei winzige Lederstreifen trug. „Was zum Teufel machst du hier? Du kannst Jade doch nicht ernsthaft in den Flitterwochen in den Club mitnehmen."

„Kleine Planänderung", sagte er und eilte an ihnen vorbei.

„Lass mich nicht los", sagte ich zu Kane, als wir eintraten. Die Energie des Clubs war abgestanden und voll mit dem emotionalen Echo früherer Gäste. Ich konnte es an normalen Tagen ausblenden, doch nicht nach dem Ansturm der Menschenmassen draußen.

„Ich hab' dich."

Wir standen hinten im Club und beobachteten die Libelle. Sie zögerte und flog dann hoch über der Bühne und den Gästen im Kreis. Zuerst bewegte sie sich langsam, dann beschleunigte sie, flog immer schneller und schneller, bis sie genau über der Stelle, an der wir das Portal geöffnet hatten, einen Kreis zog.

Kanes Hand schloss sich fester um meine.

„Sie hat es benutzt", sagte ich überzeugt.

Er nickte. „Wenn das, was die Engel gesagt haben, wahr ist, dann glaube ich das auch."

„Aber wenn die anderen Schattenwandler ihr hierher gefolgt sind, warum haben sie dann keine Spuren davon gesehen?"

„Vielleicht haben sie nicht danach gesucht."

„Könnte sein." Ich schnippte mit den Fingern und flüsterte: „Komm zurück." Die Libelle sauste zu uns zurück und landete leicht in meiner Hand. „Danke." Ich steckte sie in meine Tasche. „Bist du bereit?", fragte ich Kane.

„So bereit, wie ich jemals sein werde."

Ich holte tief Luft. „Okay, lass uns sehen, was wir haben."

Es war ein paar Wochen her, seit Kane und ich einen Blick in die Schattenwelt geworfen hatten. Die Fähigkeit war ein unerwartetes Geschenk gewesen – oder ein Fluch, je nachdem, wie man es betrachtete. Zuerst war ich jedes Mal, wenn wir uns berührt hatten, in Dunkelheit getaucht. Doch wir hatten endlich eine Art Gleichgewicht gefunden. Es passierte immer noch, doch wir hatten so hart daran gearbeitet, in dieser Welt zu bleiben, dass es seltsam war, die Schatten wieder einzuladen.

Wir falteten die Hände und mit einem tiefen Atemzug wehrte ich sie nicht mehr ab. Lust und Verzweiflung, kombiniert mit der Erregung der Clubbesucher, stürzten auf mich ein, während die Welt zu Schwarz verblasste und dann in Grautöne umschlug. Die Gäste des Clubs waren immer noch sichtbar, aber jetzt stumm und schienen uns nicht wahrzunehmen.

Nichts am Club schien ungewöhnlich. Es gab keine verlorenen Seelen oder auch nur eine Spur des Portals. „Das war unerwartet", sagte ich. „Überreste des Portals sollten hier sein."

„Was jetzt?"

Ich schob mich vor und zog Kane mit mir. Menschen aus unserer Welt traten unbewusst beiseite und brachten auf unerklärliche Weise Abstand zwischen uns. Als wir die Stelle erreichten, von der ich wusste, dass dort der Rand des Portals gewesen war, ging ich in die Hocke und legte eine Hand auf den Boden. Ein winziger Funke zischte an meinen Fingerspitzen. „Es ist immer noch aktiv. Ich glaube, ich muss es anrufen."

Kane zog an meiner Hand und zog mich hoch. „Bist du sicher, dass du das tun willst?"

Ich kaute auf meiner Unterlippe herum und schüttelte meinen Kopf. „Nein, bin ich nicht. Aber Chessandra sagte, dass Mati am Rande des Todes steht. Was, wenn wir zu lange warten? Was, wenn sie stirbt, wo immer sie ist, weil ich zu viel Angst hatte, ihr zu folgen?"

Kanes Widerstreben war heftig, als es mich traf. „Ich werde dich nicht riskieren. Nicht jetzt. Niemals."

Mein Herz machte einen kleinen Sprung in meiner Brust. Ich hob die Hand und legte sie an seine Wange. „Ich weiß. Mir geht es genauso. Aber können wir einfach weggehen? Können wir mit uns selbst leben, wenn wir das tun? Wo immer sie ist, sie ist wegen des Portals, das wir geöffnet haben, dort."

„Scheiße." Mit der anderen Hand rieb er seinen Nacken.

„Okay. Ruf das Portal, aber beim ersten Anzeichen von Schwierigkeiten ziehen wir uns zurück. Verstanden?"

Ich unterdrückte ein Lachen. Wir waren weit über das erste Anzeichen von Schwierigkeiten hinaus. „Lass uns einfach einen Schritt nach dem anderen machen." Ich ging wieder in die Hocke und legte meine Hand flach auf den Boden. Energieblitze schossen über meine Finger. Konzentriert schob ich meine Magie in meine Fingerspitzen. Der Boden begann, unter meiner Hand zu glühen, und als ich immer mehr Magie hervorbrachte, wuchs der Lichtkegel zu einem blassen Kreis. Als ich sicher war, dass das Licht nicht verblassen würde, stand ich auf und hob meine Arme. „Mein Portal, gehorche meinem Willen. Öffne dich für mich. Lass mich sehen." Es war eine lahme Beschwörung, aber es war das Beste, was ich spontan tun konnte.

Als der Wind zunahm, ertönte ein leises Grollen, das über den Club rollte. Es tat genau das, worum ich gebeten hatte. Dann kippte die Welt, oder zumindest meine, weil ich von den Füßen gerissen wurde und fast kopfüber in das Portal flog, doch Kane packte mich und drückte mich an seine Brust. Er wich zurück und hielt sich fest, sein Herz pochte aufgeregt gegen meins.

„Heilige Scheiße", sagte ich. „Was ist passiert?"

„Das Portal hat dich fast verschluckt."

Ich hob meinen Kopf und stellte fest, dass der Wind weg war. Alles, was übrig blieb, war der Lichtschein kaum einen Meter vor uns. „Es ist viel ruhiger als beim ersten Mal, dass es geöffnet wurde."

Er nickte und warf einen Blick darauf. „Es fühlt sich auch anders an als beim letzten Mal."

Er hatte recht. Das Portal zur Hölle war ein Inferno und furchteinflößend gewesen. Die Energie verlorener, wütender Seelen war laut und deutlich herausgedrungen, sogar zu jenen, die keine Empathen waren. Dieses war ... leer. Wie eine Grube aus nichts außer Licht.

Vorsichtig bewegten wir uns vorwärts und versuchten, das Portal und wohin es führte zu lesen. Alles, was zu sehen war, war Licht. Ich warf Kane einen Blick zu. „Was denkst du?"

Er zuckte mit den Schultern. „Es fühlt sich nicht bedrohlich an. Spürst du irgendwas, worüber wir uns Sorgen machen sollten?"

„Nein." Unsicher, was ich sonst tun sollte, fischte ich die Libelle aus meiner Tasche und streckte meine Hand aus. „Finde Mati."

Das silberne Insekt flatterte mit den Flügeln und flog los, direkt in das Licht.

Ich wandte mich an Kane. „Ich denke, wir sollten ihr folgen."

Er zögerte, dann nickte er zustimmend. Am Rand blieb ich stehen und blickte zu Kane auf. „Wenigstens springen wir dieses Mal zusammen."

„Wenn du springst, springe ich auch, richtig?"

Ich schnaubte ein Lachen. „Richtig, *Jack*."

Er lächelte auf mich herab und strich mit dem Daumen über meinen Wangenknochen. „Lass nicht los."

Eine seltsame Mischung aus Freude und Enttäuschung packte mein Herz und ließ mir Tränen in die Augen steigen. Ich blinzelte sie zurück. „Ich kann nicht glauben, dass wir darüber Witze machen."

„Besser als etwas kaputtzumachen."

„Stimmt. Bereit?" Ich schloss meine Hand fester um seine.

„Auf drei." Er zählte, und ein paar Sekunden später tauchten wir uns an den Händen haltend ins Licht.

Die Welt erhob sich und prallte gegen mich, und Kanes Hand wurde aus meiner gerissen, als ich auf den kalten, harten Boden krachte. „Autsch. Verdammt, das hat wehgetan", fluchte ich und sah mich um. Ich schien auf einem gepflasterten Weg zu sitzen, während der Nebel mich einschloss. „Kane?"

Gespenstische Stille antwortete meinem Rufen.

„Kane?", rief ich noch einmal, lauter, ein bisschen panisch. Hatte er sich den Kopf gestoßen? War er woanders gelandet? Wo zum Henker war er? „Teufel nochmal! Antworte mir!" Ich rappelte mich auf, drehte mich um und sah nichts als Nebel. „Scheiße!"

Ich ging in die Hocke und tastete hektisch mit den Händen über den Boden, suchend. Er musste hier sein. Wir würden einander finden.

„Kane!" Ich versuchte es erneut, doch alles, was ich spürte, war das Backsteinpflaster. Ich stand auf und bewegte mich vorsichtig. Ich wollte suchen, doch ich hatte Angst, dass ich so ungewollt mehr Abstand zwischen uns bringen würde. Stattdessen sandte ich meine emotionale Energie aus. Wenn er hier wäre, könnte ich ihn lesen. Angst, gemischt mit intensiver Neugier und Hoffnung, streifte meine Psyche. Doch es war nicht Kane. Jede emotionale Signatur war einzigartig, wie eine Stimme, und ich würde Kanes überall erkennen. Wen auch immer ich spürte, das war definitiv nicht er. Entweder war er bewusstlos oder nicht nah genug, um ihn erreichen zu können.

„Du solltest den Nebel vertreiben!", rief eine weibliche Stimme hinter mir.

Ich drehte mich um und sah eine solide graue Wand. „Was? Wer bist du?"

„Wer bist du?", fragte sie, und die Verärgerung in ihrem Ton spiegelte die Verärgerung wider, die sie erfüllte.

„Mati?", fragte ich.

Mehr Stille.

„Matisse? Wenn du das bist – deine Schwester hat mich geschickt. Chessandra." Ich stand im Nebel auf, und meine Angst, Kane verloren zu haben, wuchs mit jedem Augenblick.

Und wer auch immer das war, half nicht. „Komm schon. Ich bin gekommen, um zu helfen", sagte ich gereizt. „Es ist mein verdammter Hochzeitstag. Jetzt stecke ich hier fest, mein Verlobter scheint verschwunden zu sein, und wenn du nicht Mati bist, dann bin ich ernsthaft am falschen Ort."

„Heute ist dein Hochzeitstag?", fragte die Frau mit ungläubiger, schriller Stimme.

„Na ja, nicht mehr." Ich verschränkte meine Arme vor meiner Brust und umarmte mich aus purer Frustration.

„Verdammt. Das ist Scheiße. Chessa ist so ein Miststück."

„Ja, das ist es. Und ja, das ist sie."

„Bist du eine Hexe? Oder nur ein Schattenwandler?"

„Beides." Ich trat einen Schritt auf ihre Stimme zu. „Nun, was hast du gemeint, als du gesagt hast, dass ich den Nebel vertreiben soll?"

„Du musst einen Bannzauber wirken." Verwirrung breitete sich von ihr zu mir aus. „Du hast gesagt, du bist eine Hexe, oder?"

Ich schnaubte frustriert. „Ja. Aber ich verbanne normalerweise nichts, es sei denn, wir reden von bösen Geistern." Jetzt spürte ich Belustigung in ihrer Energie. Ernsthaft? „Schau. Wenn du meine Hilfe willst, solltest du vielleicht anfangen zu kooperieren. Sonst verschwinde ich hier." Das war eine Lüge. Ich würde nicht gehen, bis ich sicher war, dass Kane nicht hier war, aber verdammt, diese Tussi machte mich wütend.

„Du bist die weiße Hexe, nicht wahr?"

Ich hielt inne. Sie wusste, wer ich war? „Ja", antwortete ich vorsichtig.

„Dachte ich mir." Sie stieß einen langen Seufzer aus. „Das ist der Zauber. *Durch meinen Verstand, durch mein Herz, durch die Kraft meines Willens mögen sich die Nebel lichten.*"

„Okay ... aber warum wirkst du ihn nicht selbst?"

„Ich kann nicht." Ihre Worte waren gereizt, voller Wut. „Meine Magie hat … Nun, sie funktioniert nicht."

„Oh." Mein Herz brach für dieses Mädchen. Seitdem ich meine Magie akzeptiert hatte, war sie so sehr Teil von mir geworden, dass ich mir nicht vorstellen konnte, dass sie nicht funktionierte. Ich konnte mir nicht vorstellen, wie schrecklich und hilflos es sich anfühlen würde, sie nicht mehr zu haben. Begierig darauf, Kane zu finden und etwas anderes als Nebel zu sehen, berührte ich die Magie tief in meinem Inneren und wiederholte ihre Worte.

Der Nebel zog sich zurück, und wir fanden uns am Ufer des Mississippi wieder. Das dunkelhaarige Mädchen saß auf den Felsen und starrte auf das normalerweise bräunliche Wasser hinaus. In dieser Dimension schien es schwarz zu sein. Sie war spindeldürr, schien aber ansonsten unverletzt zu sein.

Ich sah mich verzweifelt nach Kane um, sah ihn aber nirgendwo. „Nein! Verdammt, das sollte nicht passieren."

Das Mädchen – nein, die Frau – drehte sich um und betrachtete mich mit niedergeschlagenen Augen. Die Libelle lag in ihrer Hand, nicht mehr lebendig. „Was hätte nicht passieren sollen?"

„Kane soll hier sein. Er ist mit mir durch das Portal gesprungen. Wo ist er?"

Kopfschüttelnd schloss sie die Augen. „Wenn dieser Kane keine mächtige Hexe ist, kann er wahrscheinlich nicht hierherkommen."

„Was? Wo sind wir?"

Sie zuckte mit den Schultern. „Verdammt, das wüsste ich auch gern. Aber es gibt keinen Nebel in der Schattenwelt, und hier gibt es keine anderen Seelen."

Ich erschrak. Sie hatte recht. Hier war sonst niemand. Nur wir beide. „Wir sind nicht im Fegefeuer, oder?" Ich hatte es schon einmal gesehen. Kane und Lailah hatten in einer heruntergekommenen Hütte festgesessen. Ich hatte damals auch niemand anderen gesehen.

Sie schüttelte den Kopf. „Nein. Das ... fühlt sich anders an." Natürlich hatte sie recht. Kane und ich hatten das bereits erlebt. Dort gab es keine verweilenden Emotionen. Die meisten Orte hatten ein Echo von denen, die zuvor dort gewesen waren. Dieser nicht. Mein Herz begann, heftig gegen meine Rippen zu pochen. „Heilige Scheiße."

„Was?"

„Ich glaube, wir sind an einem Ort, an dem die Zeit stehengeblieben ist. Es fühlt sich an wie in diesem Raum."

„Was für ein Tag ist heute?"

„Der einundzwanzigste Februar."

Sie schüttelte wieder den Kopf. „Das passt. Soweit ich es beurteilen kann, bin ich seit etwa einer Woche hier."

Erleichterung durchflutete mich. „Ja, das klingt ungefähr richtig. Gott sei Dank."

Sie grunzte. „Ja, häng du mal eine Woche lang allein hier herum, ohne jemanden zum Reden zu haben und ohne Essen oder Wasser. Und dann sag mir, wie es dir gefällt."

Dieses Entsetzen erfüllte mich wieder. Wie hatte sie überlebt? „Kein Essen oder Wasser?"

Sie zuckte mit den Schultern. „Abgesehen davon, dass ich mich wirklich schwach fühle, scheint der Mangel an Nahrung kein Faktor zu sein. Trotzdem werde ich vor Langeweile verrückt. Es ist, als wäre ich in der Schwebe und warte die ganze Zeit auf nichts. Weil nichts kommt."

„Ich bin gekommen", sagte ich. „Und ich werde dich hier rausholen."

Sie hob ihre Augenbrauen. „Wie?"

„Wie auch immer ich hier wieder weggehe, du kommst mit mir." Ich sah mich noch einmal um. Kein Kane. Wo war er? Immer noch in der Schattenwelt? Gott, ich hoffte es. Sonst würde ich ihn nie finden. „Wie bist du hier gelandet? Dieses Portal, das ich benutzt habe, war ursprünglich ein Tor zur Hölle."

Mati setzte sich wieder hin und vergrub ihren Kopf in ihren Händen. Dann riss sie den Kopf hoch. „Ich habe daran gearbeitet, den Schleier von der Schattenwelt zur Hölle zu schließen. Chessandras Befehl." Selbstgerechte Wut überkam sie, und für einen Moment dachte ich, ihre Augen würden rot. Wow. Genau wie bei Chessandra. „Der Zauber schien auch zu funktionieren, doch dann ging er nach hinten los und ist durch mich hindurch gerauscht." Sie schauderte, und ein entsetzter Ausdruck breitete sich auf ihrem Gesicht aus. „Ich stand in Flammen. Es hat sich angefühlt, als würde ich lebendig brennen." Ihre Stimme war leise und zitterte, als sie die Worte hervorbrachte. „Ich dachte, ich würde sterben."

Das absolute Entsetzen über das, was sie durchgemacht hatte, ging von ihr aus und traf mich. Sogar der Schmerz, den sie gespürt hatte, traf mich hart und ließ meine Knie fast nachgeben. Ich holte tief Luft, zwang die Energie aus meinem Körper und betete, dass ich sie nicht auf sie zurückdrängte. „Was ist denn passiert?"

Tränen strömten aus ihren großen, whiskeygoldenen Augen, das Rot war jetzt vollständig verschwunden. „Ich weiß nicht. Der Rest meiner Magie ist irgendwie explodiert, und als sie weg war, hatte ich nichts mehr. Nicht einmal einen Funken."

Sie hatte sich mit ihrer Magie gerettet. „Du musst eine wirklich starke Hexe sein."

„Nicht mehr."

„Bea kann helfen", sagte ich zuversichtlich. Egal, wie viel ich gelernt habe, es gab immer etwas, wozu ich nichts wusste. Doch Bea wusste es. Oder sie würde helfen, eine Antwort zu finden.

„Bea?"

„Beatrice Kelton. Die Anführerin des Zirkels von New Orleans." Ich lächelte. „Sie hat bis nach der Hochzeit das Sagen … wann immer das sein wird", fügte ich hinzu, nicht mehr irritiert, sondern einfach resigniert.

Sie versteifte sich. „Ich glaube nicht, dass das funktionieren wird."

„Natürlich wird es das. Wir müssen dich nur hier rausholen." Ich wurde jetzt superängstlich. Ich betete zur Göttin, dass Kane in der Schattenwelt auf mich wartete. Weil ich ihn nicht ausgerechnet heute verlieren würde. Das war die Hölle. Fuck. Nein.

„Ich gehöre zu den Hexen von Coven Pointe."

„Und?" Die meisten Hexen gehörten einem Hexenzirkel an. Ihre kollektive Macht konnte das erreichen, was die meisten Hexen allein nicht konnten.

Nervös verschränkte sie ihre Finger. „Du weißt es nicht, oder?"

Oh, Scheiße auf Toast. Was wusste ich nicht? Ich seufzte und schüttelte den Kopf. „Offensichtlich nicht. Warum erzählst du *es* mir nicht?"

Vielleicht war es mein Augenrollen, das sie zum Lachen brachte. Oder die Tatsache, dass ich so ahnungslos wirkte. Aber was auch immer es war, sie schien jetzt amüsiert zu sein. „Du bist die weiße Hexe, die für Beatrice übernommen hat, und du hast keine Ahnung. Das ist einfach …" Sie schüttelte den Kopf. „Sie hat sicher ihre Geheimnisse. Die Hexen von Coven Pointe leben auf der anderen Seite des Flusses."

„Du meinst Algiers Point?" Es war das zweitälteste Viertel in New Orleans. Sie hatten einen Hexenzirkel? Ich hatte geglaubt, alle Hexen in New Orleans zu kennen.

Sie hob süffisant eine Augenbraue und nickte. „Wir nennen es Coven Pointe. Warst du schonmal da?"

„Nein."

„Dafür gibt es einen Grund. Bevor Algiers Point gegründet wurde, wurde es von meinen Vorfahren beansprucht und Coven Pointe genannt. Im Laufe der Zeit wurden sie vertrieben. Aber vor fünfzig Jahren haben meine Großmutter und ihre Geschwister zurückgefordert, was uns gehört. Seitdem befinden wir uns – wenn du so willst – im Krieg mit dem Zirkel von New Orleans."

„Was?" Es war, als würde sie eine andere Sprache sprechen. Ich hatte nie erlebt, dass Bea eine Hexe nicht im Zirkel willkommen geheißen hätte … es sei denn … „Versuchen sich deine Leute in schwarzer Magie?"

„Nein", sagte sie, sichtlich beleidigt.

„Der Göttin sei Dank dafür."

„Aber wir experimentieren mehr als der NOLA-Zirkel."

„Wie?"

Sie zuckte unverbindlich mit den Schultern. „Wir nutzen einfach unorthodoxere Methoden."

Ich hatte keine Ahnung, was das bedeutete. Ich wollte es auch nicht wirklich wissen. Ein Engel aus dem Hohen Rate hatte mich gesandt, um ihre Schwester zu retten. Welche Magie sie auch benutzten, es konnte nicht so schlimm sein. Ich meine, ihre Schwester war ein verdammter Engel, um Himmels willen. Der Hohe Engel noch dazu.

„Aber deshalb gibt es keinen Krieg", fügte Mati hinzu.

Ich hob beide Augenbrauen. „Willst du mich einweihen? Denn ich muss sagen, diese vage Ausdrucksweise scheint ein Familienmerkmal zu sein, das ich nicht besonders mag."

Das entlockte ihr tatsächlich ein Lächeln. Ihr ganzes Gesicht leuchtete auf, und so verwandelte sie sich in eine sorglose, lebendige junge Frau. „Ha! Ja, Chessa und ich machen das manchmal. Tut mir leid. Ich weiß nur, dass meine Tante Dayla und

Beatrice sich wegen eines Mannes zerstritten hatten, und von diesem Zeitpunkt an haben wir nie wieder mit irgendjemandem aus dem Zirkel vom Ostufer gesprochen oder geredet. Die Details sind vage, aber soweit ich mich erinnern kann, waren wir von den übrigen Hexen von New Orleans isoliert."

„Das kommt mir ... verrückt vor. Nichts für ungut."

Sie zuckte mit den Schultern. „Kann schon sein. Aber Tante Dayla ist die Anführerin unseres Zirkels, und sie ist fair. Ich nehme an, sie hat gute Gründe."

„Bea ist auch fair." Doch Zweifel nagten an mir. Ich vertraute Bea, aber ich wusste nicht viel über ihre Vergangenheit. „Egal. Das ist ihr Problem, nicht meins. Welchen Krieg sie auch führen, er hat nichts mit mir zu tun. Lass uns einfach von hier verschwinden, und wir werden es später herausfinden."

Sie hielt mir ihre Hand hin. „Was immer du sagst, Hexenmädchen. Ich bin mehr als bereit, dieses Loch zu verlassen."

Was jetzt? Ohne zu wissen, wohin ich gehen sollte, öffnete ich meine Sinne noch einmal und drängte an allen Grenzen vorbei. Kane war definitiv nicht da. Niemand war da. Nur Matisse. Doch da war ein winziges Prickeln einer vagen Energie. Ich klammerte mich daran und zwang den Bewusstseinsstrom, mit meiner Magie zu verschmelzen. Ein Ziehen begann in meinem Bauch, und die Welt wurde zu Nebel.

Ich umklammerte Matisse' Hand und ließ meiner Magie freien Lauf. Alles verblasste, und wieder landete ich auf meinem Allerwertesten. Hart. Würde ich jemals lernen, mit meinen Füßen unter mir zu landen?

„Jade?" Kanes Stimme drang in meine Gedanken ein.

Ich sprang auf und rannte an seine Seite.

Er fing mich in seinen Armen auf, Erleichterung strömte in dicken Wellen von ihm aus. „Wo warst du?"

„Ich ..." Ich sah mich um und erkannte, dass wir wieder im Club waren, aber immer noch in der Schattenwelt. Seelen drängten sich um uns herum und beobachteten uns mit leidenschaftslosem Interesse. Es waren Geister, die weder auf eine höhere noch auf eine niedrigere Ebene gerufen worden waren. Sie existierten einfach zwischen den Welten. Es war traurig, aber ich war dankbar, dass sie nicht in der Hölle gelandet waren. „Wo ist sie?"

„Wer?" Er sah sich um und dann wieder zu mir. „Mati? Hast du sie gefunden?"

„Ja. Oh, verdammt."

„Jade?" Als ich nichts sagte, nahm er meine Hand, und einen Moment später waren wir wieder in unserer Welt im Club. Die Musik und die Energie des Clubs hallten in mir wider und drehten mir den Magen um. „Lass uns gehen", sagte Kane. Er zog mich hinter sich her und eilte zur Hintertür davon.

Wir stiegen die drei Treppen zu meiner alten Wohnung hinauf, die noch mit den Möbeln aus dem Lager ausgestattet war, die er mir geschenkt hatte. Er hatte mir gesagt, dass er sie nicht vermieten wollte, damit er sie in den Nächten nutzen konnte, in denen er lange arbeitete und es nicht nach Hause schaffte. Doch das passierte nie. Er kam immer zu mir nach Hause. Ich war mir ziemlich sicher, dass er sie behielt, weil mein Geisterhund dort lebte.

Sobald wir die Tür öffneten, sprang Duke, der Golden Retriever, hechelnd und schwanzwedelnd auf mich zu.

„Hey Junge", sagte ich und ließ mich aufs Bett fallen, meine Hand auf meiner Stirn.

Er sprang hinauf und landete auf meinem Bauch. Ich stieß einen überraschten Schrei aus. Es war nicht so, dass er viel wog … Immerhin war er ein Geist. Aber er zerstreute etwas Energie. Er musste mich vermisst haben.

„Bist du okay?", fragte Kane.

„Ja. Duke ist auf mich gesprungen."

Er lachte und setzte sich neben mich. „Was ist da unten passiert?"

Ich ging alles durch, was ich erfahren hatte, und endete damit, wie ich sie verloren hatte, genauso wie ich ihn verloren hatte. „Es scheint, als wäre ich die Einzige, die dorthin und wieder zurück kann. Warum?"

„Mächtige weiße Hexe, Liebes. Was könnte es sonst sein?"

Ich seufzte. „Nicht stark genug. Sie ist immer noch da."

„Aber sie ist nicht verletzt, oder?"

„Nein. Sie ist jedoch schrecklich dünn. Sie braucht Essen. Wenn sie nicht zuerst vor Schwäche zusammenbricht, wird sie wahrscheinlich den Verstand verlieren. Da ist nichts. Niemand. Sie sitzt nur auf den Felsen im Nebel und hat keine Kraft, ihn auch nur zu verbannen. Es muss schrecklich sein."

„Wir werden einen Weg finden." Er beugte sich herunter und küsste mich. Seine Lippen waren weich und zart, süß, als würde er mich genießen. Dann wurde sein Mund heiß, besitzergreifend, und seine Hände glitten an meinen Seiten empor. Er zog mich hoch, bis ich aufrecht saß. Ich öffnete meine Augen und starrte in die tiefen Pfützen geschmolzener Schokolade in seinen Augen. „Daran werde ich mich nie gewöhnen."

Ich lächelte gegen seine Lippen. „Du meinst, mich um den Verstand zu küssen?"

Sein Griff wurde fester. „Daran kann ich mich gewöhnen, hübsche Hexe. Nein, ich meine zu denken, ich könnte dich verloren haben. Als wir getrennt wurden und ich dich nicht finden konnte … na ja, es war scheiße. Ich hatte keine Ahnung, ob du zurückkommen würdest, und ich konnte verdammt noch mal nichts dagegen tun."

Ich drückte zwei Finger auf seine Lippen. „Ich weiß. Mir ging es genauso, als mir klar wurde, dass du nicht bei mir bist. Jeder Instinkt hat mir gesagt, dass ich zu dir zurückeilen sollte, doch ich konnte nicht einfach gehen. Ich wusste nicht einmal, wo ich war. Aber ja, ich weiß es. Und ich bin kein Fan. Wir sollen zusammen durch die Schatten wandeln, oder nicht?"

„Ja. Aber du warst nicht in den Schatten, oder? Du bist wieder in eine andere Dimension gesprungen."

„Verdammte Engel." Ich schwang meine Beine über die Bettkante und stand auf.

„Wohin gehst du?"

Ich stand wie erstarrt da und fragte mich das selbst. Wo sollten wir angefangen? „Wir müssen Chessandra finden."

# KAPITEL VIER

ährend Mardi Gras durch die Stadt zu kommen, war schlimmer als die Hölle. Und ich musste es wissen, weil ich dort gewesen war. Zweimal. Allein um aus dem French Quarter hinaus und über die Crescent City Connection Bridge zu kommen, brauchten wir zwei Stunden. Um mit Chessandra in Kontakt zu treten, brauchten wir Lailah, und sie war immer noch im Summer House in Cyprus Settlement. Zusammen mit allen anderen, die wir kannten.

Ich verbrachte die ganze Zeit damit, meine Hände zu ringen, entsetzt darüber, dass Mati in einer Zwischenwelt festsaß. Ich war ziemlich zuversichtlich, dass sie vorerst in Sicherheit war, doch was für eine schreckliche Existenz! Ich würde mich nicht wohlfühlen, bis wir sie dort rausgeholt hatten.

„Jade?", fragte Kane.

„Hmm?"

„Willst du mich heiraten?"

Sein unbeschwerter Ton schreckte mich aus meiner Benommenheit, und ich lachte tatsächlich. „Sicher. Wann?" „Sobald ich den Pastor nach Summer House gebracht habe." Ich tätschelte ihm das Knie. „Viel Glück. Ich bin mir ziemlich sicher, dass er heute Abend noch eine weitere Hochzeit hatte." Es bestand absolut keine Chance, dass der Pastor zurück nach Cypress Settlement kommen würde. In diesem Verkehr? Ja, nein. Doch wenn Kane es versuchen wollte, würde ich mir fünf Minuten Zeit nehmen, um ja zu sagen. Auch wenn mein wunderschönes Kleid in der Stadt war. Ich unterdrückte einen Seufzer und starrte aus dem Fenster.

Kane tat, was er konnte, doch unser Pastor schien sich nicht einmal an uns zu erinnern. Offensichtlich hatte ihn jemand etwas zu hart mit einem Erinnerungszauber getroffen. So wie es aussah, würden wir wahrscheinlich einen neuen finden müssen. Als Kane das Gespräch beendete, schüttelte er den Kopf. „Sieht so aus, als wäre heute wirklich nicht der Tag."

Ich fuhr mit einer Hand durch sein wunderschönes dunkles Haar und flüsterte: „Ich gehöre schon dir."

Sein langsames Lächeln schickte Prickeln an die richtigen Stellen. Wir flirteten und neckten uns für den Rest der Fahrt, und als wir schließlich in die lange Einfahrt des Hauses einbogen, war ich fast entspannt. Doch dann sah ich Reste der Hochzeit, und ein Druck füllte meine Brust, bis ich kaum atmen konnte. All die Planung. All die Angst, alles fertig zu bekommen, bevor Kanes Eltern in die Stadt kamen, und jetzt das. Göttin, mein Leben war manchmal ein Clusterfuck. Wenigstens war Kane diesmal bei mir.

„Kane! Da bist du ja." Seine Mutter stolperte von der Veranda. Die riesige Menge an Perlen, die um ihren Hals gewickelt waren, ließ sie tatsächlich so aussehen, als könnte sie jeden Moment umkippen. Oder vielleicht lag das an den vielen Hurricanes, denn zweifellos war das halbvolle Glas in ihrer

Hand nicht das erste. „Du hast Mardi Gras verpasst! Die Paraden sind schon vorbei. Wo bist du gewesen?"

Er schenkte ihr ein nachsichtiges Lächeln. „Wir hatten ein paar Dinge zu erledigen. Sieht aber so aus, als hättest du dich prächtig amüsiert."

Sie lachte, beugte sich vor und legte ihre Hand an seine Brust. „Ich bin so froh, dass ich ein leicht zugängliches Kleid getragen habe, wenn du verstehst, was ich meine."

Kanes Kiefer verkrampfte sich, und ich war hin- und hergerissen zwischen Lachen und dem Bedürfnis, mich zu übergeben. Ihrer massiven Beute nach zu urteilen, musste sie reichlich blankgezogen haben. „Mutter", sagte Kane und seufzte. „Das ist viel zu viele Information."

Sie kicherte. „Ach Kane. Ich bin noch nicht tot."

„Shelia!", rief sein Vater von der Veranda. „Stell den Drink ab und schieb deinen Arsch hier rein."

Ich sah Kane überrascht mit hochgezogenen Augenbrauen an. Sprach er immer so mit ihr? Dann würde ich auch so viel trinken.

„Und sieh zu, dass du dein verdammtes Top anbehältst. Die Nachbarn beschweren sich."

Anscheinend war Mardi Gras in Cypress Settlement nicht annähernd die Freakshow, die es im French Quarter war. Wahrscheinlich waren jede Menge Kinder unterwegs gewesen. Ugh. Wir würden das Gesprächsthema der Stadt sein.

Kane schüttelte den Kopf und zog mich an seinen beiden Eltern vorbei. Ich spürte, wie angewidert er war. „Ignorier' sie einfach."

„Wohin geht ihr?", rief sein Vater uns nach.

Kane beschleunigte seine Schritte, Demütigung und pure Frustration glitten von seiner Hand in meine.

„Nimm dir das nicht so zu Herzen", sagte ich. „Sie werden bald weg sein, zurück dorthin, wohin auch immer sie gehen werden." Seine Eltern waren den größten Teil seines Lebens durch das Ausland gereist und kamen nur dann in die Stadt, wenn es ihnen passte. Er war hauptsächlich von seiner Großmutter aufgezogen worden. Ich wünschte von ganzem Herzen, ich hätte sie kennenlernen können. Sie klang wie eine unglaublich starke Frau, doch leider hatte er sie vor ein paar Jahren verloren.

„Dieser Tag kann nicht früh genug kommen", knurrte er.

Ich sah ihn an, überrascht von seinem Ton. Bis jetzt war er ihrem egozentrischen Verhalten gegenüber meist tolerant gewesen. „Geht's dir gut?"

Er schloss für einen Moment die Augen, als ob er versuchte, sich zu fassen. „Ja. Sie nerven mich manchmal einfach zu Tode."

Ich drückte seine Finger und ließ ihn wissen, dass ich ihn verstand. Meine Familie hatte ihre eigenen Probleme. Wir gingen durch den Ballsaal, und nach einem kurzen Blick auf all die Lichter und frischen Blumen senkte ich die Augen und starrte auf den Boden. Das Haus war noch hochzeitlich geschmückt. Das unter die Nase gerieben zu bekommen, war zu viel.

Erleichterung erfasste mich, als wir in die Küche gingen – bis die Tabletts mit Essen meine Sinne attackierten. Krabbenfrikadellen, gefüllte Pilze, mit Kräutern und Käse gefüllte Teigtaschen. Lailah, Pyper, Kat und Tante Gwen starrten uns über halbleere Teller vom Tisch aus an. Ich winkte und nahm einen Teller. Als er fast überlief, setzte ich mich zwischen Lailah und Kat. Kane folgte mir und füllte seinen Teller, lehnte sich aber an eine Theke.

„Jade?", fragte Tante Gwen.

Ich sah sie an, und Tränen drohten überzuquellen. Ihr lockiges graues Haar war zu einer raffinierten Welle geglättet worden, und sie trug einen schicken Hosenanzug. Ich hatte sie nie wirklich in etwas anderem als Blue Jeans oder Latzhosen gesehen. „Gwen, du siehst so hübsch aus", sagte ich und konnte die Tränen nicht zurückhalten.

„Ahh, Süße, weine nicht." Sie stand auf und zog mich in eine Umarmung. „Alles wird gut. Der Anzug geht nirgendwo hin. Du wirst mich für die nächste Runde verkleidet sehen."

Ich stieß ein Lachen aus. „Das ist das eine Gute, das dabei herausgekommen ist, denke ich."

Sie wischte meine Tränen weg und gab mir einen Kuss auf meine Wange. „Alles wird gut. Versprochen."

Ich musterte sie und fragte mich wie immer, ob sie eine Vision gehabt hatte. Doch ich fragte sie nicht. Sie würde es mir sowieso nicht sagen.

Kat stand auf und schenkte ein paar Gläser Eistee ein. Als sie zurückkam, stellte sie eines vor mich. „Wir haben uns Sorgen gemacht", sagte sie leise.

„Ja, ich war bereit, einem Engel für das, was sie ausgerechnet heute getan haben, ernsthaft in den Hintern zu treten", fügte Pyper hinzu. „Es ist verdammt gut, dass sie in einem anderen Reich leben, sonst wäre deine Mutter mir vielleicht zuvorgekommen."

„Wirklich?" Ich sah mich um. „Wo ist sie?"

„Oben." Gwen drückte meine Hand. „Sie baut ihre Frustration ab, indem sie ein paar Tränke mischt."

Ich erschrak. „Das klingt nicht nach einem guten Plan."

„Besser, als Chessandra und deinen Dad offiziell hierher zu zitieren", sagte Gwen.

„Kann sie das?" Ich sah mich um. Mein Blick landete auf Lailah.

Sie zuckte mit den Schultern. „Wenn sie die Hilfe eines anderen Engels bekommt. Meri würde es wahrscheinlich tun."

Meri war eine der besten Freundinnen meiner Mutter und diejenige, mit der ich eine Weile meine Seele geteilt hatte. Man

45

könnte argumentieren, dass ich sie vor dem Dämonismus gerettet hatte. Es war wahrscheinlich, dass Meri Mom bei allem helfen würde, was sie verlangte. „Dann ist es wohl besser, wenn sie stattdessen die verrückte Wissenschaftlerin spielt."

Mom war eine Erdhexe und konnte einige interessante Tränke herstellen. Die meisten waren harmlos, aber nicht alle. Besonders die, die sie mischte, wenn sie wütend war. Trotzdem war es besser, als sich mit dem Hohen Engel anzulegen.

„Gut. Genug geplaudert", sagte Pyper, immer der Unverblümte in der Gruppe. „Wir sterben hier vor Neugierde. Erzählt uns, was in aller Welt passiert ist."

Ich begegnete Kanes Blick und bemerkte, wie die Anspannung in seinem Gesicht nachließ. Es tat ihm gut, mit unseren Freunden zusammen zu sein. Ich winkte ihn zu mir und nickte zu einem leeren Stuhl neben Pyper, seiner besten Freundin. Er brauchte das genauso sehr wie ich.

Als er sich beruhigt hatte, fuhr ich fort, ihm alles zu erklären, was passiert war, seit wir so abrupt weggebracht worden waren.

„Der Schleier zur Hölle wurde geschlossen?", fragte Lailah mit großen Augen.

Ich nickte. „Scheint so."

Sie stand auf und begann, auf und ab zu gehen. Ihr langes honigblondes Haar wehte hinter ihr her. „Aber wie? Ich habe noch nie zuvor gehört, dass jemand das auch nur ansatzweise geschafft hätte. Es ist … na ja, unmöglich. Ich meine, die Vorstellung, dass Engel nicht mehr fallen können. Ich kann nicht einmal … ich kann nur … Whoa."

Pyper und Gwen mischten sich beide mit Fragen ein und wollten wissen, ob Dämonen immer noch durchkommen könnten, ob Hexen entführt werden könnten. Gab es noch

Bedarf an Seelenhütern? War schwarze Magie noch zugänglich? Lailah hatte keine Antworten, war aber auf den Beinen, bereit, danach zu suchen, als Kat ihre Hand hob.

„Warte." Kat stand auf und verlangte ihre Aufmerksamkeit. „Ich verstehe, dass das Schließen des Schleiers eine große Sache ist, aber Jade sagt, eine junge Frau ist in einer seltsamen Zwischenwelt gefangen. Ist das jetzt nicht wichtiger?"

Ich warf meiner Freundin ein dankbares Lächeln zu. Man konnte sich immer auf Kat verlassen, das Gespräch wieder auf das Wesentliche zu lenken. Lailahs Reaktion war zu erwarten gewesen, doch wir mussten uns jetzt auf Mati konzentrieren. „Kannst du Chessandra anrufen?", fragte ich Leila.

„Was?" Ihr Kopf ruckte hoch, ihr Gesichtsausdruck war immer noch voller Verwunderung. „Oh sicher. Aber ich kann nicht fassen, dass sie dir keine Möglichkeit gegeben hat, direkt mit ihr in Kontakt zu treten."

Ich hob meine Hände. „Sie war mehr als nur ein bisschen abgelenkt."

„Scheint so." Lailah stand auf und ging in die Mitte der Küche. Sie hob ihre Hände und ohne, dass sie ein Wort sagen musste, erfüllte ein Strahl reinweißen Lichts unsere Küche. Das Licht drehte sich in sich selbst und wurde dann zu einer schimmernd-durchsichtigen Erscheinung des Hohen Engels.

„Hast du sie gefunden?" forderte Chessa.

„Ja."

Chessandra stieß einen pfeifenden Atemzug aus, und wenn sie in solider Gestalt gewesen wäre, hätte sie vielleicht den Halt verloren. „Der Göttin sei Dank." Sie sah sich um, und ihr erleichterter Ausdruck verschwand genauso schnell. „Wo ist sie?"

„In einer anderen Dimension. Ich konnte sie da nicht rausholen. Aber ich denke, sie ist relativ sicher ... vorerst."

Chessandras Augen wurden wieder purpurrot. Dann

durchbohrte sie Lailah mit ihrem furchterregenden Blick. „Tu, was du tun musst, um sie sicher nach Hause zu bringen."

Lailah stand aufrecht da und nickte, nahm ihre Befehle mit Anmut entgegen. „Ja, Hoheit."

Der Hohe Engel wandte sich wieder mir und Kane zu. „Halte mich auf dem Laufenden." Das Licht verschwand und nahm sie mit.

„Das war gruselig", bemerkte Pyper.

Wir drehten uns alle um und starrten sie an.

„Was? Total. Ich meine, sie hatte Teufelsaugen. Oder nicht?"

Kane schmunzelte und legte seine Hand auf ihre viel kleinere. „Definitiv."

Ich warf Lailah einen Blick zu. Unsere Blicke trafen sich, und in ihren blauen Augen lag Sorge. „Irgendwelche Ideen, wo ich anfangen soll?", fragte ich.

Sie senkte den Kopf und presste sich nachdenklich eine Hand an die Stirn. „Wir müssen wissen, wer ihr Seelenhüter ist. Er oder sie wird die engste Verbindung zu ihrer Seele haben. Der Hüter kann ihr vielleicht helfen, zurückzukommen."

Ich runzelte die Stirn. „Warum hat Chessandra dann nicht dort angefangen?"

Lailah schüttelte den Kopf. „Keine Ahnung. Aber hat sie nicht gesagt, dass Engel ausgeschlossen sind? Vielleicht deshalb. Ich möchte ihn oder sie trotzdem finden. Zumindest könnten wir etwas darüber erfahren, was Mati vorhatte, und vielleicht einen Weg finden, den Zauber aufzuheben, wenn es sein muss, um sie nach Hause zu bringen."

„Das klingt nach einem soliden Plan. Trotzdem sollten wir anfangen, an einem Zauber zu arbeiten, um zu sehen, ob wir sie zusammen herausziehen können." Mit der vereinten Energie des Zirkels könnten wir es vielleicht schaffen. Ich sah mich in der Küche um und runzelte die Stirn. „Wo ist Bea?"

„Sie ist vor einer Weile gegangen." Kat schob einen Pilz auf ihrem Teller herum. „Ich bin mir ziemlich sicher, dass sie vorhatte, ein paar Schutzzauber für euch beide zu wirken."

„Ach so?"

„Ich glaube, sie fühlt sich etwas hilflos", fügte Lailah hinzu. „Sie kann dir nicht helfen, wenn du in den Schatten wandelst. Sie ist deine Mentorin. Es ist schwer, loszulassen."

Mein Herz schwoll an von dem Wissen, dass Bea immer noch tat, was sie konnte. „Aber das war, bevor wir bemerkt haben, dass Matisse nicht dort ist. Es sieht so aus, als müssten wir uns auf den Weg zum Garden District machen", sagte ich zu Kane.

„Du machst Witze, oder?", schnaubte Pyper.

„Nein. Warum?"

„Hallo." Sie wedelte mit einer Hand vor meinem Gesicht. „Mardi Gras. Die Paraden werden die Avenue runter geleitet. Da kommst du nie durch."

„Sie hat recht, Liebes", sagte Kane, als er aufstand und sich hinter mich stellte. Das beruhigende Gewicht seiner Hände ruhte auf meinen Schultern.

„Ugh." Wie konnte ich das vergessen? „Was jetzt?"

Lailah hob einen Finger und zog ihr Handy heraus. „Ich kann mir sowieso nicht vorstellen, dass sie nach Hause gegangen ist. Ich werde herausfinden, wo sie ist." Sie stand auf und verschwand nach nebenan.

„Da seid ihr ja", sagte meine Mutter, als sie in die Küche schritt. Sie blieb stehen und stemmte ihre geballten Hände in die Hüften. „Was ist passiert?"

„Drake", antwortete ich.

Sie runzelte die Stirn. „Dieser Hurensohn." Dann sah sie mich an, und ihre Haltung entspannte sich. „Es tut mir so leid, Jade. Was für eine beschissene Sache, die heute passiert ist." Ihre High Heels klapperten auf den Fliesen, als sie auf mich zuging und meine Finger drückte. „Mach dir keine Sorgen, Shortcake. Ich kümmere mich um die Verschiebung dieses Rummels."

Mom und ich hatten unsere Probleme, doch wir arbeiteten daran. Die Tatsache, dass sie sich mehr Sorgen darüber machte, dass meine Hochzeit unterbrochen wurde, als was der Grund dafür war, brachte mich zum Schmunzeln. Nichts würde sie daran hindern, ihr kleines Mädchen vor den Altar treten zu sehen. „Ich liebe dich, Mom."

„Ich liebe dich auch, Baby. Jetzt sag mir, was dieser Arsch dieses Mal gemacht hat." Die Heftigkeit in ihrer Stimme, kombiniert mit der Entschlossenheit, die sie ausstrahlte, ließ mich fragen, ob sie ihn jagen und ihm in den Allerwertesten treten würde. Sie würde es wahrscheinlich tun, wenn sie zu ihm gelangen könnte. Ich nahm mir vor, Meri zu warnen, nur für den Fall, dass Mom diesen Gefallen einfordern sollte.

Ich informierte sie über die Details und ließ nichts aus. Interessanterweise entschied sie sich dafür, sich auf die Information über Coven Pointe zu konzentrieren. „Bea im Krieg mit einem anderen Zirkel? Das hört sich … unwahrscheinlich an."

„Ich weiß nicht, Mom. Niemand hat diese Leute je erwähnt. Ich dachte, ich kenne alle Hexen der Stadt."

„Manche Wunden sitzen tief." Gwen trank einen Schluck Kaffee. „Wenn die Fehde schon so lange andauert, könnte sie jeden erdenklichen Grund haben."

„Sehr richtig." Mom holte eine Cola Light aus dem Kühlschrank und ging zur Tür. „Ich werde mich daran machen, die Dekoration abzubauen, damit du sie vorerst nicht sehen musst. Lass es mich wissen, wenn du mich für irgendwas brauchst."

Die Tür schwang hinter ihr zu und knallte dann wieder auf, als Shelia in die Küche stürmte. „Was ist hier los? Ich dachte, das wäre eine Party. Kane, stell den Crawfish Boil an. Verdammt, ich werd' hier noch verhungern." Sie ging an den vielen Tabletts vorbei und riss die Kühlschranktür auf. Einen Augenblick später hatte sie die Zutaten für einen weiteren Hurricane auf dem Tresen gestellt.

Ich sackte auf meinem Stuhl zusammen. Ich musste hier raus. Sie war zu viel.

Kane ging zu ihr hinüber und nahm ihr den Rum aus der Hand. „Vielleicht solltest du langsamer machen, Mutter."

Sie erstarrte und sah ihn einen Moment verblüfft an. Dann riss sie trotzig den Alkohol zurück. „Wie kannst du es wagen, mich vor deinen Freunden in Verlegenheit zu bringen?" Ihr Ton war ein lautes Flüstern, das wir alle hören konnten.

„Ich denke, das schaffst du sehr gut allein. Wenn du weiter trinken willst, nur zu. Trink' dich um den Verstand, wenn du willst. Es ist mir scheißegal. Nur tu mir den Gefallen und kotz nicht auf unsere Möbel."

Mein Mund stand vor Schreck offen. Ich wusste, dass ihre Beziehung angespannt war, aber ich hatte nichts von der Feindseligkeit gewusst. Kane hatte nie darüber gesprochen. Ich konnte sehen, warum. Ich hatte einen beträchtlichen Teil meines Lebens ohne meine Mutter verbracht, doch es war nicht ihre Entscheidung gewesen. Kanes Mutter hatte ihn nicht nur verlassen, sondern hatte eindeutig Suchtprobleme. Mein Herz schwoll vor Bewunderung für den Mann an, der er trotz seiner Eltern geworden war.

„Kane?", sagte ich.

Er riss seinen wütenden Blick von seiner betrunkenen Mutter und sah mich an. „Lass uns gehen. Wir haben zu tun."

# KAPITEL FÜNF

*V*oller Dankbarkeit für alles, was sie für uns getan hatten, verabschiedeten wir uns schnell von unseren Freunden. Auf dem Weg nach draußen bedeutete ich Lailah, uns zu folgen. Sie unterhielt sich immer noch mit Bea und hatte hektisch Notizen auf einer Serviette gemacht.

Am Auto gab sie mir ihr Handy. „Bea will mit dir reden."

Hoffnung verdrängte etwas von meinem inneren Aufruhr. Meine Mentorin hatte mich noch nie im Stich gelassen. „Bea, der Göttin sei Dank."

„Jade, Liebes, es tut mir so leid wegen der Hochzeit."

Ein Stich des Ärgers durchbohrte meine Eingeweide. Ich wusste ihr Mitgefühl zu schätzen, das tat ich wirklich. Doch es war verdammt schwer, sich nicht in Mitleid zu suhlen, wenn alle es erwähnten. „Wir verschieben den Termin einfach", sagte ich ruhig. „Momentan ist Mati wichtiger. Bitte sag mir, dass du etwas für mich hast."

„Nicht viel, fürchte ich. Lailah sagt, sie hat euch bereits geraten, ihren Seelenhüter zu finden. Ich weiß nicht, ob das hilft, aber du kannst es versuchen." Sie seufzte ins Telefon. „Die Hexen von Coven Pointe verwenden eine andere Form der Magie als wir. Ihre Zauber stammen aus einer anderen Quelle, also wird es sich als schwierig, wenn nicht gar unmöglich erweisen, herauszufinden, was wir tun können, um Mati zu helfen."

„Was meinst du mit anders?"

Sie zögerte.

„Bea? Geht es hier um irgendeinen Mann?"

„Was?" In ihrer Stimme lag echter Schock. „Wie kommst du darauf?"

„Mati sagte, das ist der Grund, warum die beiden Zirkel nichts miteinander zu tun haben. Dass das alles mit einem Mann angefangen hat."

Sie lachte, ein schrilles Klirren. „Nun, das ist lustig. Wenn Dayla diese Geschichte verbreitet, dann ist sie wirklich verblendet."

Dayla. Matis Tante und die Anführerin des Zirkels. Ich war sehr neugierig, was wirklich passiert war. Doch jetzt war nicht der richtige Zeitpunkt. „Hast du irgendwelche Informationen, die helfen könnten? Oder einen Ansatzpunkt?"

Sie zögerte. Dann holte sie tief Luft. „Ich denke, du solltest zu Dayla in Coven Pointe gehen. Der beste Weg könnte sein, Matis Kräfte wiederherzustellen. Doch die bekommt sie nur von einem ihrer Vorfahren. Oder eher ein paar von ihnen. Dafür sollten sie einen Zauberspruch haben. Du musst sie jedoch dazu bringen, dir ihre Magie anzuvertrauen. Und das wird der schwierige Teil sein. Sie werden dir nicht gerne etwas von ihrer Macht geben."

Das konnte ich nachvollziehen. Wenn mich jemand, den ich nicht kannte, auffordern würde, einen Teil meiner Macht aufzugeben, wäre ich auch ausgesprochen feindselig. Wer konnte schon wissen, was derjenige damit anstellen würde? Doch ich musste zustimmen. Wenn Mati ihre eigene Kraft nutzen konnte, um diese Dimension zu verlassen, wäre das das Beste. „Werde ich dort willkommen sein?" Wenn sich unsere Zirkel in einem verrückten Krieg befanden – einem, den niemand verstand – was würde mich erwarten?

„Wahrscheinlich nicht. Aber sag ihnen, dass Chessandra dich geschickt hat."

Es klang ziemlich einfach. Mir ihre Kraft holen, Matis Magie wieder herstellen und sich selbst befreien lassen. Klar. Nichts war so einfach. Niemals. Und wahrscheinlich würde jeder Zauber, den sie mir geben würden, Konsequenzen haben. Das hatten sie immer. „Gut. Aber wenn eine von ihnen mich in einen Aschenbecher verwandelt, erwarte ich, dass du mich holen kommst."

„Aschenbecher?"

„Ja. Aschenbecher. Wie diese scheußlichen Blechdinger, die Kinder in der Schule basteln."

„Äh … in Ordnung, Liebes." Ich konnte an ihrem zögernden Ton erkennen, dass sie glaubte, ich hätte den Verstand verloren.

Ich lachte, als mir klar wurde, dass sie wahrscheinlich recht hatte. „Das sind die hässlichsten Dinger überhaupt. Ich sage nur, dass ich nicht als Blechdose leben will, die nach Teer und Asche riecht. Das ist alles."

„Ich denke, das wird nicht passieren", lachte sie. „Doch ich verspreche dir, ich werde dich vor der ewigen Asche retten. Ruf mich an, nachdem du mit ihr gesprochen hast. Lailah hat die Adresse und ein paar Notizen."

„Danke." Nachdem ich das Gespräch beendet hatte, gab ich Lailah ihr Handy zurück und nahm die Wegbeschreibung. „Kane und ich machen uns auf den Weg, um uns mit diesen anderen Hexen zu befassen. Warum hat mir niemand davon erzählt?"

Sie zuckte mit den Schultern. „Sie bleiben für sich und wir auch. Es kann manchmal schwierig sein, mit einem anderen Zirkel zu koexistieren. Meistens ist es am besten, einander einfach zu ignorieren, wenn man keine Wellen schlagen will."

Ich starrte sie zweifelnd an. „Ernsthaft?"

„Ja. Ich habe sie nie erwähnt, weil ich ehrlich gesagt nicht viel über sie nachdenke. Bea ist meine Aufgabe, genau wie du. Ich mache mir Sorgen darüber, was ihr beide tut. Nicht der Zirkel auf der anderen Seite des Flusses. Solange sie keine Seelen verderben, ist es mir wirklich egal, was sie treiben."

Nun, solange sie keine Seelen verderben. Alles klar.

Kane legte mir eine Hand an den Rücken und führte mich zur Beifahrerseite seines Lexus. „Es hört sich nicht so an, als würde mir das gefallen."

Ich drehte mich zu ihm um, sein frischer Regenduft war so vertraut und beruhigend. „Gefällt dir jemals irgendwelcher Hexenkram?"

Er strich mit seinen Lippen über meine Schläfe und murmelte: „Du gefällst mir."

Das brachte mich zum Lächeln. „Gut, Mr. Rouquette."

Er neigte seinen Kopf und beugte sich vor, wobei er meine Unterlippe einfing. Meine Finger schlossen sich um sein Hemd, als ich ihn näher zog und ihn küsste. Es war ein bittersüßer Moment, als wir beide vor Summer House standen, dem Ort, an dem wir heute unsere Hochzeit hätten feiern sollen. Wir lösten uns voneinander und starrten uns einen Moment lang an. Dann sagte Kane: „Italien wird auch später noch da sein."

Ich schnaubte. „Es hat so lange durchgehalten."

„Siehst du?" Er strich eine Haarsträhne zurück, die aus meiner schicken Hochsteckfrisur gerutscht war. „Bereit?"

Ich schüttelte den Kopf, ging aber trotzdem zum Auto. Er folgte und öffnete mir die Tür. Ich winkte Lailah zu, die sich auf die Veranda zurückgezogen hatte, um uns Privatsphäre zu gewähren. „Ich rufe dich an, sobald wir was wissen."

Sie nickte und verschwand wieder im Haus.

Kane gesellte sich zu mir ins Auto und innerhalb weniger Minuten waren wir auf dem Highway in Richtung Pointe.

„SIND WIR FALSCH ABGEBOGEN?" Ich betrachtete die heruntergekommene Gegend und ließ die verfallenden Häuser auf mich wirken. Eines war von Grün überwuchert, Schlingpflanzen krochen von allen Seiten am Gebäude empor. Die Gitterstäbe vor den Fenstern waren verrostet, und die Veranda hing durch, als würde sie gleich zusammenbrechen. Ich hätte geglaubt, es sei verlassen, wenn nicht die Frau gewesen wäre, die in der Tür stand und uns musterte. Sie trug goldene Hotpants, ein hautenges schwarzes Tanktop und schwarze Hausschuhe.

Hinter einem aufgemotzten Buick-Lowrider aus den späten Achtzigern hielten wir an einer Kreuzung an. Kane warf einen Blick auf das GPS im Armaturenbrett und schüttelte den Kopf. „Nein. Diese Straße führt uns nach Pointe. Aber vielleicht hätten wir einen anderen Weg nehmen sollen."

Ich blickte zurück zu der Frau, die einen langen Zug von einer Zigarette nahm. Sie zog ein Handy aus ihrer Gesäßtasche und drückte auf einen Knopf.

Einen Moment später schwang die Haustür des Hauses neben ihr auf. Ein großer Latino trat auf seine eigene verfallene Veranda, bekleidet mit Jeans und einem Waffengürtel, komplett mit einer Pistole darin. Keine Schuhe oder Hemd. Tattoos bedeckten den größten Teil seines

Oberkörpers. Verdammt. Wir mussten wirklich hier weg. Offensichtlich waren wir versehentlich in das Gebiet der Banden geraten.

Ich senkte meinen Blick und war mir des offensichtlichen Luxus' von Kanes Lexus sehr bewusst. Das war nicht gut. Magie prickelte in meiner Brust und strömte für alle Fälle in meine Fingerspitzen.

„Alles wird gut", sagte Kane. Doch aus dem Augenwinkel sah ich, wie mehr Männer aus dem Haus kamen, die meisten von ihnen bewaffnet. Einer hatte eine Art Glaspfeife, die er anzündete.

„Äh, Kane." Meine Nervosität ließ meine Stimme leicht zittern.

„Ich sehe sie." Er umklammerte das Lenkrad fester und sah den Buick vor uns stirnrunzelnd an. Das Auto stand einfach da, eine schwache Abgasfahne strömte aus seinem Auspuffrohr. Keine anderen Autos in Sicht.

„Sie warten ab, was wir tun", sagte ich.

Er warf einen Blick in den Rückspiegel und fluchte, als er einen schwarzen Geländewagen auf uns zukommen sah. „Zeit zu gehen." Er fuhr hinter dem Buick hervor und scherte aus.

Als wir vorbeifuhren, hob der vermummte Fahrer etwas, das wie eine Waffe aussah, und zielte.

Ich legte meine Hand auf die Autoscheibe und rief: „*Tego Texi Tectum!*"

Schüsse hallten durch die Straßen, und Kugeln regneten über das Auto und prallten von meinem Schutzzauber ab. Heilige Scheiße. Das war hässlich. Und vollkommen ohne Grund. Wir waren nur die Straße entlanggefahren, allerdings in einem Auto, das dreimal so viel wert war wie mein Jahresgehalt. Nicht, dass das viel sagte. Ich war Glaskünstlerin, die nebenbei in einem Café arbeitete.

Ich fing an zu zittern, als Kane das Auto durch die von

Schlaglöchern pockennarbigen Straßen manövrierte. Ich schlang meine Arme um mich und bemühte mich, mich zu beherrschen. Es war nicht so, als wäre ich noch nie zuvor in einer gefährlichen Situation gewesen, doch die hatten in der Regel mit Dämonen, Geistern oder böser Magie zu tun. Da ich ein Neuankömmling in New Orleans war, direkt aus dem ruhigen Idaho, war ich noch nie zuvor von einem zufälligen Fremden bedroht worden, und schon gar nicht, weil ich zufällig die falsche Straße runtergefahren war.

Ein paar Minuten später bogen wir in eine wunderschöne, von Bäumen gesäumte Straße ein, die von einem Schild flankiert wurde, auf dem stand: *Willkommen in Coven Pointe, gegründet 1719*. Der Verfall und das Verbrechen waren verschwunden, ersetzt durch gepflegte Häuser und Gärten.

„Wow", sagte ich. „Ich kann nicht glauben, dass wir aus einem Kriegsgebiet hierhergekommen sind."

Kane nickte. „Ich war lange nicht mehr hier. Sieht so aus, als wäre die schlechte Gegend der Stadt noch schlechter geworden." Sein Haus lag im French Quarter. Nur eine kurze Fahrt mit der Fähre entfernt, aber da er am Ostufer arbeitete, hatte er keinen Grund, hierherzukommen. Er sah mich an, Sorgen in seinen tiefbraunen Augen. „Bist du okay?"

„Wird schon wieder." Ich holte tief Luft und zwang mich, mich zu beruhigen. „Umgang mit bösen Geistern ist eine Sache. Aber Waffen? Ja, das brauche ich nicht. Sag mir, es gibt einen sichereren Weg zurück."

„Den muss es geben." Er legte eine Hand auf mein Knie und sagte, während er immer noch geradeaus starrte: „Gott sei Dank warst du da, Jade. Das war beeindruckende Magie, die du da benutzt hast."

Ich legte meine Hand auf seine. „Und tolles Fahren deinerseits."

Seine Lippen verzogen sich zu einem geisterhaften Lächeln. „Danke. Aber lass uns das nicht wiederholen."

„Deal."

Ein paar Blocks weiter bogen wir rechts auf die Olivier Street ab. Je näher wir dem Fluss kamen, desto schöner wurden die Häuser. „Langsam", sagte ich. „Ich glaube, es ist hier links." Kane hielt vor einem großen viktorianischen Haus an und stellte den Motor ab. Wir spähten beide über die Straße. Das Haus war ein Schrotflintenhaus, nicht unähnlich dem von Kane. Doch dieses hier stand auf einem großen Grundstück, und der Garten war tadellos gepflegt. Perfekt getrimmter Efeu rahmte die Stufen, die zum Haus führten, und Veilchen und Stiefmütterchen in Violett, Gelb und Rosa säumten den Gehweg.

„Bereit?", fragte ich.

„Ja."

Kane und ich überquerten die ruhige Straße. Die Sonne schien, und ein Paar ging mit einem Golden Retriever und einem Labrador an uns vorbei. Sie lächelten und winkten. Meine Gedanken wanderten zu Duke, meinem Geisterhund. Ich musste einen Weg finden, ihn zu uns ins French Quarter zu bringen. Es wäre schön, einen Hund um mich zu haben. Einen, der nicht dauernd im Fellwechsel war oder Chaos anrichtete.

„Das ist eine tolle Gegend", sagte ich, als Kane und ich die von Efeu umrankten Stufen hinaufstiegen.

„Es ist schöner, als ich es in Erinnerung habe." Er klingelte.

Ich sah mich zu den Nachbarhäusern um. Die meisten waren Schrotflintenhäuser oder Camelbacks, doch es gab auch ein paar viktorianische und Greek Revival-Gebäude. „Ich mag die Gegend."

Kane legte seine Arme um mich und hielt mich von hinten

fest. Ich lehnte mich an ihn und löste mich dann von ihm. Schließlich war dies ein geschäftlicher Besuch.

Die Tür schwang auf, und eine ältere Frau – vielleicht Mitte sechzig – in einer beigen Leinenhose und einer royalblauen Seidenbluse blickte uns an. „Kann ich –"

Ein lautes Krachen ertönte über ihr, und schwere Gewitterwolken tauchten aus dem Nichts auf.

„Hexe!", rief die Frau, als sich ihre Pupillen weiteten, bis ihre Iris verschwand. Ihre Hand hob sich, Magie funkelte wie ein Feuerball.

„Warten Sie!" Ich versuchte, die Magie in meiner Brust zu fassen, doch es war zu spät. Ein magischer Strahl schoss aus ihrer ausgestreckten Hand und stieß Kane und mich von der Veranda.

„Au!", protestierte ich, als ich auf meiner Seite landete und meine Hände zur Abwehr hob. Doch die Tür war geschlossen, und die Hexe verschwunden. „Scheiße. Wofür war das denn bitte?"

Kane rappelte sich auf und streckte eine Hand aus, um mir aufzuhelfen.

„Bist du okay?", fragte ich ihn.

Er nickte, hielt aber seinen Blick geradeaus auf das Haus vor uns gerichtet, um das jetzt ein halbes Dutzend Raben herumflog.

Blut lief meinen Arm hinunter. Ich runzelte die Stirn. Es tat weh. Aber schlimmer noch, ich konnte mein Blut nicht dort lassen, wo eine andere Hexe es in die Finger bekommen konnte. Ich wirbelte zum Auto herum und erstarrte. „Äh, Kane?"

„Ja?"

„Hast du das gesehen?" Ich hielt meinen verletzten Arm an meinen Körper und deutete mit dem Kopf auf seinen Lexus.

Er drehte sich um und fluchte. „Verdammt." Das ganze Auto glühte. Wir gingen zögernd darauf zu und dann darum herum. „Oh mein Gott." Ich schlug mir eine Hand vor den Mund, mein Körper wurde eiskalt. Auf der Beifahrerseite befanden sich fünf runde Punkte, die heller leuchteten als der Rest des Autos. „Dort müssen die Kugeln eingeschlagen haben." Einer von ihnen war genau in der Mitte des Beifahrerfensters. Wenn ich mit meinem Schutzzauber nicht schnell genug gewesen wäre, hätte sie mich wahrscheinlich am Kopf getroffen.

Kane ergriff mein Handgelenk und zog mich zu sich, drückte mich fest an seine Brust. Er zitterte.

Mir selbst ging es auch nicht so gut.

„Himmel Herrgott", flüsterte er mir ins Ohr.

Ich nickte gegen ihn und hasste es, dass wir den Beweis dafür hatten, wie nahe wir einer echten Katastrophe gekommen waren.

„Ihr solltet gehen", sagte eine weibliche Stimme hinter uns.

Kane hielt mich fester, doch ich schob ihn sanft von mir und drehte mich um. Im Garten stand eine andere Frau mit vor der Brust verschränkten Armen. Ich schätzte sie auf Mitte vierzig. Sie trug einen langen Baumwollrock und ein eng anliegendes T-Shirt. Eher unkonventionell.

„Ich glaube nicht, dass du das wirklich willst", sagte ich und versuchte, die Abwehrhaltung aus meinem Ton herauszuhalten. Ungeachtet dessen, dass ich von der Veranda geschleudert worden war, musste ich diese Leute dazu bringen, mit mir zu reden. „Chessandra schickt mich."

Die Augen der Frau weiteten sich genauso wie die der ersten Frau. „Chessandra ist hier auch nicht willkommen."

Misstrauen lag in der Luft, und ich konnte die Magie in ihr spüren.

„Bitte", sagte ich und hielt Kane hinter mir. Seine Aufregung bombardierte mich und ließ meine Haut prickeln. Noch ein magischer Ausbruch dieser Hexen, und er würde seine Beherrschung verlieren, wenn nicht körperlich, dann zumindest verbal. Ich musste ihn dazu bringen, sich zu beruhigen. Wenn eine von ihnen eine Empathin war, könnte sie seine defensive Stimmung lesen, und das würde nicht helfen.

Ich sammelte ein kleines bisschen meiner eigenen ruhigen Energie und schob sie in seine Hand. Er rührte sich hinter mir und stieß ein leises, verärgertes Grunzen aus, als ihm klar wurde, was ich getan hatte. Trotzdem entspannte sich sein starrer Körper ein wenig, und ich wusste, dass meine Magie das getan hatte, was nötig gewesen war.

„Wir müssen mit Dayla sprechen. Es geht um Matisse", sagte ich zu der Hexe.

Ihre Pupillen verengten sich und das brillante Blau ihrer Iris leuchtete, ähnlich wie Kanes Auto. Wow. Diese Hexen hatten seltsame Kräfte.

„Weißt du, wo Mati ist?" Hoffnung schimmerte durch die Skepsis, die sie umgab.

„Ich habe heute Nachmittag mit ihr gesprochen." Ich drückte meinen Arm an mein T-Shirt und versuchte zu verhindern, dass mein Blut auf den Bürgersteig tropfte.

Ich wollte gerade erklären, wo Mati war, aber die Hexe fragte: „Wo?"

„Sie ist in einer anderen Dimension."

„Bring sie sofort zu uns. Dann können wir reden." Sie ging die Straße entlang auf das große viktorianische Haus zu.

„Warte!" Ich ließ Kane los und rannte los, um sie einzuholen, und zuckte zusammen, als der Schmerz meinen Arm hinunterschoss. „Ich bin hier, um Informationen zu suchen und zu helfen, wenn das überhaupt möglich ist."

Sie hielt inne und drehte sich dann langsam um. Magie

knisterte um sie herum. Sie presste ihre Hände zusammen, als wollte sie ihre Macht im Zaum halten.

Ich blieb stehen und hielt meine Hände hoch. „Wir wollen nichts Böses. Ehrlich."

Sie warf einen Blick auf Kanes Auto. „Deine Magie ist stark."

War das eine Frage? Ich nahm an, dass es so war. „Ja. Ich bin eine weiße Hexe. Das ..." Ich deutete auf das Auto „... kommt daher, dass wir auf dem Weg hierher in Schwierigkeiten geraten sind. Ich habe nur versucht, uns zu beschützen." Ich runzelte die Stirn. „Ich weiß nicht, warum es plötzlich leuchtet. Es ist erst passiert, nachdem wir von der Veranda geschleudert wurden."

Sie musterte mich einen Moment lang und kniff die Augen zusammen, als sie leise vor sich hin murmelte und sich vorsichtig an mir vorbei zum Lexus bewegte. Sie legte eine Hand auf die Motorhaube, schloss die Augen und sagte: *„Dimitte!"*

Das Leuchten um das Auto herum schimmerte heller, flackerte zweimal und schoss dann in ihre Fingerspitzen. Sie stieß ein lautes Keuchen aus und griff sich mit der anderen Hand an die Brust.

Unerwünschte Energieranken krochen meine Arme empor und packten mich. Ich trat zurück und umklammerte meine Arme fest. „Was zum Teufel passiert hier?", protestierte ich, als die Ranken zudrückten und etwas Wichtiges direkt aus mir herausgesaugt wurde. „Halt! Hör auf!" Ich versuchte, meine Magie zu rufen, doch das machte es nur noch schlimmer. Jedes bisschen Kraft, das ich manifestierte, wurde von dem Einfluss, den diese Hexe auf mich zu haben schien, weggesaugt.

„Jade!" Kane rief meinen Namen, doch ich konnte ihn nicht sehen. Meine Sicht reduzierte sich auf die Hexe vor mir. Ihr langes, blassblondes Haar war von statischer

Elektrizität aufgefächert. Als das Leuchten verschwunden war, zog sie ihre Hand vom Auto weg, und die Ranken um mich verschwanden.

Meine Knie wurden weich, und alles drehte sich. Wenn Kane nicht gewesen wäre, wäre ich auf der Straße zusammengebrochen.

Die andere Hexe starrte mich verwundert an, ihre elektrisierend blauen Augen durchbohrten mich durch die Schatten der Sturmwolken. „Wow. Du hast nicht übertrieben."

Ich blinzelte und versuchte, mich schnell zu konzentrieren.

„Was hast du ihr angetan?", fragte Kane, Wut strömte aus ihm heraus. Sie legte sich um mich und machte mir das Atmen schwer.

„Kane", sagte ich schwach. „Du musst dich beruhigen."

Schuldgefühle und Frustration mischten sich mit seiner Wut, und mir wurde schwarz vor Augen.

„Bitte", sagte ich.

Widerstrebend ließ er mich los. Die Erleichterung war augenblicklich, und ich holte scharf Luft, als wäre ich unter Wasser gefangen gewesen. Die Hexe kam wieder in den Fokus. Sie stand mit ausgestreckter Hand vor mir. Ich sah sie an, machte aber keine Anstalten, sie zu ergreifen. „Antworte ihm", sagte ich und legte Kraft in die Worte. Ein Funke Magie durchströmte mich und breitete sich aus, stärkte mich gerade genug, dass ich nicht mehr das Gefühl hatte, zusammenbrechen zu müssen.

„Beeindruckend", sagte sie.

Ich runzelte die Stirn. „Was? Dass du mich unvorbereitet geschlagen hast?"

Sie lachte. „Oh nein, Honey. Wenn ich das gewollt hätte, wärst du jetzt nicht bei Bewusstsein."

Ich funkelte sie an und war mir sehr bewusst, dass sie mir

in den Hintern treten würde, wenn wir uns auf einen Kampf einließen. Miststück. „Was. Hast. Du. Getan?"

„Was du hättest tun sollen." Sie kam auf mich zu, bis wir nur noch Zentimeter voneinander entfernt waren, und blitzschnell schoss ihre Hand nach vorne und erwischte meinen Hals mit einem tödlichen Griff. Dann entfesselte sie ihre Kraft.

# KAPITEL SECHS

*"J*ade!", hörte ich Kane rufen und wusste, dass er auf uns zu gesprungen sein musste, doch die Hexe hob eine Hand und errichtete eine magische Barriere, die er nicht durchdringen konnte.

Mein ganzer Körper krampfte. Ich konnte nichts tun, außer vor Angst und Wut lautlos zu schreien. Lebhafte Farben flammten um mich herum auf, und dann verblasste alles, und alles, was ich sah, war weiß.

Süße, kühle Erleichterung strömte in meine Adern und erfüllte mich mit meiner Magie, der Magie, die die Hexe mir gestohlen hatte. Doch ich konnte mich immer noch nicht bewegen. Was auch immer sie tat, sie hatte mich in meinem eigenen Körper gefangen. Erinnerungsblitze davon, von Camille, dem Geist, besessen zu sein, stiegen auf und ließen mich vor Verzweiflung fast zerbrochen zurück. Nicht das schon wieder. Ich konnte es nicht ertragen, dass mir mein Wille genommen wurde. So nicht. Mit meiner eigenen Magie, die gegen mich verwendet wurde.

Als der Ansturm aufhörte, beugte sie sich vor, stellte

Blickkontakt her und sagte: „Lass niemals deine Magie zurück. Jede von uns kann sie benutzen, um dich zu kontrollieren." Ihre Hand entspannte sich, und mein Körper erwachte wieder zum Leben.

Ich stolperte zurück und landete in Kanes Armen. Er stützte mich und hielt mich nah an seinem harten Körper. Plötzliche Erleichterung durchströmte mich und ließ meine Augen vor unvergossenen Tränen brennen. Der Drang, wieder ins Auto zu steigen und zurück nach Summer House zu fahren, war überwältigend. Ich wollte das nicht tun. Nicht heute. Nicht mehr.

Die Hexe ging die Straße entlang. „Folgt mir!", rief sie über ihre Schulter.

Ich starrte ihr nach und kämpfte gegen den Fluchtreflex an. Ich war nicht so schwach. Wegen Matisse musste etwas unternommen werden. Ich drehte mich um und blickte zu Kane auf. „Bist du okay?"

Seine stürmischen Augen suchten meine. „Nein. Was sie getan hat ..."

Ich hob meine Hand und legte sie an seine Wange. Und in diesem Moment wurde mir klar, dass mein blutiger Arm geheilt war. Hatte sie es getan? Hatte die magische Übertragung eine schnelle Heilung bewirkt? Wie seltsam. Das war noch nie passiert.

„Jade?", fragte Kane.

„Es geht mir gut. Sie hat mir nicht wehgetan." Jedenfalls nicht körperlich. Tatsächlich hatte sie nichts getan, außer mir zu helfen. Das Schlucken der Pille wurde dadurch nicht einfacher.

„Aber sie hätte es tun können", sagte er mit einem Knurren.

Ein weiteres Krachen hallte über uns, und Sonnenlicht schien zwischen den auseinandertreibenden Wolken herab. Ich blickte gerade noch rechtzeitig auf, um zu sehen, wie die

Raben auseinander stoben und buchstäblich in der Atmosphäre verschwanden. Heilige Scheiße. Was zum Teufel waren das für Hexen?

Auf der anderen Straßenseite standen die beiden Hexen auf der Veranda und starrten uns an. Sie waren ein seltsames Paar. Die Ältere war vornehm und elegant, die Jüngere entspannt und gekleidet, als gehörte sie in die Siebziger. Die in der königsblauen Seidenbluse nahm Blickkontakt zu mir auf und sagte: „Kommt. Beide."

Ich spürte die Magie hinter ihren Worten und fühlte ein leichtes Ziehen. Doch es war nicht genug, um mich zu zwingen, ihre Befehle zu befolgen. Kane war eine andere Geschichte. Seine Augen wurden glasig, und ohne ein Wort legte er seine große Hand um meine und folgte ihrem Befehl.

„War das nötig?" Ich funkelte die ältere Hexe an. Wie konnte sie es wagen, Kane ihren Willen aufzuzwingen?

Sie hob eine dünne Augenbraue, bevor sie sich umdrehte und im Haus verschwand.

Die blonde Hexe lächelte mich an. Ein ehrliches, einladendes Lächeln. „Das war eine formelle Einladung für Hexen. Wir entschuldigen uns, dass sie eine unerwartete Wirkung auf deinen Freund hatte."

In dem Moment, als wir durch die Haustür traten, wurden Kanes Augen klar, und er schüttelte den Kopf, als ob er versuchte, Spinnweben zu vertreiben.

Die ältere Hexe drehte sich zu ihm um. „Der Wille der Magie wird allen Hexen gezeigt, damit sie erkennen können, welche Art von Magie wir verwenden. Hexen können der Macht widerstehen und ihre eigene Entscheidung treffen. Andere haben Probleme damit. Obwohl sie dich hätte aufhalten können, wenn sie gewollt hätte."

Kane verschränkte die Arme vor der Brust und funkelte sie an. Ich konnte nicht sagen, dass ich ihm einen Vorwurf daraus machte. Wir waren hierhergekommen, um zu helfen, eine der Ihren zu retten, und hatten bisher nichts als Ärger bekommen.

Die jüngere Hexe grinste Kane an und ließ dann langsam ihren Blick über ihn schweifen, ihr Lächeln wurde raubtierhaft.

„Whoa, langsam", sagte ich und hob eine Hand. „Halt dich zurück, Mädel. Er gehört mir."

Kane drehte sich um und hob fragend eine Augenbraue in meine Richtung.

„Was?", flüsterte ich. „Hast du gesehen, wie sie dich mental verführen wollte?"

Er schüttelte den Kopf, offensichtlich hatte er jegliche Geduld verloren. Er wandte sich wieder den anderen Hexen zu und streckte seine Hand aus. „Wir wurden nicht vorgestellt. Ich bin Kane Rouquette und das ist meine Verlobte Jade Calhoun."

Die beiden Frauen tauschten Blicke aus. Die Ältere nickte. „Ich habe von euch beiden gehört." Sie nahm Kanes Hand und fügte hinzu: „Ich bin Dayla Brinn, die Anführerin von Coven Pointe, und das –" sie deutete auf die Blondine „– ist Fiona Westin."

Ich bot Fiona meine Hand an. Als sie sie nahm, sagte ich: „Ich wünschte, ich könnte sagen, es ist mir ein Vergnügen, doch das bleibt abzuwarten."

Ihre Augen glitzerten, als sie lachte. „Verständlich."

„Hier entlang." Dayla eilte durch einen steifen Salon in das angrenzende Esszimmer.

Fiona winkte uns zu und bedeutete uns, ihr zu folgen. Dayla führte uns durch die moderne Küche und dann in ein großes Wohnzimmer. Um einen kleinen Sofatisch herum standen vier Ohrensessel und ein Zweiersofa. „Bitte nehmt Platz", sagte Dayla. Die Bitte wurde wieder einmal von einem Hauch von Magie unterstützt.

Ich hielt Kanes Hand fest, damit er nichts gegen seinen Willen tun musste. Ich jedoch nahm die Einladung an. Sie hatte gesagt, sie hätten eine Einladung ausgesprochen, damit Hexen von außerhalb spüren und erfahren könnten, wer sie waren. Davon hatte ich noch nie gehört. Und abgesehen von weißen Hexen und Erdhexen hatte ich keine Ahnung, was Hexen mit anderen Talenten sein könnten. Die Magie war warm, einladend. An ihr war überhaupt nichts Schlimmes.

Definitiv keine schwarze Magie. Ich würde Bea fragen müssen, warum unser Zirkel das nie tat, wenn wir auf fremde Hexen trafen. Oder taten wir das?

Ich zog an Kanes Hand und führte ihn zum Sofa. Als Fiona und Dayla Platz genommen hatten, rutschte Fiona auf die Kante ihres Sessels und faltete die Hände. „Also sag es mir, Jade. Was erwartet meine liebe Cousine von dir?"

„Chessandra ist deine Cousine?"

Dayla nickte. „Ja, Chessa ist die Tochter meiner Schwester. Es ist ihre Schuld, dass Matisse verschwunden ist." Ihre Augen trübten sich, und ihre Iriden blitzten genauso rot auf wie Chessandras. Doch sie verblassten fast sofort wieder zu einem blassem Eisblau.

Kane und ich tauschten einen schnellen Blick aus. Er hatte es auch bemerkt. Bedeutete das, dass Matisse dem Tod so viel näher war? Ein winziger Schauer lief mir den Rücken hinunter. „Kane und ich sind Schattenwandler."

Dayla musterte Kane. „Und du bist ein Traumwandler. Interessant."

Kane rutschte auf dem Zweiersofa nach vorn und stützte die Ellbogen auf die Knie. „Wie kannst du das wissen?"

Sie beugte sich vor, ahmte seine Pose nach und legte ihre Hand an seine Wange. Ihr Blick war intensiv, als ob sie versuchte, ihn zu lesen. Dann lehnte sie sich zurück und sagte nichts.

Fiona schüttelte beinahe entschuldigend den Kopf. „Mom kann Magie in der Luft schmecken. Ihre Einschätzungen sind in neunundneunzig Prozent aller Fälle richtig."

„Magie?", fragte ich. „Aber Kane ist keine Hexe."

„Natürlich nicht", sagte Dayla herablassend und erhob sich von ihrem Sessel. Sie ging über das Parkett, blieb dann stehen und sah uns an. „Ihr habt Matisse gesehen."

Es war keine Frage, sondern eine Feststellung. Ich nickte. „Ich habe sie gesehen. Sie sitzt in einer anderen Dimension fest, irgendwo zwischen den Schatten und dieser Welt. Eine Dimension voll grauem Nebel und keiner anderen Seele." Schuldgefühle und Hilflosigkeit packten mich. Warum hatte ich ihr nicht helfen können? „Es tut mir so leid, aber ich war nicht stark genug, um sie zurückzubringen."

„Aber ihr geht es gut?", fragte Fiona mit vor Sorge verzweifeltem Gesicht.

„Ihr geht es nicht gut", fauchte Dayla. Ihre Augen blitzten wieder rot auf. Sie blinzelte, und eine einzelne rosa Träne rollte über ihre Wange. Sie wischte sie weg und sagte: „Wenn es ihr gut ginge, würde das nicht passieren."

„Für den Moment ist sie okay", sagte ich. „Aber sie ist extrem dünn, und ich weiß nicht, wie lange sie es dort noch aushalten kann. Es ist, als ob die Atmosphäre ihr Energie entzieht."

Fiona sprang auf. „Du musst uns zu ihr bringen."

„Setz dich, Fiona", blaffte Dayla.

Fiona starrte sie an und ballte ihre Fäuste. Eine wütende Dampfwolke schoss aus ihr heraus und zielte direkt auf Dayla.

Dayla hob ihre Hand und die Wutwolke löste sich auf.

Wow. Diese Hexen waren ganz anders als die Hexen in meinem Zirkel. Sie schienen viel mächtiger zu sein, arbeiteten mit ihrem Willen, nicht mit Zaubersprüchen.

Sie funkelten einander an, doch dann setzten sie sich beide

wieder. Ich blickte zwischen ihnen hin und her und sagte in meinem ruhigsten Ton: „Ich kann euch nicht zu ihr bringen. Ich konnte nicht einmal Kane mitnehmen. Aus welchen Gründen auch immer, keiner der anderen Schattenwandler schafft es dorthin."

Dayla pflückte eine Margerite aus einer Vase auf dem Beistelltisch in der Nähe und drehte es zwischen ihren Fingern. Sie hob eine Augenbraue in Kanes Richtung. „Du kannst es. Alles, was du brauchst, ist ein Schubs."

Kane runzelte die Stirn, und ich spannte mich an, weil ich spürte, dass etwas nicht stimmte, aber ich konnte nicht genau sagen, was es war. „Was bedeutet das?", fragte ich.

„Du bist ein Traumwandler, nicht wahr?", fragte Fiona und strich ihren Rock glatt.

„Ja", sagte er zögernd, und ich spürte seine dunkle Vorahnung. „Was hat das mit irgendetwas zu tun?"

Dayla erhob sich, ihre Haut glühte fast in einer Art magischer Strömung. Sie legte anmutig eine Hand auf Fionas Unterarm. Sie runzelte die Stirn, hob aber neugierig eine Augenbraue. „Sie wissen es nicht."

„Wissen was nicht?" Ich sprang auf und wäre beinahe über einen Sofatisch gestolpert. „Im Ernst, jemand muss mir sagen, was zum Teufel hier vor sich geht."

Dayla musterte mich und warf mir einen ungeduldigen Blick zu, dann drehte sie sich um, trat an das deckenhohe Fenster und sah hinaus.

Ich drehte mich zu Fiona um, um Antworten zu verlangen, doch sie sah ihre Mutter besorgt an. Die Sorge, die ich in ihren Augen sah, ging in Wellen von ihr aus.

Was jetzt? Ich wandte mich Kane zu. Er saß mit steifem Rücken und angespanntem Kiefer da. Unsere Blicke trafen sich, und ich wusste, dass er dasselbe dachte. *Irgendetwas stimmt hier nicht.*

DEANNA CHASE

„Jade", sagte Dayla, immer noch zum Fenster gerichtet. „Du weißt offensichtlich, dass du Engelsblut hast."

„Ja." Angst breitete sich in meiner Brust aus. Mein ganzes Leben lang war ich anders gewesen. Als Kind war es königlich beschissen gewesen, eine Empathin zu sein. Es war ein Alptraum gewesen, nicht die Werkzeuge zu haben, die Emotionen anderer Menschen auszublenden. Dann herauszufinden, dass ich eine mächtige Hexe war, die Dunkelheit anzog, war auch nicht gerade ein Spaß. Und jetzt hatte mich diese Engelssache dazu verdammt, ein Schattenwandler zu werden – etwas, das ich nicht gewollt hatte und das ich akzeptieren musste, um meine Seele zu beschützen. Wenn ich noch ein weiteres lebensveränderndes Geheimnis darüber herausfände, was und wer ich war, würde ich jemandem gehörig in den Hintern treten.

Sie drehte sich um und konzentrierte sich auf uns beide.

„Und du weißt, dass du in den Schatten wandeln kannst, weil du eine Hexe mit Engelsblut bist, richtig?"

Ich warf Kane einen Blick zu, doch er beobachtete Dayla und versuchte zweifellos, sie zu verstehen. „Ja."

„Und was ist mit deinem Traumwandler hier? Wie kommt es, dass er in den Schatten wandeln kann?"

Kanes Arm glitt um meine Taille, seine große Hand ruhte besitzergreifend auf meiner Hüfte. Seine Berührung beruhigte mich.

„Chessandra sagt, das liegt daran, dass er ein Traumwandler und mein Gefährte ist", sagte ich.

Sie stieß ein leises Kichern aus. „Nun, das ist wahr genug. Jedenfalls der Traumwandler-Teil. Ich bin mir nicht sicher, ob es viel damit zu tun hat, dass er dein Gefährte ist, außer dass er wahrscheinlich etwas von deiner Macht speichert."

„Ich bin nicht magisch", sagte Kane und kniff die Augen

zusammen, als er sie musterte. „Ich kann ihr ihre Kraft nicht entziehen."

„Nicht auf eine Weise, die dir bewusst wäre." Dayla kam zu uns zurück und setzte sich wieder auf ihren Sessel, immer noch die Margerite in der Hand. „Setz dich, Fiona. Es ist an der Zeit, diesen beiden etwas beizubringen."

Fiona goss Dayla und sich selbst frischen Tee ein und lehnte sich dann zurück, ohne etwas zu sagen.

Kane und ich warfen uns einen Blick zu, bevor wir es uns wieder auf dem Sofa bequem machten.

Dayla trank einen Schluck Tee, bevor sie Kane fragte: „Kennst du die Geschichte der Traumwandler?"

„Nein. Nicht wirklich. Ich weiß nur, dass ich nur diejenigen träumen kann, die mir nahestehen. Es ist denen nicht unähnlich, die reisen können, während sie träumen, nur, dass ich in das Bewusstsein derer eindringen kann, mit denen ich träume."

„Ja, so funktioniert das", bestätigte sie. „Aber weißt du warum?"

Er zuckte mit den Schultern. „Nein. Ich kenne keine anderen Traumwandler."

„Ich verstehe. Es gibt nur zwei Möglichkeiten, warum ein Individuum übernatürliche Gaben wie deine hat. Eine ist, von Engeln abzustammen wie deine Verlobte hier."

Kane hielt inne und ließ seinen durchdringenden Blick zwischen Fiona und Dayla hin- und schweifen. „Und die andere? Ich vermute, mein Stammbaum enthält keine Engel."

Sie schüttelte den Kopf. „Definitiv keine Engel. Aber eine Hexe? Es muss eine geben. Keine weiße Hexe oder Erdhexe. Nein, wahrscheinlich war sie eine Sexhexe."

Meine Augen wären mir in diesem Moment fast aus dem Kopf gesprungen. Ich war kürzlich von einem Geist besessen gewesen, der eine Sexhexe gewesen war. Sie hatte sogar einmal in Kanes Familienhaus Summer House gewohnt. Sie waren sehr wahrscheinlich verwandt. Es war eine der schrecklichsten Erfahrungen meines Lebens gewesen, von der ich mich immer noch erholte.

Dayla trank einen großen Schluck von ihrem Tee. Dann neigte sie den Kopf und sagte: „Und sie muss die Aufmerksamkeit eines Dämons auf sich gezogen haben."

Das Blut in meinen Adern wurde zu Eis. Camille hatte versucht, einem bösen Wesen zu entkommen. War er ein Dämon gewesen? Er hatte keinerlei Menschlichkeit besessen. Und seine Anwesenheit war furchteinflößend gewesen.

„Ja, es ist fast unmöglich, sich das vorzustellen", sagte Dayla leise, die zweifellos das Entsetzen in meinem Gesichtsausdruck lesen konnte. „Aber es passiert. Wenn auch nicht mehr so oft wie früher." Sie sah Kane freundlich an. „Ich fürchte, du bist tatsächlich der Nachkomme einer Sexhexe und eines Dämons. Der Grund, warum du in den Schatten wandeln kannst, ist deine dämonische Abstammung."

Kanes Gesicht wurde weiß vor Schock. Abscheu gemischt mit Verrat und dem Urbedürfnis nach Rache brodelte durch seine Gefühle und ergoss sich durch unsere gefalteten Hände in mich.

„Kane." Ich streichelte seine Hand mit meinem Daumen und versuchte, ihn zu beruhigen. „Es ist alles okay. Du bist kein Dämon." Dann riss ich meinen Kopf hoch und sah Dayla in die Augen. „Richtig?"

„Das ist absolut korrekt, doch Traumwandeln ist die Eigenschaft eines Dämons, und nur so ist es möglich. Chessandra hat also technisch gesehen die Wahrheit gesagt, als sie sagte, er kann in den Schatten wandeln, weil er ein Traumwandler ist. Sie hat einfach nicht die ganze Wahrheit gesagt."

Jetzt war ich an der Reihe, aufzustehen und auf und ab zu

gehen. Ich ging durch den Raum und versuchte, meine Frustration darüber, dass sie uns im Dunkeln gelassen hatte, zu unterdrücken. Warum hatte sie es uns nicht gesagt? Ich drehte mich um, um genau das zu fragen, blieb aber stehen, als ich Kane sah. Er stand neben Dayla, und sie hatte beide Hände an seinen Wangen, als wollte sie ihn küssen.

„Was zum –", begann ich.

Fiona wedelte mit der Hand und brachte mich zum Schweigen. Ich bewegte meinen Mund und versuchte verzweifelt, die Worte herauszubringen. Sie weigerten sich zu kommen. Rotes Feuer verzehrte mich, und Kraft baute sich in meiner Brust auf. Wie konnte sie es wagen, mich mit einem Schweigezauber zu belegen? Gefahr hin oder her, irgendetwas in mir riss und Kraft knisterte in meinen Fingerspitzen. Wenn sie mich zum Schweigen gebracht hatten, was hatten sie dann Kane angetan?

Ich versuchte, auf ihn zuzugehen, doch meine Füße waren mit dem dunklen Parkettboden verschmolzen. Ich war zu hundert Prozent mit Geist und Körper in diesem Hexenhaus gefangen und konnte nichts tun. Schon wieder! Meine Magie brannte nutzlos durch meine Adern. Verdammte Hexe! Wie konnte sie es wagen?

Mein Blick fiel auf Kane, als Dayla sich vorbeugte und ihre Lippen über seine strich, kein Kuss, sondern eine sanfte, liebevolle Liebkosung. Mein Magen drehte sich um und mehr Magie brannte in mir. Ich wollte diese verdammte alte Hexe umbringen. *Finger weg von meinem Mann!*

Und dann, gerade als ich dachte, meine Magie würde explodieren und mich in ihrem Wohnzimmer in Stücke reißen, umriss ein rotstichiger Lichtschimmer Daylas Körper und breitete sich aus, hüllte Kane ein, bis sie in einem magischen Kokon eingeschlossen waren.

Fiona wedelte erneut mit der Hand, ließ mich los und

DEANNA CHASE

nahm irgendwie all meine angesammelte Magie mit. Ich sackte vornüber, völlig erschöpft und unfähig, auch nur den leisesten Funken Magie zu erreichen.

„Hey!", protestierte ich und stürzte auf sie zu, war aber so schwach, dass meine Füße nicht gehorchten. Ich ruderte mit den Armen und fiel mit dem Kopf voran auf das Zweiersofa. „Scheiße!"

„Beruhig' dich, Jade", sagte Fiona in einem sanften Ton, der voller beruhigender Energie und einem Hauch von Magie war. Die Kombination sickerte in mich ein und erreichte genau das, was sie befohlen hatte. Ich hätte es abwenden können, wenn sie mir nicht all meine Energie genommen hätte. Stattdessen war ich ihr ausgeliefert. Und verdammt, das war inakzeptabel.

„Was zur Hölle geht hier vor?", knurrte ich. „Was tut sie mit Kane? Und warum hast du mich angegriffen?"

Fiona streckte eine Hand aus, um mir aufzuhelfen. „Ich entschuldige mich, Schwester Hexe. Es war nicht meine Absicht, dich zu überwältigen. Dayla und dein Kane sind gerade in einer Energiebindung. Wenn du dich eingemischt hättest, wäre es für beide gefährlich gewesen."

Ihre Augen waren entschuldigend, und durch ihre Berührung spürte ich das schwere Gewicht ihres Bedauerns. Sie hatte mich nicht mit einem Zauber belegen wollen, doch sie hatte das getan, was sie für das Beste für alle hielt.

„Tu das nie wieder", sagte ich, ohne mich darum zu scheren, dass sie reuig war. Kane war immer noch in Daylas Kokon gefangen, sicherlich gegen seinen Willen. „Wir sind hierhergekommen, um zu helfen, nicht, um angegriffen zu werden."

„Meine aufrichtige Entschuldigung, Schwester." Fionas Ton und Absicht waren aufrichtig. Ich bemühte mich, meine Angst und Empörung zu überwinden, um zu verstehen, was vor sich ging.

„Was macht sie mit ihm?", fragte ich, Angst schnürte meine Stimme ab. Ich schluckte sie herunter. Jetzt war nicht die Zeit dafür.

„Sie gibt ihm das Werkzeug, das er braucht, um Matisse nach Hause zu bringen."

„Was?"

Doch sie antwortete nicht. Sie drehte sich nur um und hob ihre Arme hoch über ihren Kopf und sang: „Lilith, Göttin der Nacht, höre unseren Ruf. Wir geben dir einen deiner Söhne. Erwecke das Geschenk in ihm."

Die Lichter flackerten kurz und gingen dann aus und ließen uns im schwachen Schein des roten Kokons zurück, der Dayla und Kane immer noch umschloss.

Ich wollte zu ihm, diese Hexen anschreien. Ihn wegziehen und ihre Macht über ihn brechen. Doch sie hatten gerade eine dämonische Göttin gerufen. Und sie hatte geantwortet. Jetzt zu unterbrechen hätte weitaus größere Konsequenzen als alles, was sie zu erreichen versuchten. Man forderte den Zorn von Lilith nicht heraus.

Ich biss fest auf meine Wange, blieb ruhig und zwang mich, nichts zu sagen. Der rote Kokon wurde heller, und dann begann sich die Magie von Dayla auf Kane zu verlagern und pulsierte im Rhythmus eines doppelten Herzschlags über ihm.

Tränen brannten in meinen Augen. Was taten sie ihm an? „Kane?", sagte ich so leise, dass ich sicher war, dass mich niemand hörte. Doch sobald das Wort aus meinem Mund war, drehte er sich um und durchbohrte mich mit einem roten Blick. Alle geschmolzene Schokolade war aus seinen wunderschönen Augen verschwunden.

Ich stand entsetzt in Daylas Wohnzimmer. Sein Gesicht war zu einem bösen Grinsen verzerrt, und purer Hass starrte mich an.

Mein Atem verließ mich mit einem langen Zischen, als mir

das Entsetzen darüber, was aus ihm geworden war, in die Magengrube schlug. „Ihr habt ihn in einen Dämon verwandelt!", jaulte ich und rannte auf Dayla zu, während kleine magische Schocks mich endlich durchfuhren.

Doch gerade, als ich sie erreichen wollte, schlossen sich Kanes Arme um mich und zogen mich zu sich, meinen Rücken an seine Brust. Er beugte sich hinunter, sein Atem sandte ein verlockendes Gefühl direkt in meine Zehen. „Nein, Jade", sagte er mit seiner sinnlichsten Stimme, die, die ich normalerweise im Schlafzimmer hörte. „Kein Dämon. Ein Incubus."

# KAPITEL SIEBEN

*D*ie Welt blieb stehen. Blut schoss mir in die Ohren, und alles wurde heiß, dann kalt. Kanes warmer Atem jagte mir Schauer über den Rücken. Ich schloss meine Augen und kämpfte gegen das ungewollte und unangebrachte Verlangen an, das mich packte. Kanes Berührung war zu viel und meine Reaktion völlig unangemessen.

„Lass sie los, Kane!", befahl die ältere Hexe.

Kanes hielt mich fester, und *Gott steh mir bei*, ich konnte seine Erregung in meinem Rücken spüren.

„Lass los", sagte ich in einem harten Flüstern und drehte meinen Kopf, um ihn anzustarren.

Seine Iris blitzte von diesem Purpur zurück zu dunkler Schokolade, und dann schoss der Schock durch seine weit aufgerissenen Augen. Er ließ mich los, sprang zurück und rieb sich mit der Hand übers Gesicht. „Was in aller Welt ist gerade passiert?"

Ich starrte ihn an, völlig sprachlos. Hatte er wirklich Incubus gesagt?

„Ihr seid hier, um herauszufinden, wie man Matisse rettet, nicht wahr?", sagte Dayla kühl.

„Ich …" Verdammt, ich brachte immer noch keine Worte heraus.

Kane richtete sich auf. „Warum habe ich gesagt, ich bin ein Incubus?" Sein Ton war angespannt, gefährlich. Und tiefer als sonst.

Ein Zittern der Angst breitete sich in meine Eingeweide aus. Seine Augen hatten ihre normale Farbe wieder angenommen, aber da war etwas … anders an ihm. Irgendwie wirkte er größer. Auf eine Weise verlockender, die mich dazu brachte, ihn berühren zu wollen. Fast so, als würde ich mich nach dem Gefühl seiner Haut sehnen. Mein Nacken begann zu prickeln, wo ich seinen Atem gespürt hatte.

„Es war nicht mein Wunsch, dir das aufzuzwingen", fuhr Dayla in ihrem freundlichen Ton fort. „Ich hatte Angst, wenn du eine Wahl hättest, würdest du dich dagegen entscheiden, und das konnte ich nicht zulassen. Matisse ist meine Nichte. Sie zu verlieren ist keine Option."

„Jetzt warte mal eine gottverdammte Minute", knurrte ich und verlor völlig die Fassung. „Wir sind zu euch gekommen, weil wir ihr helfen wollen. Nicht, damit ihr Kane einen gefährlichen Zauber auferlegt und uns ohne die geringste Spur von Respekt behandelt. Wie kannst du es wagen? Ich fordere dich auf, das sofort rückgängig zu machen!"

„Ohne die geringste Spur von Respekt?" Dayla stand auf und stolzierte auf mich zu, hielt aber erst inne, als sie in meiner Distanzzone war. „Ich habe gerade ein sehr mächtiges Geschenk in deinem Gefährten freigesetzt, das wahrscheinlich der einzige Weg ist, dir zu helfen, Matisse nach Hause zu bringen. Und wenn ich dich nicht gerade herzlich willkommen geheißen habe, liegt das daran, dass deinesgleichen im Allgemeinen nicht viel für unsere Form der Magie übrig hat."

Ein Geschenk freigesetzt. Sie hatte Magie benutzt, doch es war kein Zauber. Es war von Dauer. Mein Mund wurde trocken. Kane war ein Incubus. Was würde das für uns bedeuten? Ich verschränkte die Arme vor der Brust und versuchte, die Tatsache zu ignorieren, dass mir Kanes Nähe schmerzlich bewusst war. Es war, als ob seine physische Präsenz nach mir rief. Ich räusperte mich und konzentrierte mich auf die andere Information, die sie mir gerade gegeben hatte. „Was ist das für eine Magie?"

Sie warf Fiona einen kurzen Blick zu. Ihre Tochter nickte und beantwortete damit die unausgesprochene Frage. Dayla fixierte mich mit einem reuelosen Blick. „Wir sind Sexhexen."

Ich hob eine Augenbraue und wollte sagen, *na und?*

Sie presste die Lippen aufeinander. „Stört dich das nicht?"

Ich zuckte mit den Schultern. Kein Wunder, dass sie über Traumwandler Bescheid wussten. Diese Art von Wissen lag in ihrer Familienlinie.

Kane legte seine Hand um meine. Ein Prickeln begann in meinen Fingerspitzen und kroch träge meinen Arm hinauf. Wärme breitete sich in mir aus, und ich trat unbehaglich von einem Bein aufs andere, verlegen, dass Kanes Anwesenheit eine solche Wirkung auf mich hatte.

Dayla zuckte eine Schulter. „Die meisten Hexen sind der Meinung, dass es falsch ist, Sex zu benutzen, um Macht zu erlangen."

Sie hatte es als Feststellung gesagt, aber so, wie sie mich ansah, war klar, dass sie wissen wollte, was ich dachte. „Wer bin ich, zu sagen, ob es richtig oder falsch ist? Solange eure Sexualpartner …" Ich räusperte mich, um meine Gefühle im Zaum zu halten. „Solange eure Partner willig und sich der Konsequenzen bewusst sind, sehe ich nicht, wie es mich etwas angeht."

Dayla musterte mich, und dann verzogen sich langsam ihre

Lippen zu einem freundlichen Lächeln. Doch ich war noch nicht bereit, die Vergangenheit ruhen zu lassen.

„Jedoch. Das –", ich deutete auf Kane. „Ihn gegen seinen Willen zu verändern ... Das geht verdammt nochmal gar nicht. Und wenn du es wagst, meinen Verlobten jemals wieder anzufassen, bekommst du es mit mir und dem gesamten Zirkel von New Orleans zu tun."

Dayla faltete ihre Hände in ihrem Schoß und sah mir mit einem teilnahmslosen Blick in die Augen. „Ich habe ihn nicht verändert. Das ist er. Alles, was ich getan habe, war, ihm ein bisschen Magie zu übertragen, um den schlafenden Incubus zu entzünden, der in ihm schlummert."

„Du hast mich verändert. Ohne deine Magie wäre ich kein Incubus", sagte Kane mit eisiger Stimme.

Ich sah ihn an und registrierte all die großartigen Eigenschaften von Kane. Glühende Augen, volle Lippen, voller als zuvor. Schlanke Taille, breite Schultern, kantiges Kinn und die sexy dunklen Augen. Er nahm mir den Atem. Und obwohl ich nicht gewusst hatte, dass es möglich war, wollte ich ihn mehr denn je. Ich fühlte mich auf eine mystische Weise zu ihm hingezogen, die meinen Hals wieder prickeln ließ, und ich sehnte mich danach, ihn zu berühren ... überall.

Ich schüttelte den Kopf. Was zum Teufel war los mit mir? Ich saß im Wohnzimmer einer Fremden – einer Frau, die alt genug war, um meine Großmutter zu sein – und war so erregt, dass ich Kane bespringen wollte. Es war krank.

„Früher oder später wäre es passiert, Kane. Traumwandler haben einen inneren Incubus, der ruht, wenn er nicht angezapft wird. Es ist Jades Kräften sehr ähnlich. Soweit ich weiß, wusste sie bis vor Kurzem nicht, dass sie eine weiße Hexe ist. Es war nur eine Frage der Zeit, bis dein Geschenk freigesetzt wurde. Ich habe nur ein bisschen nachgeholfen."

Ich schloss meine Hand fester um seine, eine stille Bitte an ihn, ruhig zu bleiben. Ich schloss meinen Mund. Daran würde auch diese Diskussion nichts ändern.

„Lasst mich nochmal anfangen." Dayla nahm sowohl mich als auch Kane bei der Hand und führte uns in die Küche. „Nehmt Platz."

Wir saßen an der Bar und warteten, während sie zwei Gläser mit Eiswasser einfüllte. Leider standen die Hocker so eng beieinander, dass unsere Oberschenkel sich berührten, was meinen ganzen Körper vor Verlangen und Lust in Brand setzte. Ich bewegte mich schnell und tat mein Bestes, ein kleines bisschen Abstand zwischen uns zu bringen. „Fass mich jetzt nicht an", flüsterte ich ihm zu.

Er starrte auf mich herab und holte tief Luft.

Ich benetzte mir die Lippen und hasste mich dafür, als sich sein Gesichtsausdruck in puren Hunger verwandelte. Ich wandte mich ab, faltete die Hände in meinem Schoß und weigerte mich, ihn anzusehen.

„Ich weiß, das ist frustrierend", sagte Dayla mit einem wissenden Lachen, als sie die Wassergläser vor uns abstellte.

Ich kniff meine Augen zusammen und funkelte sie an.

Völlig unbeeindruckt trank sie einen Schluck von ihrem eigenen Wasser. „Matisse ist eine Sexhexe. Vor ungefähr einem Monat hat sie sich mit einem jungen Mann, Vaughn Paxton, eingelassen. Nur stellte sich heraus, dass er nicht ganz das war, was er an der Oberfläche zu sein schien. Und als er bekommen hatte, was er wollte, ging er und ließ sie so ausgelaugt und ohne Magie zurück, dass sie wochenlang krankgeschrieben war."

„Nicht das, was er zu sein schien?", wiederholte ich. „War er eine Hexe? Das müsste er eigentlich sein, um ihre Magie zu stehlen."

Kane schüttelte den Kopf. „Nein. Er war ein Incubus."

„Ja", bestätigte Dayla. „Das war er."

Ich sah Kane an und war mir nicht sicher, was ich sagen sollte. „Wie hast du das gewusst?"

„Ich wusste es nicht", sagte Kane stirnrunzelnd. „Als Dayla seinen Namen sagte, hat etwas in meinem Kopf Klick gemacht, als hätte sich ein Schleier gelüftet, und ich wusste einfach, dass es so war." Er stand auf und ging auf und ab.

Als ich ihn beobachtete, konnte ich das Bild seiner rot leuchtenden Augen und des Bösen auf seinem Gesicht nicht abschütteln, als Dayla seine Macht entfesselt hatte. Mir wurde kalt, und ich schauderte.

Er blieb stehen und sah mich an. „Was ist los?"

Ich räusperte mich und flüsterte: „Sie hat dich in einen Incubus verwandelt. Einen *Sexdämon*."

Seine Miene spannte sich vor Frustration an. „Incubi sind keine Sexdämonen. Wir sind überhaupt keine Dämonen."

„Er hat recht", bestätigte Dayla. „So wie du kein Engel bist. Incubi können Macht, die von jemand anderem genutzt wird, durch sexuelle Energie in sich aufnehmen. Und sie können ohne Probleme träumen und von Welt zu Welt springen."

Sie hatte ihm die Macht gegeben, Magie zu nutzen. Genauer gesagt, meine Magie. Denn von wem sollte er sonst Macht bekommen? Irritation breitete sich in mir aus, doch ein Knoten in meinem Bauch löste sich. Wenigstens war er kein Dämon. Trotzdem hatte sie ihre Grenzen überschritten. „Du hättest das vorher mit uns besprechen sollen."

Dayla ignorierte meinen feindseligen Blick und trat an Kanes Seite. Sie musterte seinen Körper, studierte ihn. Mit einem Blick zurück zu Fiona sagte sie: „Es hat funktioniert."

Fiona verschränkte die Arme vor der Brust. „Jade hat recht. Du hättest ihn vorher fragen sollen."

Die ältere Frau begutachtete ihre Tochter mit Skepsis. „Hättest du gefragt?"

Fiona zuckte bei den Worten ihrer Mutter zusammen.

Doch als sie sprach, lag Überzeugung in ihrem Ton. „Ja. Es wäre das Richtige gewesen." Dayla machte einen ts-Laut. „Und deshalb wirst du niemals die Anführerin dieses Zirkels sein." Die ältere Hexe wandte sich Kane zu. Ihre Stimme nahm den autoritären Ton einer Frau an, die es gewohnt war, das Sagen zu haben. „Ich habe dir die Gabe der Incubi geschenkt. Du wirst durch sexuelle Energie Kraft gewinnen. Und mit dieser Kraft bist du mit allen anderen existierenden Incubi verbunden. So werdet ihr Vaughn Paxton finden, den Incubus, der Matisse ihrer Macht beraubt hat."

„Er hat sie doch nicht …?" Ich schnappte nach Luft und sank entsetzt auf das Sofa. Ein Incubus hatte dieses schöne Mädchen vergewaltigt?

„Es ist nicht das, was du denkst." Fiona ging durch den Raum und berührte ein Schwarz-Weiß-Bild, das an der Wand hing. „Meine Mutter ist ein bisschen melodramatisch." Sie nahm das gerahmte Foto von der Wand und hielt es in unsere Richtung, damit wir es sehen konnten. Eine große, hellhaarige Frau von stiller Eleganz stand neben einem großen, dunkelhaarigen Mann. Seine intensiven Augen und der Hauch eines Lächelns gaben ihm eine geheimnisvolle Aura. Die absolute Leidenschaft in der Art, wie sie sich ansahen, reichte aus, um meine Temperatur ein paar Grad in die Höhe zu treiben.

„Whoa." Ich warf einen Blick auf Dayla und erkannte, dass die Frau eine viel jüngere Version von ihr war. „Ihr zwei seht aus, als hättet ihr eine ziemliche Romanze."

„Nichts davon ist relevant." Dayla runzelte die Stirn und versuchte, das Foto zu nehmen, doch Fiona zog es weg.

„Es *ist* relevant." Die jüngere Hexe legte das Foto auf den Tresen und drehte sich zu mir und Kane um. „Der Mann auf dem Foto war mein Vater. Er und meine Mutter hatten eine stürmische Romanze. Eine, wie es sie nicht oft gibt. Sie waren sogar verheiratet. Doch eine Woche nach der Hochzeit ist er verschwunden. Mit dem größten Teil von Mamas Kraft."

„Er war ein Incubus", vermutete ich und zählte eins und eins zusammen.

„Ja", sagte Fiona leise. „Er wusste es nicht einmal. Doch, nachdem sie ... äh, die Ehe vollzogen hatten, ist seine Incubus-Seite erwacht, und er wurde in den Dienst berufen."

„Dienst?", fragte Kane. „Um was zu tun?"

Das Bild eines Bordells oder Badehauses schoss mir durch den Kopf. Ich schüttelte den Kopf und versuchte, den lächerlichen Gedanken zu verdrängen.

„Dämonen zu jagen", sagte Dayla und unterbrach Fiona, bevor sie wieder sprechen konnte. „Die Incubi verbringen ihr Leben damit, diese Welt vor der Invasion von Dämonen zu schützen. Die einzige Komplikation ist, dass sie eine Sexhexe brauchen, um ihre Macht zu wecken, bevor sie in den Dienst gezwungen werden. Max wusste nichts von seiner Berufung. Und nachdem wir ... nun, nachdem wir zusammen waren, wurde er gerufen." Sie setzte sich auf die Kante ihres Sessels. „Keiner von uns wusste, was passiert war. Ich war fast zerstört. Es dauerte Jahre, bis sich meine Kräfte wieder erholten, weil wir voneinander ferngehalten wurden. Und genau das ist Matisse passiert. Eure Aufgabe ist es, Paxton zu finden und zu ihr zu bringen. Er ist der Einzige, der ihr helfen kann, ihre Kraft zurückzubekommen."

„Und deshalb hast du mir das angetan?", fragte Kane. „Du hast mich in einen Dämonenjäger verwandelt? Gott. Heutzutage gibt es andere Möglichkeiten, Leute zu finden."

Dayla lehnte sich an die Theke und betrachtete ihn. „Incubi wandeln in den Schatten, Kane. Die Beauftragung eines Privatdetektivs oder das Ausführen einer Internetsuche wird dir wahrscheinlich nicht helfen. Incubi sind berüchtigt dafür, in dieser Welt ein- und auszugehen. Selbst wenn du ihn auf traditionelle Weise verfolgen würdest, würde er wahrscheinlich verschwinden, bevor du ihn eingeholt hast. Mit dem, was ich dir gegeben habe, wirst du ein Teil des inneren Kreises sein und ihn von innen heraus verfolgen können."

Kane sagte nichts. Er studierte Dayla nur.

Ich stand auf und streckte ihm meine Hand entgegen. Wir hatten in sehr kurzer Zeit eine Menge Informationen bekommen. Kein Wunder, dass ihm die Worte fehlen. Mir ging es auch fast so. Doch ich holte tief Luft und fragte: „Was bedeutet das für Kane? Und ist dieser Fluch von Dauer?" Ich fürchtete es. Sie sagte, sie hätte seine Macht freigesetzt, doch ich musste fragen.

„Oh, Süße." Fiona lachte. „Es ist ganz sicher kein Fluch für dich, solange er dir nicht deine Kraft entzieht." Sie schenkte mir ein verschmitztes Lächeln. „Du bist eine weiße Hexe, also kann ich mir vorstellen, dass du etwas zurückhalten kannst. Doch je mehr Magie du mit ihm teilen kannst, desto besser wird er als Dämonenjäger dran sein."

Saß sie allen Ernstes da und sagte mir, dass mein Sexualleben im Begriff war, explosiv zu werden? Der Wirkung nach zu urteilen, die er auf mich hatte, seit Dayla den Incubus freigesetzt hatte, irrte sie sich wahrscheinlich nicht. Doch ich wollte verdammt nochmal nicht, dass diese Fremden darüber sprachen. „Ähm, okay. Danke für die Warnung."

Kane legte eine Hand auf mein Knie und schickte ein Prickeln in alle Richtungen. „Du hast ihre andere Frage nicht beantwortet. Ist es von Dauer? Gibt es eine Möglichkeit, mich wieder in den zu verwandeln, der ich zuvor war?"

„Das kommt ganz darauf an", sagte Dayla und winkte uns, ihr zu folgen. Als sie an der Haustür ankam, öffnete sie sie. „Sobald Matisse wieder zu Hause und wieder gesund ist, werden wir sehen, was wir tun können."

„Mutter!", ermahnte Fiona, ihre Miene aufrichtig entsetzt. Sie drehte sich zu mir um. „Es tut mir so leid, Jade. So machen wir das normalerweise nicht."

Ich ignorierte Fiona und konzentrierte mich auf Dayla. „Erpressung? Willst du das Spiel wirklich so spielen?" Meine Magie regte sich in meiner Brust, und ich musste kämpfen, um nicht einen Blitz auf die ältere Hexe zu schleudern. „Kein Wunder, dass Bea dir nicht vertraut."

„Beatrice kann zur Hölle fahren", sagte Dayla. „Und vergiss nicht, ihr zu sagen, dass ich das gesagt habe."

„Jade." Kane berührte meinen Arm. „Es ist Zeit. Wir sollten gehen."

Sein dunkler Blick war ernst, konzentriert, und als sich seine Finger um mein Handgelenk legten, schoss heiße Elektrizität direkt in meine Mitte und brachte mich fast auf die Knie. Ich schloss meine Augen und versuchte, mich zu fassen. Seine Wirkung auf mich war verdammt unbequem. „Wir haben, weswegen wir gekommen sind", sagte er.

„Sieht aus, als hätten wir viel mehr als das", murmelte ich. Als ich mich wieder umdrehte, begegnete ich Daylas hartem Blick. „Bleib uns aus dem Weg, und wenn du Kane jemals wieder anfassen solltest, wird es wirklich einen ausgewachsenen Krieg geben. Verstanden?"

Daylas Lippen verzogen sich zu einem selbstzufriedenen Lächeln. „Ich würde es nicht anders wollen." Und bevor ich noch ein Wort sagen konnte, schlug die Tür zu, und die alten Fenster klirrten.

„Heilige Scheiße", schnaubte Kane.

Ich drehte mich zu ihm um und bemerkte die Frustfalten auf seiner Stirn und seine entschlossene Haltung. „Das ändert nichts zwischen uns", sagte ich sanft und legte meine Hand an seine Wange.

Funken schossen von seiner Haut in meine Fingerspitzen und ließen mich schwanken.

Seine Augen loderten von geschmolzenem Feuer, während sein Puls beschleunigte. Doch all das war unbedeutend im Vergleich zu dem rohen Verlangen, das von ihm ausströmte. Es wickelte sich um mich, liebkoste mich mit schmeichelnden Fingern und schickte Schauer durch meinen Körper.

Ich war mir nicht sicher, ob er wusste, was er mit mir anstellte, doch sein Körper spiegelte die zitternde Lust wider, die meinen erfasst hatte. Ich legte meine Hand in seine und grub meine Fingernägel in seine Haut. „Bring mich nach Hause", sagte ich mit heiserer Stimme.

Sein Blick wanderte zu meinen Lippen, und einen Moment lang dachte ich, er würde mich direkt auf der Veranda verschlingen. Doch dann zog er mich schnell zum Auto. Sobald er angeschnallt war, starrte er geradeaus und sagte: „Vergiss das Haus. Das dauert zu lange. Ich kann nicht warten."

„Hotel?", fragte ich und konnte meine Erregung nicht verbergen, obwohl ich wusste, dass wir dringendere Dinge zu tun hatten.

Kane sagte kein Wort. Er legte einfach den Gang ein, und als er losfuhr, hinterließ er eine Gummispur auf dem Asphalt.

# KAPITEL ACHT

*K*ane raste durch die Straßen von Coven Pointe. Anstatt auf die Brücke zu fahren, um zu seinem Haus im French Quarter zurückzukehren, fuhr er auf der US 90 nach Westen. Er hielt eine Hand auf meinem Oberschenkel. Seine Berührung sandte einen sinnlichen Funken direkt in mein Innerstes, und ich bemühte mich, mich nicht auf meinem Sitz zu winden.

„Beeil dich", flüsterte ich.

Er schwieg, doch seine Hand schloss sich fester um mein Knie, und das Auto schoss ein wenig schneller vorwärts. An der zweiten Ausfahrt machte er einen Schlenker und schnitt zwei andere Autos. Weniger als eine Minute später parkten wir vor einem Kettenhotel, das für kostenloses Kabelfernsehen und kontinentales Frühstück warb.

Kane stellte den Motor ab, bewegte sich aber nicht, um aus dem Auto auszusteigen. Er zog seine Hand zurück und umklammerte das Lenkrad, als würde er darum kämpfen, die Kontrolle wiederzuerlangen.

„Kane?"

Er ließ den Kopf hängen, antwortete aber: „Ja, Liebes?"

„Bring mich rein, bevor ich hier in deinem Auto verbrenne."

Sein Kopf schnellte hoch und verdammt, diese Augen. Sie waren so voller Verlangen und Konflikt, den er zu unterdrücken versuchte. Doch er sollte es besser wissen, als zu versuchen, seine Gefühle von mir fernzuhalten. Sie waren fast eine Erweiterung von mir.

„Bitte. Ich will das."

„Aber …" Er holte tief Luft. „Es fühlt sich falsch an. Ich will nicht …"

Ich presste meine Fingerspitzen auf seine Lippen und hinderte ihn auszusprechen, was auch immer er sagen wollte. „Es ist nicht falsch. Es sind du und ich. Und gerade jetzt brauchst du mich, Babe. Ich kann spüren, wie sehr du das körperliche Ventil brauchst. Lass mich das für dich tun. Ich will dich. Diese Sache … sie hat auch eine Wirkung auf mich, weißt du? Es ist nicht falsch. Bei uns ist es nie falsch."

„Jade", begann er, doch als seine Lippen meine Finger berührten, kam ein Stöhnen aus seiner Kehle. Seine Zunge schoss heraus, kostete, und dann legte er seine Lippen um meine Fingerspitze und saugte. Lust traf mich hart, und dieses Mal stöhnte ich.

Meine Reaktion ließ ihn nur noch härter saugen, und mein ganzer Körper wurde von Feuer entzündet. Ich musste seine Hände spüren, seine Lippen, seine Haut. Ich brauchte es wie die Luft zum Atmen. Seine Finger glitten zentimeterweise über meinen Oberschenkel und wanderten daran empor. Ich wollte um mehr betteln, ihn anflehen, mich direkt im Auto direkt zu nehmen, doch es war zu eng. Guter Gott, ich wollte ihn ganz, und ich wollte ihn überall. „Hotel, jetzt", presste ich heraus.

Doch mein Flehen blieb unbeantwortet. Kanes Hand

wanderte höher zwischen meinen Schenkeln, und seine erfahrenen Finger begannen, meine empfindlichste Stelle zu massieren. Lust durchströmte mich, und ich schob mein Becken vor.

„Oh Göttin", stöhnte ich, als ich meinen Kopf gegen den Sitz fallen ließ. Schwer atmend griff ich nach seinem Hemd und zog ihn an mich heran, unsere Münder kaum einen Zentimeter voneinander entfernt. „Wenn du mich nicht in weniger als fünf Minuten in ein Zimmer bringst, werden wir Gesetze brechen."

Seine Augen weiteten sich, und er senkte sich auf mich, presste seinen Mund auf meinen. Unsere Zungen tanzten und rangen miteinander, und dann zog er sich ebenso abrupt zurück und sprang aus dem Auto.

Ich saß da, klammerte mich an die Kante des Ledersitzes und versuchte, wieder zu mir zu kommen. Obwohl er durch die Glasschiebetüren verschwand, waren seine Berührungen immer noch überall. Mein Hals, meine Oberschenkel, mein Schritt. Er hatte mich markiert, und ich konnte nicht klar denken. Konnte mich angesichts des zitternden Verlangens, das mich verzehrte, nicht einmal bewegen. Ein Klopfen am Fenster kam aus dem Nichts, und ich zuckte zusammen und stieß mit dem Kopf an das Autodach. „Mist."

Ein junger Mann Anfang zwanzig lächelte mich an und deutete auf das Hotel.

Ich öffnete die Tür. „Kann ich Ihnen helfen?"

„Hallo Ma'am. Mr. Rouquette hat mich gebeten, Sie auf Ihr Zimmer zu begleiten." Er lächelte wieder, seine Augen freundlich.

„Äh, wo ist Mr. Rouquette?"

„Er ist drinnen. Er sagt, er trifft Sie gleich in Ihrem Zimmer."

„Okay." Das war höchst ungewöhnlich. Ich meine, das Hotel

war kein Motel am Straßenrand, aber es war auch nicht das Ritz. Doch Kane war vorgegangen, und dieser Typ trug eine Hoteluniform. Was hatte Kane vor? Ich nahm meine Handtasche und schlug die Autotür zu.

„Brauchen Sie Hilfe mit dem Gepäck?"

Ich wollte gerade den Kopf schütteln, als mir einfiel, dass ich immer noch meine Hochzeitsnachttasche im Kofferraum hatte. Und obwohl ich das Gefühl hatte, dass meine sexy Dessous eine ziemliche Verschwendung waren, wenn man bedachte, dass zwischen uns bereits die Funken sprühten, fischte ich den Ersatzschlüssel aus meiner Handtasche und öffnete den Kofferraum. „Ja, danke."

Der Mann nahm meine Tasche, und zusammen gingen wir ins Hotel. Er begleitete mich ins oberste Stockwerk, und als wir Zimmer achtundzwanzig erreichten, klopfte er kurz an, bevor er die Schlüsselkarte in den Schlitz steckte.

Als ich eingetreten war, gab ich ihm ein Trinkgeld und stand dann allein in der Mitte des Raums. Es gab ein großes Doppelbett, viele Daunenkissen und einen Kunstdruck der Skyline von New Orleans an der Wand. Nichts Besonderes, aber nett genug.

Wo zum Teufel war Kane? Da ich sonst nichts zu tun hatte, zog ich mein sexy Victoria's Secret-Set aus meiner Tasche und verschwand im Badezimmer.

Ein paar Minuten später hörte ich, wie die Zimmertür geöffnet wurde.

„Jade?", rief Kane.

„Nur eine Minute." Ich schlüpfte in meine schwarzen High Heels mit Riemchen, dieselben, die ich bei unserem allerersten Date getragen hatte, und kehrte dann zurück in den Raum.

Kane stand ohne Hemd am Fußende des Betts und hielt zwei Champagnerflöten in der Hand. In dem Moment, als er mich sah, wanderte sein Blick von Kopf bis Fuß meinen Körper hinunter und wieder hinauf. Als sich unsere Blicke trafen, spürte ich, wie eine Röte von irgendwo um meinen Bauchnabel nach oben kroch.

„Schöne Corsage", sagte er.

„Ich dachte, sie könnte dir gefallen." Ich lächelte süß.

„Zieh sie aus."

Ich hob fragend eine Augenbraue. „Das ist ziemlich herrisch. Ich dachte, du würdest das gern tun."

Sein Blick fiel auf mein großzügiges Dekolleté. Er leckte sich die Lippen. „Das würde ich gerne. Aber wenn ich es dir ausziehe, bleibt nichts davon übrig."

Mein Lächeln wurde breiter vor Erwartung. „Wenn das so ist …" Ich deutete mit einem Finger auf ihn. „Komm her."

Er schüttelte den Kopf, die Muskeln in seinem Nacken zuckten vor kaum gewahrter Kontrolle.

„Dann okay." Ich strich mit einem Finger meinen Hals hinunter und über die Schwellung meiner Brust. Seine Augen verfolgten meine Bewegung, als ich ihn tiefer zu den Seidenbändern auf der Vorderseite bewegte. Ich strich über den Stoff und beobachtete ihn. Und als ich sah, wie er schwer schluckte, zog ich daran.

„Zieh es aus", befahl er erneut.

„Bist du sicher?"

„Jade", knurrte er beinahe.

Ich senkte meine andere Hand und löste die Bänder gerade genug, um die Corsage an mir heruntergleiten zu lassen. Sie rutschte über meine Hüften und landete mit einem sanften Rauschen vor meinen Füßen.

„Du bist so verdammt schön", sagte er atemlos.

„Du bist dran", sagte ich und stand mit nichts als meinen Highheels und meinem roten Spitzenhöschen vor ihm.

Sein Blick fiel auf das V zwischen meinen Beinen und

wieder leckte er sich die Lippen. Der Himmel steh mir bei, ich wäre fast sofort gekommen.

„Kane", sagte ich mit heiserer Stimme.

Er blickte auf und ballte seine Fäuste an den Seiten.

„Deine Jeans", befahl ich.

Etwas wie pure Verzweiflung huschte über sein Gesicht, doch der Ausdruck verschwand genauso schnell. Und mit einer flinken Bewegung hatte er seine Hose geöffnet und seine Jeans ausgezogen. Dann war er auf mir, seine Hände strichen meine Schenkel empor und über meine Hüften. „Das ist nicht das, was ich mir für heute Abend vorgestellt habe", flüsterte er mir ins Ohr.

„Es könnte nicht weiter von dem entfernt sein, was ich mir vorgestellt habe", neckte ich und drückte meine Brüste gegen seine harte Brust.

Er erschauerte an mir. „Gott, Jade." Dann war dieser magische Funke zurück, tanzte überall über meine Haut, wo er mich berührte, und erweckte jedes Nervenende zum Leben. Seine linke Hand kam an meiner Seite empor, glitt über meine Brust und bewegte sich weiter meinen Hals hinauf, fast so, als würde er jeden Zentimeter von mir mit seiner Berührung beanspruchen.

Ich ließ meinen Kopf in meinen Nacken sinken, beugte mich seiner Berührung entgegen und wollte, dass dieser köstliche Rausch meinen ganzen Körper erfasste.

Und Kane enttäuschte mich nicht. Seine Lippen berührten die empfindliche Stelle direkt unter meinem Ohr, und er verteilte heiße, gierige Küsse auf mein Schlüsselbein, kratzte und biss und schoss kleine Pfeile aus Schmerz und Vergnügen durch meinen Körper. Ich packte ihn an den Schultern und grub meine Nägel in seine Haut.

Das Feuer, das in mir brannte, war intensiver, verzehrender als alles, was ich je zuvor erlebt hatte. Ich konnte ihm nicht nah genug sein. Ich wollte Kane überall, über mir, in mir.

„Nimm mich", keuchte ich und schob ihm meine Brust entgegen, brachte meine Brustwarze Zentimeter vor seinen Mund.

Er lächelte gegen meine Haut und knabberte an meiner Brust. Dann drehte er mich ohne Vorwarnung herum, sodass ich der Wand zugewandt war. Beide Hände hoben sich und umfassten meine Brüste. Seine Daumen und Zeigefinger schlossen sich um beide Brustwarzen und drückten zu, bis dieser köstlich angenehme Schmerz direkt in meine Mitte schoss. Ich schmolz vor intensivem Verlangen.

„Kane", stöhnte ich und drückte meinen Po gegen ihn, ich musste ihn spüren.

Seine Länge pulsierte gegen mich, als er in meinen Hals biss. „Ich werde dich gleich hier und jetzt nehmen", sagte er mit vor Verlangen angespannter Stimme.

Ich wimmerte und antwortete, indem ich mein rotes Höschen herunterzog. Ich spreizte meine Beine, beugte mich vor und gab ihm all den Zugang, den er brauchte. „Tu es. Jetzt."

Ein tiefes, besitzergreifendes Knurren brach aus seinem Mund, als er mit einer Hand meine Hüfte packte und mit der anderen über meine Wirbelsäule strich. Dann drang er in mich ein, und füllte mich auf die bestmögliche Weise. Ich wiegte mich gegen ihn, meine Augen verdrehten sich in meinem Kopf angesichts der reinen Glückseligkeit, ihn in mir zu haben.

Magie pulsierte und rauschte in meiner Brust und ließ mich lebendig werden. Das Gefühl war so neu, so überwältigend, dass mein Kopf in einem Meer aus Lust und purer Empfindung zu schwimmen begann.

Dann bewegte Kane seine Hände. Eine neckte meine rechte Brustwarze, die andere näherte sich meiner Scham. Meine Magie sammelte sich, und als er in mich hineinpumpte, baute und konzentrierte sich meine Kraft überall dort auf, wo er mich berührte und liebkoste. Die Magie wuchs mit jeder verlockenden Liebkosung. Erregung verzehrte mich, und mein Körper spannte sich an, bis meine Magie sich in ein Crescendo unbändiger Kraft verwandelte.

Kane veränderte seine Position, beugte sich vor und verlangsamte sein Tempo. Sein Atem war heiß an meinem Hals, als er mit seiner sexy, heiseren Stimme sagte: „Lass los, Jade. Ich will spüren, wie du die Kontrolle verlierst."

Dann rammte er in mich hinein, immer und immer wieder. Meine Muskeln spannten sich an, und mächtige Magie explodierte und zerschmetterte mich. Ein Genuss, wie ich ihn nie zuvor erlebt hatte, packte meinen Körper und brandete in endlosen Wellen durch mich hindurch. Dabei stieß Kane weiter in mich hinein und ließ mich die Welle weiter reiten.

Schließlich schrie ich auf und sank erschöpft gegen die Wand, während Kane mich immer noch von hinten füllte. Er vergrub sein Gesicht in meinem Nacken und küsste mich zärtlich, gefolgt von geflüsterten Versprechungen, dass noch mehr kommen würde.

„Das war ..." Er hielt inne, um Küsse auf der anderen Seite meines Halses zu verteilen.

„Verdammt verrückt", flüsterte ich und lehnte mich gegen die Wand, um mich aufrecht zu halten. Ich war so schwach, dass ich kaum stehen konnte. Und all die Magie, die sich in mir aufgebaut hatte, war hervorgebrochen und schien sich in nichts aufgelöst zu haben.

„Jade?", fragte Kane mit plötzlicher Sorge in seiner Stimme.

„Hmm?"

„Geht's dir gut?"

Ich nickte und lehnte meinen Kopf gegen die Wand. „Nur ein bisschen erschöpft, denke ich." Doch als ich mich bewegte, wurde mir klar, dass er immer noch in mir war, so hart, als hätten wir gerade erst angefangen. Ich öffnete meine Augen und drückte mich wieder an ihn. „Hey, du bist noch nicht fertig."

Er lachte verführerisch in mein Ohr und zog sich dann zurück. Der Schock seines Rückzugs ließ mich vor Verlust zittern. Ich schlang meine Arme um mich und versuchte, das Zittern zu kontrollieren.

„Baby." Kane legte seine Arme um mich. „Komm her."

Ich drehte mich in seinen Armen, sicher, dass die Tatsache, dass er ein Incubus war, für meinen aktuellen Zustand verantwortlich war. Ja, unglaubliche Orgasmen neigten dazu, einem Mädchen etwas zu nehmen, doch das war mehr als das. Trotzdem war das Kane, und trotz meiner Verwundbarkeit fühlte ich mich geliebt und sicher.

Er drückte einen Kuss an meine Schläfe. „Lass uns ins Bett gehen." Er hob mich hoch, und ich schlang instinktiv meine Beine um seine Taille und hielt mich fest, während er mich trug.

Er schlug die Decke zurück, lächelte auf mich herab und legte mich aufs Bett. Als sein Blick über meinen nackten Körper glitt, fuhr er mit seinen verführerischen Fingern mein Bein hinunter und befreite sanft meine Füße von den Schuhen, die ich so sorgfältig ausgewählt hatte. Er lächelte mich an, und die Zärtlichkeit in seinen Augen verriet mir, dass er sich erinnerte. Ich hatte sie bei unserem ersten Date getragen. In der Nacht, in der ich mir den Knöchel verstaucht und Kane mich nach Hause getragen hatte.

Er kam neben mir aufs Bett und deckte uns zu.

„Ich weiß nicht, warum mir so kalt ist", sagte ich. Die Kälte wollte nicht verschwinden.

„Ich wette, ich kann dich aufwärmen."

„Ich bin sicher, du kannst das." Ich schmiegte mich an ihn.

Hitze wärmte mich sofort von innen nach außen. „Wow. Was ist gerade passiert?"

Er schüttelte den Kopf und knabberte noch einmal direkt unter meinem Ohr, seine Hände wanderten verführerisch über meine nackte Haut. „Es hat mit dem Incubus zu tun, denke ich."

Natürlich. Er war jetzt voll von meiner Magie. „Wie fühlst du dich?"

Er lächelte schief. „Gut, außer dass ich immer noch verrückt vor Verlangen nach dir bin."

Natürlich war er das. Er hatte mich zum Orgasmus gebracht, bevor er es für sich selbst zuließ, wie er es immer tat. Ich strich mit einer Hand zärtlich über seine Wange und blickte mit unverhohlener Liebe zu ihm auf. Er war alles, was ich mir jemals gewünscht hatte, und in diesem Moment hatte ich das Gefühl, dass wir echte Partner waren. Er stand nicht daneben, während ich mich mit der Krise der Woche befasste. Wir saßen in einem Boot, und wenn meine Magie ihm half, das zu tun, was er tun musste, würde ich sie ihm weiterhin geben. Ich hob meinen Kopf und brachte meine Lippen an seine. „Ich will mich dir hingeben."

„Das hast du schon, hübsche Hexe."

Ich schüttelte den Kopf. „Nein. Nicht wirklich. Oder nicht ganz." Unsere Lippen trafen sich, und der Kuss begann langsam, zaghaft, als würde er versuchen abzuschätzen, wie weit ich gehen wollte. Doch als sich meine Hände in sein Haar gruben und ich ein Bein um seine Hüfte schlang, schoss seine Zunge hart gegen meine. Dann lag er auf mir und presste sein Gewicht auf mich.

Der magische Funke, den wir zuvor geteilt hatten, kehrte zurück, und obwohl ich erwartet hatte, dass der Effekt schwächer sein würde, war er stärker. Viel stärker.

DIE SCHATTEN DER BOURBON STREET

Kane stützte sich auf, seine Augen weiteten sich sowohl vor Staunen als auch vor Angst. „Ich glaube nicht, dass wir …"

Ich drückte meine Finger auf seine Lippen. „Denk nicht, Kane. Nicht jetzt. Ich habe dir etwas zu geben. Bitte lass mich."

Der Ausdruck in seinen Augen veränderte sich, und plötzlich war all mein Zögern verschwunden. Dieser stromführende Draht erwachte in mir zum Leben, und mit jeder Liebkosung, jeder Berührung wuchs die Spannung nur. Und als ich meine Beine für ihn spreizte, drang er mit einem sanften Stoß in mich und füllte mich so schmerzhaft köstlich, dass ich alle Kontrolle aufgab. Meine Magie ergoss sich von mir zu ihm und bildete einen Kokon um uns herum. Wir bewegten uns zusammen in einer perfekten Harmonie von Liebe, Lust und Verlangen. Als er mich dann wieder an den Rand des Orgasmus' brachte, spannte ich mich um ihn an und keuchte: „Jetzt."

Kane starrte in meine Augen, seine Lider schwer vor Lust, und stieß noch einmal hart und tief in mich hinein.

Mein Körper verkrampfte sich und Welle um Welle von Magie erfüllter Lust brach über mich herein. Dieses Mal hielt auch er sich nicht zurück. Er stieß einmal, zweimal und ein drittes Mal zu. Dann stöhnte er mir ins Ohr. Unsere Körper zitterten aneinander, doch als Kane sich in mich ergoss, übernahm etwas anderes die Kontrolle.

Meine Magie. Und die berauschenden Ranken der Macht, die tief in meiner Brust lebten, hoben und senkten sich und brachen dann aus mir heraus, als wäre ein Damm gebrochen. Als Kane die Magie in sich aufnahm, konnte ich sein Staunen, seine Aufregung und seine reine Hochstimmung spüren. Es war ein rohes Verlangen, das endlich gestillt wurde.

Immer noch aneinandergepresst, wand sich sein Körper über mir, als ob meine Magie, die in ihn strömte, zu viel für

ihn wäre. Alles, was ich tun konnte, war, mit gleichen Teilen
Ehrfurcht und Schock zu beobachten. Das war meine Magie.

Die Erkenntnis brachte mich zurück zu mir selbst, und
obwohl ich wusste, dass Kane mir nichts genommen hatte, was
ich nicht freiwillig gegeben hatte, fühlte ich mich plötzlich
hilflos. Leer.

„Das reicht!", rief ich und stieß ihn von mir. Ich kroch unter
ihm hervor und zog die Laken an meine Brust.

Kane drehte sich um und starrte an die Decke, scheinbar
ohne meinen Ausbruch zu bemerken.

„Kane?", fragte ich zögernd.

Er drehte den Kopf und blinzelte ein paarmal. Dann setzte
er sich auf und sah mich an. „Jade?"

„Ja?"

Er streckte die Hand aus und strich mit seinen Fingern
sanft über meine Lippen. Die vertraute Signatur meiner Magie
prickelte bei seiner Berührung über mir. „Du hast mir etwas
Kostbares gegeben. Ich habe vor, es mit Bedacht einzusetzen."

„Das solltest du auch", sagte ich und fühlte mich immer
noch leer von meinem Verlust.

„Aber jetzt muss ich etwas davon zurückgeben."

Ich sah ihn erschrocken an. Er lächelte nur und beugte sich
vor, um mich zu küssen.

# KAPITEL NEUN

„*A*ber –"
Sein Kuss unterbrach meinen Protest. Ich öffnete automatisch meinen Mund und begrüßte ihn, doch all die Leidenschaft, die sich zwischen uns aufgebaut hatte, war verschwunden. Es war nicht so, dass ich nicht wollte, dass Kane mich berührte. Es war, dass das alles verbrennende Bedürfnis befriedigt worden war.

„Kane", sagte ich und schob ihn sanft zurück.

„Ja, Liebes?" Er sah mich mit zärtlichen Augen an.

„Ich glaube nicht … ich meine, ich brauche nur einen Moment für mich."

Sein süßer Gesichtsausdruck wurde besorgt, und er setzte sich auf. „Was ist?"

Ich wandte meinen Kopf ab und wollte weinen. Doch ich hielt die Tränen zurück. „Ich weiß nicht. Es fällt mir gerade schwer, berührt zu werden." Da ich nicht einmal mir selbst die Wahrheit eingestehen wollte, kamen die Worte flüsternd heraus. Das war Kane. Ich konnte mich an keine Gelegenheit erinnern, in der ich ihm nicht nahe sein wollte. Nicht einmal, nachdem Camille meinen Körper übernommen hatte und ich mich so unglaublich benutzt gefühlt hatte.

„Sieh mich an." Kanes leise Stimme war wie eine sanfte Liebkosung auf meiner nackten Haut.

Ich drehte mich um und begegnete seinem Blick.

„Du bist okay. Zwischen uns wird alles okay sein." Seine Finger schlossen sich um meine, und er zog meine Hand nah an sein Herz. Das schnelle Pochen unter meinen Fingern beruhigte mich, erdete mich durch ihn. „Dieses Ding, dieser Incubus-Zauber hat das verursacht, was du hier spürst." Er bewegte seine andere Hand und streichelte die linke Seite meiner Brust direkt über meinem Herzen. „Lass mich dich halten. Ich kann das reparieren."

Ich wollte, dass er mich hält. Doch gleichzeitig wollte ich mich zusammenrollen und in meiner eigenen Welt verschwinden, wo ich mich nicht mit der Leere in mir auseinandersetzen musste. „Woher weißt du das?"

Er schüttelte den Kopf. „Ich weiß nichts. Aber es ist ein Instinkt hier drin." Er zeigte auf seine Brust. „Es sagt mir, was ich tun soll."

„Und was ist das?", flüsterte ich und fühlte mich gebrochener denn je.

Kane rutschte neben mich und schlang seine Arme um meinen Körper. „Lass mich dich einfach eine Weile halten."

Ich spürte die schiere Verzweiflung in ihm, mir zu helfen. Um mich wieder zu mir selbst zu bringen. Und ich wollte ihn gewähren lassen. Ich wollte mich nicht so fühlen, doch ich konnte einfach nicht. Noch nicht. Ich verschränkte meine Arme vor der Brust, rollte mich von ihm weg, starrte zur Wand und ließ die Tränen laufen.

„Oh, Jade." Die Worte kamen erstickt heraus, voller Emotionen, und in diesem Moment traf mich seine Liebe, dick und warm, und füllte all diese leeren Spalten.

Immer noch der Wand zugewandt, streckte ich eine Hand hinter mich aus. „Nimm sie."

Seine Finger glitten zaghaft über meine.

Ich hielt ihn fest und zog seinen Arm um mich. „Ich denke, das ist für den Moment okay."

Er stieß einen langen, tiefen Seufzer aus, rutschte auf das Bett und zog mich an sich, meinen Rücken an seine Brust. Sein warmer Atem kitzelte meinen Nacken, als er sein Gesicht in meinem Haar vergrub. „Mein Gott, Jade. Ich fühle mich gerade wie ein Arschloch."

„Nein." Ich zog seinen Arm fester um mich. „Diese Hexen haben uns das angetan. Zwischen uns wird alles gut", sagte ich, war mir aber nicht ganz sicher, ob ich es selbst glaubte. Meine einzige Rettung war, dass ich seine Gefühle spüren konnte und wie sehr er mich brauchte und sich danach sehnte, in meiner Nähe zu sein. Mein Herz schwoll an vor Liebe. Trotzdem fühlte sich mein Körper immer noch distanziert von ihm. Als ob unser letztes Zusammenkommen mir jede Unze körperlichen Vergnügens genommen hatte und nichts mehr übrig geblieben wäre, woran ich mich festhalten könnte. Es war erschreckend. „Kane?"

„Ja?"

„Fühlst du dich jetzt mächtig?" Ich konnte nicht umhin, mich zu fragen, welche Wirkung meine Magie auf ihn hatte.

Er lachte, aber es war freudlos. „Ich fühle mich unglaublich hilflos. Alles, was ich will, ist, dass du wieder ganz bist. Aber ich kann – will – mich dir nicht aufzwingen. Und diese Kraft in mir ist nichts wert, wenn sie dich zerbricht."

Ich hörte, was er gesagt hatte, schätzte es mehr, als er wissen konnte, doch ich wollte mich wirklich darauf konzentrieren, was unsere Vereinigung in ihm verändert hatte. Ich drehte mich um und legte meine Hand auf seine Wange. „Ich liebe dich, Kane."

„Ich weiß, hübsche Hexe." Er schloss die Augen. Schmerz zuckte über sein Gesicht und schoss wie ein Ruck durch meine Hand.

„Hör auf", sagte ich sanft. „Mach dir keine Vorwürfe."

„Wie kann ich nicht? Ich habe einen Teil von dir gestohlen."

„Ich habe ihn dir gegeben", sagte ich mit einem Lächeln.

Er hob skeptisch eine Augenbraue. „Nicht wirklich. Aber danke, dass du versuchst, mich zu beruhigen."

Je länger wir einander hielten, desto ausgeglichener fühlte ich mich. Meine Magie war schwach, und ich konnte sie kaum greifen, doch solange wir hier waren, sicher verschanzt vor dem Rest der Welt, schien es nicht so wichtig zu sein. Doch sobald ich anfing, darüber nachzudenken, wieder in die Welt außerhalb dieses Zimmers zurückzukehren, setzte Panik ein. Ich rang nach Luft und atmete langsam aus.

Kane sagte nichts. Er schien meinen Kampf zu verstehen, und anstatt zu versuchen, mich mit Worten zu beruhigen, streichelte er meinen nackten Rücken und fuhr mit seinen Fingern über meine Wirbelsäule.

„Das fühlt sich gut an", sagte ich.

„Bist du sicher?"

Ich nickte. „Ja, das ist okay."

Kane setzte seine zärtliche Erkundung fort, und als sich mein Körper an ihm entspannte, verstärkte er den Druck und knetete meine verkrampften Muskeln.

„Mmh, weiter so", murmelte ich an seiner Brust.

Er antwortete, indem er mit seinen Lippen über meine Schläfe strich. Der Kuss war sanft, zärtlich, liebevoll und ein Flüstern eines Funkens manifestierte sich aus der Verbindung.

Ich holte tief Luft und hob meinen Kopf. „Küss mich nochmal."

Er betrachtete mich mit hoffnungsvollem Zögern. „Bist du sicher?"

„Ja", sagte ich mit Nachdruck.

Seine Lippen zuckten und kräuselten sich zu einem winzigen Lächeln. „Wenn du es so sagst."

Langsam beugte er sich vor und strich mit seinen warmen Lippen über meine, was mir genug Zeit gab, meine Meinung zu ändern. Doch als ich meinen Mund öffnete und mit meiner Zunge über seine Lippen strich, folgte er meinem Beispiel und öffnete seinen Mund, um mich willkommen zu heißen.

Die magische Verbindung erwachte zum Leben und mit ihr mein Körper. Der süße Ansturm meiner Kraft floss von ihm in mich hinein wie ein schneller Schuss Adrenalin. „Mehr", verlangte ich, verzweifelt darauf bedacht, mir das zurückzuholen, was rechtmäßig mir gehörte.

Sein Kuss wurde rasend, und ich passte ihn mit Inbrunst an. Unsere Körper wanden sich aneinander, und ich schlang mein Bein um seine Hüfte, bereit, mich wieder mit ihm zu verbinden. Zu spüren, wie diese Kraft auf meiner Zunge und Haut funkelte, sich zwischen meinen Beinen sammelte.

„Jade", sagte er atemlos.

„Ich will dich. Ich brauche dich." Ich klammerte mich an ihn, stieß mein Becken gegen seines und stöhnte, als die süße Erleichterung seiner Härte gegen mich stieß. „Ja. Liebe mich, Kane."

Ich war mir vollkommen bewusst, dass ich in zehn Sekunden von null auf hundert geschossen war, doch ich konnte die Verzweiflung nicht kontrollieren, die mich verzehrte.

Kane presste mich aufs Bett und rollte sich auf mich, sein Gewicht willkommen und verlockend. Ich spreizte meine Beine, mehr als bereit. Aber er zog sich zurück und sah mit gequältem Gesichtsausdruck auf meinen nackten Körper herab. „Ich kann nicht, Liebes."

„Was?" Ich legte eine Hand auf seine Brust, darauf bedacht,

unsere Verbindung aufrechtzuerhalten. Wenn er losließ, wäre ich wieder verloren.

„Wenn ich mit dir schlafe, sauge ich dich nur wieder aus."

„Aber ich –"

„Schh", flüsterte er. „Leg dich einfach zurück und lass mich deine Magie wiederherstellen."

„Wie?"

Er antwortete, indem er meinen Hals küsste. Seine heißen, prickelnden Küsse ließen meinen Körper unter seinem Mund lebendig werden. Ich konnte fühlen, wie meine Magie meine Haut bedeckte, doch ich absorbierte sie nicht. Es war, als wäre sie zum Greifen nah, doch ich konnte sie nicht ganz fassen.

Dann wanderten seine Hände über meinen Körper und brachten Wärme und Lust überall hin, wo sie mich berührten. Ich hätte gerne für den Rest meiner Tage in dem Moment bleiben können, wenn er mich einfach weiter berühren und mit der sinnlichen Mischung aus meiner Kraft und seiner Incubus-Liebkosung verwöhnen würde.

Hitze, Feuer, Lust und Schmerz. Es war alles da, alles verschmolzen mit dem berauschenden Funken meiner Magie. Mein Körper war angespannt, verzehrt von purem Bedürfnis und Verlangen. Ich wimmerte fast. Und gerade, als ich dachte, ich könnte nicht mehr, strichen Kanes Lippen über meine Brustwarze. Ich bog meinen Rücken durch und bettelte um mehr. Und dann glitt seine Hand tiefer und hinterließ eine verlockende magische Spur. Mein Körper begann, unkontrolliert zu zittern.

Und dieses Mal, als ich meine Beine für ihn spreizte, tauchten seine Finger zwischen meine Schamlippen und stießen in mich hinein.

„Ja, Kane. Ja", stöhnte ich und rieb mich an ihm.

Meine Erregung übermannte mich, als er mich verwöhnte und nichts für sich nahm. Der Druck baute sich schnell auf und als die Wellen des Orgasmus' mich packten, stieß er tiefer hinein. Dann passierte es. Kraft schoss in einem Strom reiner Glückseligkeit von ihm zu mir. Der Orgasmus traf mich hart, härter als jeder andere, und meine Welt drehte sich. Ich war mir nicht sicher, ob ich ohnmächtig geworden war oder ob ich mich nur in einer Wolke aus magischer Energie verirrt hatte.

Als ich wieder zu mir kam, regungslos und erschöpft neben Kane lag, starrte ich ihn an und konzentrierte mich auf meine Magie, die friedlich unter meinem Brustbein pulsierte, wie es normalerweise der Fall war. Ich fühlte mich lebendiger, bereiter, es mit der Welt aufzunehmen, als ich es seit Monaten getan hatte.

„Hi." Kane strich mir eine Haarsträhne aus der Stirn.

Ich lächelte ihn an. „Hi."

„Besser?"

„Besser geht's nicht." Ich konnte mein Lächeln nicht davon abhalten, zu einem Grinsen aufzublühen. Dann packte mich die Sorge. Meine Magie war vollständig zurück. „Habe ich alles zurückgenommen?"

„Deine Magie?"

Ich nickte, weil ich befürchtete, dass wir nicht das Gleichgewicht gefunden hatten, das wir brauchten, damit diese neue Partnerschaft funktionierte.

„Nein, Liebes. Ich habe, was ich brauche."

„Bist du dir sicher?" Ich setzte mich auf.

„Ganz sicher." Er runzelte die Stirn. „Ich bin mir noch nicht sicher, wie das funktioniert. Aber für mich fühlt es sich an wie ein Geben und Nehmen. Wenn ich Freude von dir bekomme, überträgt sich deine Kraft auf mich, und wenn ich dir Freude bereite, überträgt sie sich zurück. Doch wenn ich zu viel nehme, bekommen wir Ärger."

Das war der Grund, warum er nicht noch einmal mit mir geschlafen hatte. Er hätte zu viel genommen, und ich wäre wieder leer geblieben. Ich neigte meinen Kopf und fragte: „Woher weißt du das?"

Er runzelte die Stirn. „Ich weiß nicht. Es ist Instinkt. Ich weiß auch, dass unsere Verbindung von mir ausgeht. Bis zu einem gewissen Grad habe ich die Kontrolle über die magische Übertragung."

Das heißt, er könnte meine Magie absaugen, und ich hätte keine Kontrolle darüber. Oder doch? Ich musterte ihn. „Nimmst du absichtlich meine Magie, wenn wir zusammen sind?"

„Nicht wirklich. Aber ich spüre, wenn tief in mir der Sog erwacht."

Hmm. War es möglich, dass ich ihn davon abhielt, alles zu nehmen? Wenn ich mich ihm nicht vollständig hingab, sollte ich in der Lage sein, zu kontrollieren, wieviel er nahm. Ich lächelte diabolisch. „Nächstes Mal machen wir einen kleinen Test."

„Einen Test?"

„Ja. Um zu sehen, ob wir nicht ein kleines magisches Tauziehen haben können." Die Idee jagte frisches Verlangen durch mich. Dieser unglaubliche Kraftschub, während wir uns gegenseitig befriedigten, war ein zusätzlicher Bonus, für den ich den Hexen von Coven Pointe vielleicht danken musste. Aber nur, wenn wir verhindern konnten, dass die Verbindung mich auslaugte.

Kane nahm mich in seine Arme und drückte mich an seine Brust. „Ich bin bereit, alles zu versuchen, was du willst, solange du nicht verletzt wirst. Ich werde nicht zulassen, dass dir das noch einmal passiert. Ich schwöre es."

Die Liebe in seinen Augen trieb mir Tränen in meine. „Wir werden einen Weg finden."

„Das tun wir immer."

# KAPITEL ZEHN

*E*ine Stunde später, nachdem wir geduscht hatten, saßen wir mit einem Tablett vom Zimmerservice zwischen uns auf dem Bett. Ich zog meine Füße unter mich und nahm ein Croissant. „Und, spürst du irgendwas?"

Kane schüttelte den Kopf. Dayla hatte gesagt, dass er Vaughn als neuer Incubus verfolgen könnte. „Nein. Die Einzige, die ich spüren kann, bist du. Es ist fast so, als ob sich deine Magie wieder mit dir verbinden will, und jetzt habe ich nicht nur unsere persönliche Verbindung, sondern auch die magische."

„Das ist irgendwie … ich weiß nicht, nett?"

Er lächelte. „Ja. Ist es. Aber das hilft uns im Moment nicht."

„Vielleicht sollten wir es mit einem Findezauber versuchen?", schlug ich vor.

„Kannst du das? Ich dachte, dafür bräuchte man genetisches Material oder den Zirkel."

Ich nickte. „Ja. Wahrscheinlich schon. Aber wir könnten versuchen, genug Hexen zusammenzutrommeln, um es auszuprobieren. Ich dachte, wenn wir einen Findezauber für Engel wirken konnten, könnten wir vielleicht auch einen für Incubi schaffen."

Kane riss ein Plunderstück auseinander. „Es ist einen Versuch wert, aber wir haben keine Ahnung, ob dieser Vaughn überhaupt in der Nähe von New Orleans ist."

Ich zückte mein iPhone und führte eine schnelle Internetsuche durch. Wie vermutet, kam außer ein paar Social-Networking-Treffern, die nicht zu ihm passten, nichts heraus.

„Wenn er ein Dämonenjäger ist, wird er seine Spuren besser verwischen", sagte Kane.

„Das habe ich schon vermutet." Ich legte das Handy auf den Nachttisch und lehnte mich zurück. „Musste es aber versuchen."

„Willst du Lailah anrufen? Oder Bea?"

Das war keine schlechte Idee, doch aus irgendeinem Grund zögerte ich, sie wissen zu lassen, dass Kane ein Incubus war. Es schien einfach so ... persönlich. Als würde ich sie in unser Schlafzimmer einladen. Trotzdem konnte ich Matisse wegen meiner Scham nicht in dieser anderen Dimension zurücklassen. Ich griff noch einmal nach meinem Handy. Gerade, als ich anfing, durch meine Kontakte zu scrollen, flackerten die elektrischen Lichter, die wir ausgeschaltet hatten, während sich die Luft mit Magie aufzuladen schien. Dann sprang plötzlich die Tür auf, und ein großer, schwarzhaariger Mann in Jeans, Stiefeln und eng anliegenden schwarzen T-Shirt stürmte in den Raum. In seiner linken Hand hielt er einen reich verzierten mittelalterlichen Dolch. Er hatte ihn halb angehoben, als ob er bereit wäre, ihn zu benutzen, doch nicht wirklich, um anzugreifen.

Ich sprang auf, meine Magie an meinen Fingerspitzen gesammelt. Ohne auch nur nachzudenken, stieß ich einen

Kraftstoß aus, der Kane und mich in einen schützenden Kreis schloss. „Wer zum Teufel sind Sie, und was suchen Sie in unserem Hotelzimmer?"

Der Mann ignorierte mich und konzentrierte sich auf Kane. „Hallo Bruder. Entschuldigung, ich bin spät dran. Ich wäre hier gewesen, sobald die Hexe ihre Macht geteilt hat, aber es gab eine Situation."

„Hallo." Kanes Stimme schien weit weg zu sein, nicht direkt vor mir. Ich riss meinen Blick von unserem Gast los und sah Kane an. Ich keuchte. Seine Augen waren schwarz geworden, und er stand stramm wie ein Rekrut. „Kane?"

Er nahm mich nicht zur Kenntnis. Ich glaubte nicht, dass er mich überhaupt gehört hatte.

Der Mann im schwarzen T-Shirt versuchte, Kane seine Hand entgegenzustrecken, doch der Kreis war immer noch aktiv, und seine Hand prallte davon ab. Damit hatte ich seine Aufmerksamkeit. Er drehte sich zu mir um. „Du kannst den Kreis jetzt fallen lassen."

Ich schüttelte den Kopf. „Wir müssen erst ein bisschen reden."

Er schnaubte. „Das glaube ich nicht. Lass den Kreis fallen, bevor es hässlich wird."

Jetzt war ich an der Reihe zu schnauben. „Zweifellos, aber ich bin bereit, das zu riskieren. Was meinen Sie mit ‚sobald die Hexe ihre Macht geteilt hat'?"

Er blinzelte, als er irritiert eine Augenbraue hob. „Deine Kraft. Sobald du sie ihm gegeben hast, war er bereit, unserer Organisation beizutreten. Mach es dir nicht schwerer, als es sein muss. Ich kann hier nicht ohne diesen Mann weggehen. Es ist zu gefährlich. Jetzt tritt beiseite und ..."

„Nein", sagte ich. „*Du* scheinst nicht zu verstehen. Ohne mich geht er nirgendwohin."

„Hexen sind nicht willkommen. Vor allem Sexhexen nicht."

Wut loderte tief in meinem Bauch auf und stieg mir bis in den Rachen. „Erstens, Incubus, bin ich keine Sexhexe. Nicht, dass das bei irgendjemandem eine solche Verachtung hervorrufen sollte. Ich bin eine weiße Hexe und seine Verlobte. Und aufgrund von Umständen, die außerhalb unserer Kontrolle liegen, wurde unsere Hochzeit dafür unterbrochen." Ich gestikulierte in seine Richtung. „Also, wenn du dir einbildest, ich weiche jetzt von seiner Seite, hast du sie nicht mehr alle."

Er öffnete den Mund, um etwas zu sagen, doch ich unterbrach ihn. „Und außerdem habe ich Erfahrung im Kampf gegen Dämonen und im Siegen. Ich habe sogar eine Seele mit einem Dämon geteilt. Ich glaube, ich habe einige Kenntnisse, die dich interessieren könnten."

„Du ... äh, hast eine Seele mit einem Dämon geteilt?"

Ich nickte. Er musste die Details nicht kennen. „Das Problem ist gelöst."

„Das kann ich sehen." Er musterte mich hungrig, als wollte er jeden Zentimeter von mir studieren.

„Wirklich? Wie das?"

„Ich könnte einen Dämon auf eine Meile Entfernung an dir riechen."

„Oh wie schön." Das war, gelinde gesagt, beunruhigend. Ich warf Kane einen Blick zu, doch er stand immer noch stramm und konzentrierte sich ganz auf unseren Gast. Ich wedelte mit einer Hand vor seinem Gesicht. „Kane?"

„Er wird bis zur Einweihung nicht ansprechbar sein."

„Was?", keuchte ich. „Und wann ist die? Und warum?"

Er neigte den Kopf und musterte mich von der Seite. „Das dient der Bekämpfung des Widerstands, wenn wir sie in den inneren Kreis holen."

Meine Wut stieg bis zum Siedepunkt. „Neue Incubi haben keine Wahl?"

„Nein." Er straffte seine Haltung, um Überlegenheit zu demonstrieren. „Sie sind, was sie sind, und sie schließen sich entweder an oder sie fallen."

Mein Herz sank mir in die Kniekehlen. „Fallen? Meinst du, sie werden zu Dämonen?" Ich wusste, dass Engel fallen konnten, wenn sie ihre Macht missbrauchten, doch Hexen nicht. Wenn wir der schwarzen Magie erliegen, kann sie uns zerstören, doch wir fallen nicht. „Bedeutet das, dass Kane zum Dämon werden könnte?"

„Das befürchte ich. Anfangs nicht, doch irgendwann verlieren sie alle den Kampf. Im Alleingang halten sie nie lange durch. Würdest du die Barriere jetzt fallen lassen?"

Mein Körper wurde kalt wie Eis. Dayla hatte ihm das angetan – seine Seele in Gefahr gebracht, um ihre Nichte zu retten, ohne uns in die möglichen Konsequenzen einzuweihen. Miststück! Ich ließ meine Arme sinken und mit ihnen den Kreis. „Ich komme mit euch. Und wenn du versuchst, mich aufzuhalten, werden wir einen höllischen Kampf haben."

„Keine Sorge, weiße Hexe", sagte er. „Jeder, der eine Dämonenbesessenheit abwehren kann, ist jemand, den Maximus treffen will." Mit einer Handbewegung kippte die Welt, und als sie sich wieder aufrichtete, standen wir vor einem großen weißen Antebellumhaus, umgeben von üppigem Grün.

Ich sah mich um und kam zu dem Schluss, dass wir uns irgendwo im Garden District befanden. Niemand sonst war auf der Straße, was seltsam war, wenn man bedachte, dass ich den Lärm der Menge und die Musik der Paraden ein paar Blocks entfernt hören konnte. Doch als ich einen Schritt nach vorne machte, spürte ich einen kleinen Widerstand. Der Drang, kehrt zu machen und woanders hinzugehen. Es war ein abstoßender Zauber, der ungebetene Gäste davon abhalten sollte, in diesen privaten Rückzugsort einzudringen. Ich kämpfte gegen den Drang an und folgte Kane und dem anderen Incubus.

Das schwarze schmiedeeiserne Tor schwang mit einem leisen Quietschen auf, und obwohl jeder Instinkt in mir verlangte, dass ich mich umdrehen und woanders hingehen sollte – egal wohin, nur weg von hier –, setzte ich immer weiter einen Fuß vor den anderen.

Bis sich die Haustür öffnete und ein halbes Dutzend Incubi heraussprangen, ihre reich verzierten Dolche erhoben und bereit zum Angriff.

„Whoa." Ich hob meine Hände.

„Hexe", flüsterte einer von ihnen leise.

Sie kamen näher, drängten sich um uns, und ich war mir aufgrund der Spannung, die zwischen ihnen aufflammte, sicher, dass eines dieser Messer ein Zuhause in meiner Brust finden würde, wenn ich eine falsche Bewegung machte. Aus irgendeinem Grund wollten sie mich wirklich nicht hier haben.

Ich hob beschwichtigend meine Hände. „Ich bin nicht hier, um jemanden zu verletzen oder mich einzumischen. Ich bin nur wegen meines Verlobten hier." Ich zeigte auf Kane. „Ich möchte sicherstellen, dass es ihm gut geht, bevor ich gehe."

Meine Entschuldigung klang sogar für mich lahm, und die Incubi sahen sich an und konzentrierten sich dann auf Kanes Begleiter.

„Sie hat einen Dämonenangriff überlebt", sagte er.

Sofort entspannten sich alle.

Neugierig neigte ich den Kopf. Alle schwiegen und beobachteten mich. Ein älterer Gentleman trat aus dem Haus und sagte: „Miss Calhoun, es ist mir eine Freude, Sie kennenzulernen."

Ich blickte erschrocken zu ihm auf und schnappte dann

nach Luft, als mir klar wurde, dass ich ihn erkannte. Er war derselbe Mann wie auf dem Foto in Daylas Haus. Fionas Vater.

# KAPITEL ELF

*W*ir wurden schnell in ein riesiges Foyer geschoben. Die sieben Incubi bildeten hinter uns einen Halbkreis. Der Anführer stand am Eingang zu einem großen Raum, uns gegenüber. „Miss Calhoun, bitte kommen Sie zu mir", sagte er.

Ich musterte den Anführer. „Woher wissen Sie, wer ich bin?"

Seine Lippen verzogen sich zu einem herablassenden Lächeln. „Ich lege großen Wert darauf, so viel wie möglich über diejenigen zu erfahren, die in meiner Stadt leben und über beträchtliche Macht verfügen."

Ich wollte genau wissen, wie lange er mich schon beobachtete, doch ich schwieg. Jetzt war nicht die Zeit dafür.

„Miss Calhoun?", sagte er noch einmal. „Wollen Sie sich mir anschließen?"

Ich warf Kane einen Blick zu, wollte nicht von seiner Seite weichen.

„Er wird bewacht. Wir müssen zuerst ein paar Dinge besprechen."

„Das würde ich lieber tun, wenn Kane wieder er selbst ist."
Ich legte meine Hand besitzergreifend um die von Kane.
Der Anführer presste sichtlich irritiert seine Lippen
aufeinander. „Sie werden sich meiner Bitte fügen, oder Sie
werden gehen, Miss Calhoun. Das ist keine Verhandlung."
Der Incubus-Clan trat einen Schritt vor und schloss den
Kreis um mich herum. Der Versuch, mich zu zwingen, brachte
meine Magie dazu, hervorzubrechen. Angesichts der Tatsache,
dass ich von bewaffneten Dämonenjägern umgeben war,
schien das keine gute Idee zu sein. Widerstrebend ließ ich
Kanes Hand los. Er stand still, starrte geradeaus und schien es
nicht zu bemerken. „Was stimmt nicht mit ihm?"

„Er ist vollkommen in Ordnung. Er wartet auf die
Einweisung. Je nachdem, wie unser Gespräch verläuft, lasse ich
Sie dafür vielleicht bleiben. Wenn Sie nicht kooperieren,
schicke ich Sie dorthin zurück, wo Sie hergekommen sind."

Was bedeutete das? Ins Hotel? Das Haus, das ich mit Kane
teilte? Idaho? Ich wollte es nicht wirklich herausfinden. „Also
gut. Doch er sollte besser in einem Stück sein, wenn wir fertig
sind, oder jemand fährt dafür zur Hölle."

Das brachte ihn zum Lachen. „Miss Calhoun, die Hölle
macht uns keine Angst."

Natürlich nicht. Dumme Dämonenjäger. Ich holte tief Luft
und folgte ihm nach nebenan. Der Versammlungsraum war
zum ersten Stock hin offen und bis auf eine erhöhte Bühne mit
einer Reihe von Stühlen am anderen Ende des Raums leer.

„Hier entlang." Er ging an mir vorbei zur Bühne und stieg
die Stufen hinauf. Hinter den Stühlen war ein roter Vorhang,
der mit komplizierten schwarzen Stickereien in denselben
Wirbeln verziert war, die die Dolche zierten, die jeder der
Incubi trug. Er zog an einem Seil, und der Vorhang schwang
auf und enthüllte einen runden Tisch mit sieben Stühlen, die
dem Raum zugewandt waren. „Nehmen Sie Platz."

Ich wartete darauf, dass er den Stuhl in der Mitte einnahm, und setzte mich dann zwei Plätze von ihm entfernt.

Er schenkte mir ein schiefes Lächeln. „Dies ist nur eine Unterhaltung, Miss Calhoun. Es besteht kein Grund zur Sorge."

Ich warf ihm einen skeptischen Blick zu. „Wirklich? Mein Verlobter wurde ohne seine Zustimmung in einen Incubus verwandelt. Jetzt ist er wie ein Zombie, und ich werde verhört. Es scheint, als gäbe es mehr als einen Grund, mir Sorgen zu machen."

„Gegen seinen Willen gedreht, sagen Sie?" In seinem Ton lag Überraschung. Er musterte Kane prüfend. Ein kleiner Kraftstoß schoss aus seinem Dolch, umkreiste Kane und kehrte zurück. Er runzelte die Stirn. „Kane wurde nicht als natürlicher Incubus geboren, obwohl er Dämonenblut hat. Das ist nicht auf natürliche Art und Weise passiert. Wie *ist* es dazu gekommen?"

Scheiße! Das hätte ich wahrscheinlich nicht sagen sollen. „Nun, nicht so sehr verwandelt, eher mit einem Zauber belegt." Da ich sozusagen schon die Katze aus dem Sack gelassen hatte, konnte ich auch genauso gut ehrlich sein.

Seine Augenbrauen schossen fast bis zu seinem Haaransatz. „Von Ihnen? Aber Sie sind keine Sexhexe."

„Oh, Göttin, nein. Zu beiden Punkten." Ich lehnte mich zurück. „Sehen Sie, Kane und ich wurden mit einer Mission vom Hohen Rat der Engel losgeschickt, und diese Mission hat uns zu einer Hexe geführt, die für seinen Zustand verantwortlich ist. Kane will kein Incubus sein …"

„Sind Sie sich da sicher?" Der Anführer warf mir ein diabolisches Halblächeln zu, und seine dunklen Augen glitzerten, was seine Ausstrahlung von der eines strengen Anführers zu einem sexy, älteren Gentleman umschlagen ließ.

„Ich nehme an, Sie meinen, er könnte die zusätzlichen

Vorteile, ein Incubus zu sein, genießen. Und Sie könnten recht haben. Doch ein Dämonenjäger will er sicher nicht sein. Und ich kann garantieren, dass er nicht der Zombie sein will, zu dem Sie ihn jetzt gemacht haben."

Er beugte sich vor. „Wissen Sie, nachdem Ihr Verlobter ein mächtiger Incubus ist, kann das auch Ihnen helfen. Ihre Macht wird mit der Zeit wachsen."

„Ich brauche nicht mehr Macht, Mr. ...?"

Er streckte eine Hand aus. „Entschuldigung. Ich bin Maximus Brock. Anführer der Dämonenjäger von New Orleans. Und Sie sind Jade Calhoun, die weiße Hexe des Zirkels von New Orleans."

„Wie kommt es, dass ich noch nie von Ihnen gehört habe?" Ungeachtet dessen, was Lucien sagte, musste Bea sicherlich von einer ganzen Bande von Dämonenjägern wissen.

„Wir halten uns gerne aus dem Rampenlicht. Unsere Existenz ..." Er hielt inne und sah sich um, als wollte er prüfen, ob jemand zuhörte. „Unsere Existenz hängt davon ab, diskret vorzugehen. Sagen wir einfach, unsere Energiequelle ist umstritten."

„Sie meinen, dass Sie Sex benutzen, um Ihre Kraft zu nähren." Ich wusste, dass meine Worte wahr waren, doch ich wollte sehen, ob er es zugeben würde.

Er lehnte sich in seinem Stuhl zurück und musterte mich. „Ja. Es ist ein Fluch, mit dem wir uns alle privat auseinandersetzen müssen. Doch ich denke, man kann mit Sicherheit sagen, dass wir unser Bestes tun, um unsere Mängel auszugleichen."

Sein Ton deutete an, dass er sein Schicksal bedauerte, es aber schon vor langer Zeit akzeptiert hatte.

„Aber Ihr Kane ... das ist ungewöhnlich. Nur eine Hexe, die ein Stück eines Incubus besitzt, konnte einen solchen Zauber wirken. Wer war es?"

Ich verschränkte meine Arme vor der Brust, nicht sicher, ob ich es sagen sollte.

„Früher oder später werden wir es herausfinden."

„Wie?", fragte ich, wirklich neugierig, wie ihre Kräfte funktionierten.

„Jeder Incubus hat eine Kraftsignatur. Alle anderen werden es spüren können. Wenn er seine Energiequelle mit einem anderen teilt, wird es offensichtlich sein."

„Was bedeutet das genau?"

„Nur, dass alle Incubi durch ihre Machtsignatur von der Existenz ihrer Brüder wissen."

Das hatte Dayla damit gemeint, dass Kane Vaughn finden konnte. „Ah." Es war sinnlos, zu verschweigen, wer Kane mit einem Zauber belegt hatte. „Es war Dayla, die Anführerin des Zirkels von Coven Pointe."

Er nickte und schien nicht überrascht zu sein.

Ich räusperte mich und wollte immer noch Antworten. „Heißt das, dass alle anderen es wissen, wenn ein Incubus glücklich ist oder Freude und andere private Emotionen erlebt?"

Maximus nickte. „Ja. Aber das trifft nur am Anfang zu. Sobald sich ein neuer Jäger eingelebt hat, verblasst das, und er hat nur noch die Verbindung, die wir alle haben."

„Und was ist das für eine Verbindung?"

Er sah mich mit zusammengekniffenen Augen an. „Sie haben viele Fragen."

„Sie auch."

„Ich muss eine Operation durchführen und habe plötzlich einen Incubus bekommen, der nicht unbedingt für dieses Leben bestimmt war. Ich denke, ich habe das Recht, ein paar Fragen zu stellen."

„Ich auch. Er hat nicht darum gebeten, oder haben Sie das schon vergessen? Sie müssen wissen, dass wir schon einmal gegen einen Dämon gekämpft haben. Wir haben gegen Engel, schwarze Magie und böse Geister gekämpft. Die übernatürliche Welt ist uns nicht fremd. Aber von Incubi wissen wir nichts. Ich hatte bis heute noch nicht einmal von Dämonenjägern gehört. Alles, was ich tun möchte, ist, meinen Verlobten zu beschützen."

„Und ich wette, das können Sie auch."

„Davon sollten Sie besser ausgehen. Also, was wollen Sie von mir? Ich nehme an, deshalb haben Sie mich hergebracht. Um mich etwas zu fragen?"

Er stand auf und ging auf der Bühne auf und ab. Dann zog er seinen Stuhl noch einmal heraus, drehte ihn um und setzte sich rittlings darauf. „Sie haben die Seele eines Dämons geteilt und überlebt."

„Nicht ganz", sagte ich vorsichtig.

„Eines ehemaligen Dämons."

„Ja." Worauf zum Teufel wollte er hinaus?

„Ich will Zugang zu diesem ehemaligen Dämon. Das ist, was ich von Ihnen will."

„Warum? Sie ist jetzt ein Engel. Und ich wette, dass sie es nie wieder auch nur in Erwägung ziehen wird, sich in die Hölle zu wagen. Sie wird also wahrscheinlich auch nie wieder fallen. Nicht, dass sie das im Moment könnte."

„Nein? Und warum nicht?"

„Wissen Sie das nicht?"

Er runzelte die Stirn. „Was soll ich wissen?"

„Ach, kommen Sie schon." Ich klatschte mit der Hand auf den Tisch. „Sie müssen wissen, dass der Schleier zur Hölle geschlossen wurde. Und das von einer Hexe aus New Orleans."

Maximus sah nicht überrascht aus. Er hatte es gewusst. Doch Zufriedenheit breitete sich auf seiner Haut aus und machte mich überaus misstrauisch.

„Also, was wollen Sie wirklich von mir?", fragte ich ihn.

„Ein Treffen mit Dayla."

„Wie bitte?" Ich stand auf. „Warum gehen Sie nicht einfach zu ihrem Haus? Ich habe das auch getan."

„Und wenn sie gewollt hätte, hätte sie Sie töten können. Zweifellos hat sie Sie nicht mit offenen Armen empfangen. Es ist ehrlich gesagt ein Wunder, dass Sie überhaupt hier sind. Fremden gegenüber ist sie nicht sehr aufgeschlossen."

„Sie macht gerne eine Ausnahme, wenn sie nach einem vermissten Mitglied ihres Zirkels sucht." Nicht wirklich. Sie hatte uns quasi ausgesperrt. Und wäre Fiona nicht gewesen, hätten wir sie überhaupt nicht gesehen. Doch dann würden wir jetzt nicht in diesem Incubus-Schlamassel sitzen.

„Jemand wird vermisst?"

Ich schloss meinen Mund. Das waren Engelsangelegenheiten. „Da müssen Sie sie fragen."

Er schnaubte. „Glauben Sie mir, ich würde es tun, wenn ich könnte."

„Was soll das heißen?"

„Sie wissen es wirklich nicht, oder?" Er kratzte sich an seinem Kinn. „Sexhexen verkehren nie mit Incubi. Es ist zu gefährlich. Die Macht gerät außer Kontrolle. Und meistens wird jemand verletzt."

Er war Fionas Vater. Dayla hatte eine Vergangenheit mit ihm. Konnte er sie nicht einfach anrufen? „Warum wollen Sie dann, dass ich ein Treffen mit ihr arrangiere?"

„Sie hat etwas von mir in ihrem Besitz. Und ich will es zurück." Er stand auf und verschränkte die Arme vor der Brust. „Werden Sie mir helfen?"

„Ich kann es versuchen", sagte ich und fühlte mich unwohl in dieser ganzen Situation. Wie schwer war es für ihn, in sein Auto zu steigen und sie zu besuchen?

„Gut." Er zog an einem weiteren Seil, und als er es diesmal tat, öffneten sich die Türen auf der anderen Seite des Raumes, und Kane und die Dämonenjäger kamen herein. Sie blieben in der gleichen Halbkreisformation um Kane stehen. „Bleiben Sie hier", sagte Maximus und stand auf, um sie anzusehen.

Ich gehorchte, verrückte jedoch meinen Stuhl, damit ich Kane besser sehen konnte. Er war immer noch wie ein Zombie, und es machte mich wütend. Was zum Teufel war das für eine Magie, dass sie jemanden in einen Zustand versetzen konnten, in dem der Betroffene keinen freien Willen hatte? Ich dachte an Matisse. Kane wollte ihr genauso helfen wie ich. Nicht, dass wir in dieser Angelegenheit noch eine Wahl gehabt hätten.

Sobald Maximus seine Position vor den Jägern eingenommen hatte, hob er seinen Dolch und die anderen ahmte seine Bewegung nach. „Heute ist der Tag eines neuen Kriegers." Er sah alle an. „Wir heißen unseren Bruder in unserem Kreis willkommen."

Die Gruppe wiederholte seine Worte.

„Schwört ihr, Kane Rouquette von jetzt an bis zum Ende dieses Lebens in die Bruderschaft der Dämonenjäger aufzunehmen?"

„Das tun wir", sagten sie.

„Und ihm den Weg des Dolches beizubringen?"

Mehr Zustimmung.

„Und ihm in die Hölle zu folgen, um seine Seele zu retten, sollte ein Dämon von ihm Besitz ergreifen?"

„Ja, Maximus, wir schwören."

Der Anführer lächelte seinen Zirkel an und konzentrierte sich dann auf Kane. Mit einem schnellen Schnitt seines Dolches über seinem Arm quoll eine dünne Blutlinie hervor, als er sagte: „Kane Rouquette, hörst du den Ruf unseres Blutes?"

Kane blinzelte. Dann noch einmal. Seine Sicht wurde klarer, und dann blickte er von mir zu Maximus, und Klarheit strahlte in diesem tiefen Blick. Er war wieder er selbst, obwohl ich nicht wusste, an wie viel er sich erinnerte. „Das tue ich."

„Schwörst du, die Welt vor Dämonen zu beschützen und dein Leben deinen Brüdern zu weihen?"

Ich hielt den Atem an. Dies war ein ernsthaftes Bindungsritual. Eines, das mit Blut besiegelt wurde.

Doch Kane zögerte nicht. „Das tue ich", sagte er noch einmal.

„Durch die Bindung deines Blutes bist du jetzt ein Beschützer der Seelen. Ein Dämonenjäger der höchsten Ordnung."

Kane streckte seine Hand aus, ohne aufgefordert zu werden, und mit einer schnellen Bewegung schnitt Maximus Kanes Hand auf.

Er zuckte nicht einmal. Er sah mich nur mit großen, flehenden Augen an und bat mich, seine Entscheidung zu verstehen.

## KAPITEL ZWÖLF

„Warte!" Ich riss meine Hände hoch und rannte auf Kane zu, doch Maximus packte mich an der Taille und hielt mich zurück.

„Unterbrich mich nicht, Hexe."

„Er darf das nicht. Ohne alle Fakten kann er so ein verbindliches Versprechen nicht geben." Meine Stimme überschlug sich. Er hätte das nicht getan, wenn er nicht unter ihrer Kontrolle gewesen wäre. Was auch immer mit ihm passiert war, das diesen Trancezustand verursacht hatte, hatte ihn eindeutig verwirrt zurückgelassen. Das war nicht geplant gewesen.

„Ich kann", sagte Kane leise.

Ich drehte mich zu ihm um. Sein entschlossener Gesichtsausdruck nahm meinem Protest das Feuer. „Kane?"

Er schüttelte den Kopf. „Ich muss das tun. Die Bilder. Sie sind unerträglich."

„Lass los", sagte ich zu Maximus. Kane nickte, und der Anführer ließ mich los. Ich verkniff mir einen bissigen Kommentar und sprang von der Bühne in Kanes Richtung.

Doch er trat zurück und wahrte etwas Abstand zwischen uns. Ich erstarrte. Warum wich er vor mir zurück? Ich holte tief Luft und versuchte, die Panik zu beruhigen. „Bilder?"

„Der Horror. Was diese Leute durchgemacht haben. Ich kann mich nicht zurücklehnen und es geschehen lassen."

Die Dämonenjäger hinter ihm nickten feierlich.

„Welche Leute?" Ich streckte eine Hand aus und hoffte, er würde sie nehmen, doch er schien sie nicht zu bemerken.

„Die, die die Dämonen entführen." Sein Gesicht verzerrte sich mit einer Mischung aus Mitleid und Schmerz. Er schloss seine Augen, und als er sie öffnete, begegnete er meinem Blick. „Erinnerst du dich, als wir in der Hölle waren und du die Emotionen der Seelen gespürt hast, die in diesen Steinskulpturen gefangen waren?"

„Ja", sagte ich vorsichtig. „Ich wollte sie befreien, aber du hast gesagt, wir wüssten nicht, warum sie dort waren und dass sie vielleicht dorthin gehörten."

„Das tun sie", sagte Maximus. „Aber dem war nicht immer so."

Ich wirbelte zu ihm herum. „Wie sind die Seelen dorthin gekommen?"

„Besessenheit durch Dämonen. Die meisten von ihnen waren normale Menschen, als es passiert ist. Sobald der Dämon übernimmt, werden die Seelen für immer korrumpiert. Wenn der Dämon alle Ressourcen der Opfer aufgebraucht hat, werden ihre verdorbenen Seelen in der Hölle gelagert. Dort müssen sie die schrecklichen Dinge, die sie getan haben, bis in alle Ewigkeit immer wieder durchleben. Normalerweise richten sich die Verbrechen gegen ihre Angehörigen. Es ist bei weitem das Schlimmste, dem eine Seele ausgesetzt sein kann."

Ein Schauer lief durch meinen Körper, als ich das

Entsetzen über das, was er gerade gesagt hatte, verarbeitete. „Schlimmer noch, als ein Dämon zu sein?"

„Ja." Maximus kam von der Bühne herunter und gesellte sich zu seinen Jägern. „Dämonen kennen keine Reue. Sie leben in einer Welt ohne Konsequenzen. Sobald der Dämon mit einer Seele fertig ist, zieht er weiter und lässt die Seele gebrochen zurück. Gequält. Die Seele existiert in einer Welt der Qual und Verzweiflung. Unsere Mission ist es, Dämonen davon abzuhalten, Besitz von jemandem zu ergreifen, der noch nicht korrumpiert ist. Wir wollen so viele Menschen wie möglich retten."

„Das muss ich tun", sagte Kane.

Ich blickte von ihm zu Maximus, hin- und hergerissen zwischen Angst und Stolz. Wenn Kane das tat, wäre seine Seele wahrscheinlich immer in Gefahr. Wenn er es nicht tat, würde er es für den Rest seines Lebens bereuen. „Okay. Aber was bedeutet das?"

„Kane muss ein paar Tage der Einweihung und ein Training durchlaufen, dann wird er in den Dienst berufen." Maximus nickte einem der Jäger zu. „Bring ihn ins Büro."

„Nein!" Unkontrollierbare Magie erwachte zum Leben und funkelte an meinen Fingerspitzen.

„Miss Calhoun, beherrschen Sie sich, oder Sie werden neutralisiert." Maximus verschränkte seine Arme vor der Brust und sah mich warnend an.

Ich hatte nicht vorgehabt, meine Magie zu rufen. Ich konnte nicht anders. Es passierte manchmal, wenn ich gestresst und verängstigt war. Es war nicht so, als wollte ich gegen sieben Dämonenjäger auf einmal kämpfen. Alles, was ich wollte, war in Kanes Nähe zu sein und mit ihm zusammenzuarbeiten, um Matisse zu retten, damit wir unser Leben weiterleben konnten. Dass er sich einer geheimen

Gesellschaft von Dämonenjägern anschließen würde, gehörte nicht zum Plan.

„Kane, bitte", flehte ich. „Wir müssen reden."

Kane blinzelte, und etwas veränderte sich in seinem Gesichtsausdruck. Erkenntnis? Verständnis vielleicht? Dann sah er Maximus an. „Gibt es einen Ort, an dem wir uns kurz unter vier Augen unterhalten können?"

Maximus runzelte die Stirn und zog seine dunklen Augenbrauen hoch. Er presste die Lippen aufeinander und begann den Kopf zu schütteln, doch ich mischte mich ein. „Ich werde dieses Treffen in Betracht ziehen, wenn Sie uns zehn Minuten geben."

Er starrte mich mit ausdrucksloser Miene an. Dann nickte er dem Jäger zu, der in unser Hotelzimmer gestürmt war. „Derke, bring sie in mein Arbeitszimmer. Gib ihnen die Privatsphäre, um die sie gebeten hat."

Derke schien überrascht, nickte jedoch. Er ging an mir vorbei und sagte: „Hier entlang."

Ich streckte Kane erneut meine Hand entgegen und seufzte erleichtert, als er sie nahm. Seine Finger schlossen sich um meine und drückten sanft. Ich erwiderte den Druck, und Erleichterung durchströmte mich. Er war nicht völlig verloren in seiner neuen Rolle.

Wir folgten Derke durch einen cremefarbenen Flur voller protziger Porträts ehemaliger Dämonenjäger. Sie trugen alle eine schwarze Uniform mit Knöpfen, die mich an die Ausgehuniform der Marines erinnerte. Hoher Kragen, klare Linien, goldene Knöpfe. Nur gab es keine Achselschnur oder Abzeichen. Die Uniformen waren schlicht. Und ein einsames Symbol zierte die rechte Schulter. Das gestickte Motiv war das gleiche wie auf den Vorhängen. Das musste ihr Symbol sein.

„Hier." Derke öffnete eine Tür und winkte uns in ein großes Arbeitszimmer. Regale voller Bücher zierten jede Wand, vom

Boden bis zur Decke. In der Mitte des Raumes stand ein großer Schreibtisch. Gegenüber stand eine Reihe Holzstühle. Der größte Teil des Raums war praktisch, mit Regalen und Tischen voller Bücher. Doch unter dem Fenster war eine süße Einbaubank. Die Kissen waren mit einem Stoff mit einem roten Gänseblümchen bezogen und es war buchstäblich das Einzige im Arbeitszimmer, in dem überhaupt Leben zu sein schien.

Hatte ich bei Dayla nicht Gänseblümchen gesehen?

Ich schüttelte den Kopf. Nichts davon war wichtig. Ich musste mit Kane sprechen. Ich nickte Derke zu. „Danke."

Er warf Kane einen kurzen Blick zu. „Bist du sicher, dass du das machen willst, Mann? Frauen können einem wirklich den Kopf verdrehen, wenn man solche Entscheidungen treffen muss."

Kane runzelte die Stirn und schüttelte irritiert den Kopf. „Ich komme schon klar. Wir sind in zehn Minuten fertig."

Ein Atemzug, von dem ich nicht gewusst hatte, dass ich ihn angehalten hatte, kam in einem leisen Seufzer heraus.

Kaum war die Tür geschlossen, zog Kane mich in seine Arme und umarmte mich fest. „Es tut mir so leid, Jade. Das ist nicht das, worum ich gebeten habe, aber da ich dem ausgesetzt war, was Dämonen Unschuldigen antun können, kann ich das nicht ignorieren. Ich hoffe, du kannst das verstehen."

„Ich denke schon", sagte ich, den Tränen nahe, nur dass es diesmal Tränen der Erleichterung waren. Er war er selbst. Er war kein Zombie mehr. Er war ein Mann, der eine Entscheidung traf, die er treffen musste. Damit konnte ich leben. „Ich hatte Angst um dich."

Er lehnte sich zurück und streichelte meine Schultern. „Alles wird gut. Hör zu, wir dürfen keine Zeit verlieren. Ich habe Matisse nicht vergessen. Und Dayla hatte recht. Der einzige Weg, wie ich etwas über diesen Vaughn herausfinden kann, ist, einer von ihnen zu werden. Als ich in dieser Trance war, ist mir ihre Geschichte durch den Kopf geschossen. Sie sind eine verfolgte Rasse. Es ist nicht schön. Aber das ist es, warum sie geheim halten, wer sie sind."

Ich nickte feierlich und klammerte mich an sein T-Shirt. „Okay. Aber was soll ich tun? Ich kann dich nicht einfach hierlassen."

„Das kannst du. Dieses Haus ist sicher genug. Ich komme heute Abend zu dir und lasse dich wissen, was ich herausgefunden habe. Dann überlegen wir, was wir als Nächstes tun."

Ich klammerte mich an ihn und wollte ihn nicht loslassen. Es klopfte an der Tür. Kane löste sich von mir und ging, um sie zu öffnen.

Maximus stand in der Tür. „Alles in Ordnung?"

„Ja, alles in Ordnung. Jade und ich haben über diese Planänderung gesprochen. Ich bin sicher, Sie verstehen das. Heute sollte unser Hochzeitstag sein, nicht der Tag, an dem ich mich in einen Dämonenjäger verwandele."

Maximus nickte. „Ja, ich verstehe. Ich entschuldige mich aufrichtig dafür, dass Ihre Pläne gestört wurden."

„Danke", sagte ich mit mehr Sarkasmus als beabsichtigt. Nichts von alldem war seine Schuld. Doch ich mochte es trotzdem nicht, dass sie Kane in eine Trance versetzt hatten, die ihn davon überzeugt hatte, dass er das tun musste. Kein Mann mit anständigem Charakter würde solch einer schrecklichen Ungerechtigkeit den Rücken kehren.

Ich umarmte Kane noch einmal und hielt ihn fest, als wäre es das letzte Mal, dass ich ihn sehen würde.

Er flüsterte mir ins Ohr: „Ich sehe dich in ein paar Stunden, Liebes."

Ich stellte mich auf meine Zehenspitzen, küsste seine

Wange, löste mich dann von ihm und ging zur Tür. Wenn ich keinen sauberen Schnitt machen würde, würde ich nie gehen.

Maximus räusperte sich. „Miss Calhoun, ich glaube, wir haben noch etwas zu erledigen."

Ich drehte mich um und stemmte meine Hände in die Hüften. „Ihr Treffen mit Dayla?"

Er neigte den Kopf. „Ja."

„Nachdem wir ihre Nichte gefunden haben. Da sehe ich sie wieder. Das wird Ihre Chance sein."

„Ihre Nichte wird vermisst?"

Diesmal strömte Sorge aus ihm heraus, was mich überraschte. Bisher war er wirklich gut darin gewesen, seine Emotionen im Zaum zu halten. „Ja. Matisse. Deshalb sind wir zu Dayla gegangen."

„Matisse ist diejenige, die zwischen den Welten gefangen ist?" Der echte Schock in seinem Gesicht war interessant. Er hatte gewusst, dass jemand gefangen war, doch er hatte nicht gewusst, wer. Wusste er von Matisse' Verbindung zu Vaughn? Ich war mir nicht sicher. Doch vielleicht war das auch gut so. Wenn er emotional involviert war, würde er vielleicht helfen.

Ich nickte. „Sie ist diejenige, die gefangen ist. Es ist meine Aufgabe, sie sicher nach Hause zu bringen, bevor sie stirbt."

Er fuhr sich mit der Hand durchs Haar, sah Kane an und dann wieder mich. „Wenn ich irgendwie behilflich sein kann, lassen Sie es mich bitte wissen."

„Das werden wir", nickte Kane, sagte aber nicht mehr.

Ich warf ihm einen fragenden Blick zu. Er schüttelte kaum merklich den Kopf. Nein. Er wollte nicht, dass ich etwas über Vaughn sagte. Okay. Ich richtete meine Aufmerksamkeit auf Maximus. „Wann werde ich meinen Verlobten wiedersehen?"

Er zuckte mit den Schultern. „In ein paar Tagen. Vielleicht eine Woche. Es kommt darauf an."

Ich biss die Zähne zusammen, um nichts zu sagen, was ich

DEANNA CHASE

bereuen würde. Eine Woche? Er hatte sie wohl nicht mehr alle. Ich warf Kane einen letzten Blick zu und versuchte, mir seinen stoischen Gesichtsausdruck einzuprägen. So hatte ich ihn noch nie gesehen. Alles an ihm wirkte intensiver, stärker. Sein Aussehen, seine Entschlossenheit, sein Mitgefühl. Ich prägte mir die Aufrichtigkeit ein, die mich aus seinen Augen anstrahlte, und rannte dann zur Tür.

Als ich den Flur halb hinunter war, holte mich Maximus ein und berührte mich am Ellbogen.

Ich hielt mitten im Schritt inne und blaffte: „Was?"

„Er ist hier sicher. Ich möchte, dass Sie das wissen." Seine Stimme war sanft, sie sollte mich beruhigen.

„Für den Moment."

„Ja, aber wir geben ihm die Werkzeuge, die er braucht, um nicht nur zu überleben, sondern auch zu erblühen."

„Wenn Sie das sagen." Mich interessierte das alles nicht. Alles, was ich wollte, war zu gehen, in unser Bett im Haus im French Quarter zu kriechen und darauf zu warten, dass Kane zu mir zurückkehrte.

„Vertrauen Sie mir." Er strahlte Aufrichtigkeit aus, doch es war nicht so, dass ich ihm nicht vertraute. Es war das Leben, dem ich nicht vertraute. Was wurde jetzt von Kane erwartet, nachdem er diesen Blutschwur geschworen hatte? Ich verstand das so, dass er für den Rest seines Lebens ein Teil dieses Vereins war. Man konnte einen Blutschwur nicht einfach brechen.

„Ich muss gehen", sagte ich.

„Ich verstehe. Erlauben Sie mir, Sie hinauszubegleiten."

Keiner von uns sagte mehr etwas, als wir durch das riesige Haus gingen. Als wir draußen ankamen, fluchte ich. „Verdammt nochmal. Ich weiß nicht, wie ich nach Hause kommen soll."

Maximus blinzelte in die Nacht und nickte in Richtung der

Mardi Gras-Feierlichkeiten, die immer noch die Straßen erfüllten. „Es dürfte schwierig sein, ein Taxi zu bekommen."

„Nicht schlimm." Ich winkte ungeduldig ab. „Ich habe einen Ort, an den ich gehen kann."

„Sind Sie sicher?"

„Ja." Ich trat auf den Bürgersteig und versuchte, mich zu orientieren. Wenn ich die Magazine Street finden könnte, würde ich wissen, in welche Richtung ich gehen musste.

„Miss Calhoun?", rief Maximus mir hinterher.

Ich blieb stehen und blickte zurück. „Ja?"

„Vergessen Sie nicht, ich will immer noch diesen ehemaligen Dämon treffen. Ich denke, diese Frau könnte unserer Sache wirklich nützlich sein."

„Ich werde sie fragen, aber versprechen kann ich nichts." Und ohne seine Antwort abzuwarten, ging ich die Straße hinunter.

# KAPITEL DREIZEHN

Zum Glück war der Garden District kein wirklich großes Viertel, und ich hatte mich im Handumdrehen orientiert. In weniger als zehn Minuten stand ich vor Beas Haustür und war dankbar für das Licht, das durch das vordere Fenster schien. Sie war zu Hause, und ich würde nicht ohne einen Cent festsitzen und versuchen müssen, einen Weg zurück ins French Quarter zu finden.

Ich klopfte an und wartete. Was für ein Scheißtag. Ich freute mich tatsächlich darauf, irgendwelche von Beas beruhigenden Kräutern zu schlucken und es mir auf ihrem Sonnenblumenprint-Sofa gemütlich zu machen. Das war weit entfernt von meinen ursprünglichen Plänen, doch was sollte ich tun?

Die Tür ging auf, und meine schlechte Laune verflog.

„Jade?", rief meine beste Freundin Kat und schlang ihre Arme um mich. „Was machst du hier? Wo ist Kane?"

Ihre roten Locken kitzelten meine Nase, und ich zog mich zurück und versuchte, nicht zu niesen. „Können wir reingehen? Das ist eine lange Geschichte."

„Natürlich." Sie wich zurück in das kleine Kutschenhaus. Lucien war auch dort und saß auf Beas Sofa. Ich winkte meinem Stellvertreter halbherzig zu. Nun, er war mal mein Stellvertreter gewesen. Derzeit saßen wir beide auf der Bank. Lucien, bis wir seinen Fluch loswurden, und ich, bis ich von meinen Flitterwochen zurück war. Ich seufzte. Vielleicht war es an der Zeit, wieder zu übernehmen.

Ich sah mich im Wohnzimmer und der angrenzenden Küche um. „Wo ist Bea?"

„Arbeiten", sagte Lucien und stand auf. „Das gilt auch für alle anderen, soweit wir das beurteilen können. Lailah ist mit Bea im Laden. Pyper ist im Club. Ian hilft ihr."

Ich zog meine Augenbrauen hoch. „Und ihr beide seid hier, weil ...?"

Kat kicherte. „Bea hat uns das Haus angeboten, damit wir Mardi Gras ‚feiern' können, ohne gezwungen zu sein, uns durch das French Quarter zu schieben."

„Das war nett von ihr." Ich setzte mich auf das Sofa, zog meine Schuhe aus und legte meine Füße auf Beas Sofatisch. „Doch das erklärt nicht, warum ihr hier seid und euch nicht die Paraden anseht."

„Wir sind zum Abendessen zurückgekommen. Dann wollten wir wieder ausgehen, aber wir sind ins Gespräch gekommen und ..." Kat wurde rot, als sie Lucien ansah.

„Und?", fragte ich mit warnendem Ton. Lucien war in sie verliebt, und er war mit einem Fluch belegt. Obwohl Bea seine Magie deaktiviert hatte, war der Zauber nicht narrensicher. Hexenmacht konnte unberechenbar sein. Wenn es ihm gelang, um sie herum zu zaubern oder er auf irgendeine Weise die Kontrolle verlor, könnte sie wieder verletzt werden. Vor ein paar Wochen wäre sie fast gestorben. Wir hatten Glück gehabt, und mit Beas Hilfe hatte ich sie zurückbringen können, doch es war verdammt knapp gewesen. Wenn es noch einmal passieren würde ... Ich wollte nicht einmal darüber nachdenken.

„Ach, Jade." Kat winkte ab. „Ein bisschen Küssen schadet niemandem."

Ich trat zurück und blickte zwischen ihnen hin und her. Kats Bluse war falsch geknöpft, sodass eine Seite länger als die andere war. Ihre roten Locken waren zerzaust, als hätte jemand seine Hände darin vergraben, und auf ihren Lippen war keine Spur Lippenstift, obwohl sie nirgendwo ohne hinging. Luciens Hemd war zerknittert, seine Schuhe waren ausgezogen, und an seinem Kinn war Lippenstift verschmiert. „Nur ein bisschen küssen, was? Sieht aus, als hätte ich bei einer ernsthaften Knutsch-Session gestört."

„Jade –", begann Lucien.

Ich hob eine Hand. „Nicht. Ihr seid beide erwachsen. Ich kann euch nicht zwingen, Abstand zu halten, auch, wenn ich es wirklich will." Ich spürte, wie die Spannung aus meinem Gesicht wich. „Ich liebe euch beide. Ich will nur, dass ihr auf Nummer Sicher geht. Und ich rede nicht von Verhütung."

Kat lachte.

Ich schenkte ihr ein schwaches Lächeln. „Wir wissen einfach nicht, welchen Schaden der Fluch noch anrichten kann."

Lucien stand auf. „Ich sollte gehen."

„Was? Nein." Kat trat an seine Seite und nahm seine Hand in ihre. „Du musst bleiben."

Er warf ihr einen gequälten Blick zu. „Jade hat recht. Du könntest verletzt werden, und wir ... Nun, wir könnten die Kontrolle verlieren."

Irritation ging von Kat aus und streifte mich. „Deine Magie funktioniert nicht. Bea hat selbst dafür gesorgt. Wenn also niemand denkt, dass du immer noch Zugang zu deiner Macht hast, denke ich, dass wir kein Problem haben. Und ehrlich gesagt habe ich es satt, dass alle anderen entscheiden, was ich tun sollte und was nicht. Also, nein. So sehr ich Jade liebe, sie hat kein Mitspracherecht in dem, was ich tue. Und du auch nicht."

Lucien starrte sie mit offenem Mund an. Ich hustete, um ein Lachen zu überspielen. Kat und ich waren beste Freundinnen, seit wir fünfzehn waren. Ich hatte ihr Temperament unzählige Male in Aktion gesehen. Doch Lucien nicht. In ihrem Erwachsenenleben war sie ziemlich vernünftig, und es brauchte viel, um sie aufzuregen. Aber wenn sie es tat, whoa, dann sollte man besser in Deckung gehen.

„Kat." Lucien rieb sich nachdenklich das Kinn. „Die Sache ist die, obwohl Bea meine Magie neutralisiert hat, bedeutet das nicht, dass sie weg ist. Ich will glauben, dass nichts Schlimmes passieren kann, weil, na ja, verdammt, ich will dich." Er starrte sie weiter an, während sie noch roter wurde.

„Ich gehe in der Küche", sagte ich und zog mich zurück, da ich mitten in diesem Gespräch sein wollte. Das Haus war jedoch klein genug, dass ich immer noch jedes Wort hören konnte, das sie sagten. Zumindest wäre ich nicht mittendrin.

„Lucien", sagte Kat leise. „Ich will dich auch."

„Aber ich will dich nicht verletzen." Er streckte die Hand aus und strich ihr eine verirrte Locke hinters Ohr. „Jade hat recht. Wenn irgendwas schiefgeht mit Beas Zauber ist meine Magie mit einem Schlag wieder da. Außerdem wissen wir nicht einmal, was der mit mir macht. Wenn ich in deiner Nähe die Kontrolle verliere, könnten die Folgen verheerend sein."

Ihre Situation war herzzerreißend. Der Fluch war nur ein Problem für die, die Lucien liebte – Kat. Und ich sollte Lucien helfen, herauszufinden, wie man ihn aufheben konnte. Das stand ganz oben auf der Prioritätenliste, sobald Kane und ich aus Italien zurückkämen. Jetzt steckte ich mitten in einem anderen Problem.

Ich lehnte meinen Kopf gegen den kühlen Kühlschrank und versuchte, den Schmerz über meinen Augen zu beruhigen. Ich wusste noch nicht, wie ich Matisse helfen sollte, und ich wusste verdammt nochmal nicht, wie ich zwei der Menschen helfen sollte, die ich am meisten liebte. Was hatte es für einen Sinn, eine weiße Hexe zu sein, wenn ich nichts wusste?

„Jade?", rief Kat.

„Ja?"

„Kannst du rüberkommen?"

„Sicher." Ich öffnete den Kühlschrank und holte eine Cola heraus, bevor ich mich zu den Turteltauben zurück in das fröhlich gelbe Wohnzimmer gesellte.

Kat saß auf dem Sofa, und Lucien saß ihr gegenüber auf einem der Sessel.

Ich setzte mich neben Kat und öffnete meine Cola. „Was ist?"

„Wir könnten jetzt wirklich was anderes gebrauchen, auf das wir uns konzentrieren können." Sie warf einen Blick auf ihre Hände. „Glaubst du, du könntest uns erzählen, was passiert ist, nachdem ihr Summer House verlassen habt?"

„Bist du sicher, dass du jetzt darüber reden willst?" Ich sah Lucien an. Er biss trotzig die Zähne zusammen.

Kat holte tief Luft. „Ja. Wir scheinen beim vorherigen Diskussionsthema in eine Sackgasse geraten zu sein." Ihre Worte klangen angespannt, der Anflug von Verärgerung zielte auf Lucien.

Ich nahm mir einen Moment Zeit, um ihn zu studieren, dann schickte ich eine winzige Energiesonde in seine Richtung. Reue. Traurigkeit. Aber es gab auch Freude. Wahrscheinlich, weil er einfach im selben Raum wie Kat war. Für ihn bildete sich ein kleiner Riss in meinem Herzen. Ich lehnte mich an Kat und flüsterte: „Sei nicht ganz so hart mit ihm. Das ist nicht leicht für euch beide."

Sie wirbelte mit dem Kopf herum, bereit, mich zu sprengen, doch dann sah sie mich genau an und hielt inne. „Du bist erschöpft."

„Es war ein interessanter Tag", sagte ich und ließ mich gegen die Kissen fallen.

Sie schloss den Mund und nahm meine Hand. Ihre Sorge berührte mich.

Ich drückte ihre Finger. „Mir geht's gut. Denke ich zumindest."

„Was ist passiert?" Lucien beugte sich vor, seine grünen Augen fixierten mich.

Ich trank einen Schluck von meiner Cola und begann mit dem Treffen mit Dayla und Fiona. Dann sprach ich über Kanes Verwandlung in einen Incubus/Dämonenjäger und wie er meine Kraft brauchte, um stark zu bleiben.

„Oh mein Gott, Jade." Kat starrte mich entsetzt an.

„Incubus?", sagte Lucien.

„Ja." Ich schloss meine Augen und wusste, dass ich verrückt klang.

„Sie sind ziemlich selten", sagte er ruhig.

Ich riss die Augen auf. „Du wusstest, dass es sie gibt?"

Er nickte. „Ja, natürlich. Es gibt viele übernatürliche Wesen. Aber es ist unwahrscheinlich, dass wir zu unseren Lebzeiten mit den meisten in Kontakt kommen."

Ich setzte mich auf und stellte meine Füße auf den Boden. „Kennst du irgendwelche Incubi?"

Er schüttelte den Kopf. „Nein. Aber ich hatte einen Freund, dessen Stiefbruder berufen wurde."

Ich wusste nicht warum, doch ich hatte das Gefühl, dass das, was er mir sagte, von Bedeutung sein könnte. „Wie meinst du das?"

„Du weißt schon. Zu den Dämonenjägern."

Meine Augenbrauen schossen hoch. „Du wusstest von den Dämonenjägern?"

Er zuckte mit den Schultern. „In etwa. Ich habe von Chez von ihnen gehört, und abgesehen von seinem Bruder Wren habe ich noch nie einen von ihnen getroffen. Und ich kannte Wren nur, bevor er einer geworden ist. Wie du schon gesagt hast, sie sind wirklich geheimnisvoll. Ich bin mir nicht einmal sicher, ob Bea einen kennt."

Ich fand das schwer zu glauben, wenn man bedachte, dass ihr Hauptquartier nur wenige Blocks entfernt war. Ich hatte vermutet, dass sie eine Art stillschweigende Vereinbarung hatten. Doch hätte Bea sie nicht um Hilfe gebeten, als wir Probleme mit Meri hatten? Es ergab nicht wirklich einen Sinn. Vielleicht hatte sie nichts mit ihnen zu tun.

„Wie auch immer." Ich zupfte an meiner Jeans. „Wir müssen diesen Vaughn finden. Das ist Kanes Mission, während er bei den Dämonenjägern ist."

Kat neigte den Kopf. „Aber hast du nicht gesagt, dass er einer von ihnen sein wollte? Heißt das etwa dauerhaft?"

Ich schüttelte den Kopf. „Keine Ahnung. Und er hat sowieso keine Chance, den Incubus-Fluch loszuwerden, solange wir Matisse nicht befreit haben. Das ist also mein Fokus. Alles andere gehen wir einen Tag nach dem anderen an."

Wir verstummten. Ein paar Minuten später stand Kat auf.

„Wohin gehst du?", fragte ich.

„Dir ein Sandwich machen, dann denke ich, dass es Zeit ist, nach Hause zu gehen."

Nach Hause. Meine Augen brannten vor Erschöpfung. Was würde ich nicht darum geben, mich in das Bett zu verkriechen, das ich mit Kane teilte. Dann hätte ich wenigstens seinen vertrauten Duft nach frischem Regen.

„Ähm, denkst du, wir schaffen es ins French Quarter?",
fragte Lucien.

„Nicht alle Straßen sind abgesperrt", sagte Kat gereizt.

„Nein, aber die letzte Parade wird mindestens bis
Mitternacht oder ein Uhr gehen, und die Party auf der
Bourbon Street wird erst in den frühen Morgenstunden
enden. Ich versuche nur zu entscheiden, was die praktischste
Lösung ist."

„Summer House?", sagte ich hoffnungsvoll. Mom und
Gwen waren da. Kanes Eltern natürlich auch. Dieser Gedanke
dämpfte meine Begeisterung für die Idee. Doch wenn ich
direkt ins Bett gehen würde, müsste ich mich nicht mit
Hurricane Shelia auseinandersetzen. Wahrscheinlich.
Hoffentlich.

„Oh, Jade. Du willst heute Abend nicht wirklich noch den
ganzen Weg da rausfahren, oder?", sagte Kat.

„Den ganzen Weg? Das ist nur eine halbe Stunde."

„Sobald wir auf dem Highway sind. Und denk' an die
betrunkenen Fahrer. Ich mache mir nur Sorgen, das ist alles."

„Na ja. Unsere beiden Wohnungen sind raus." Sie lebte auch
im French Quarter. „Also wenn wir nicht gerade zu Lucien
gehen, haben wir so gut wie keine Alternativen."

Kat sah ihn mit fragend hochgezogener Augenbraue an.

„Das ist okay, aber ich habe nur ein Bett", sagte Lucien.

Ich hatte schonmal bei Lucien zu Hause übernachtet. Er
lebte in einem sorgfältig dekorierten Schrotflintenhaus. Es war
groß genug für ein oder zwei Personen, die sich ein Bett
teilten, aber mit Besuchern wurde es schnell eng.

Ich winkte ab. „Warum geht ihr zwei nicht da hin? Ich
bleibe hier. Ich bin sicher, Bea wird nichts dagegen haben." Bea
hatte ein Gästezimmer, das ich schon zuvor genutzt hatte.

Kat stand abrupt auf. „Ich bleibe auch."

„Warum?" Doch sobald das Wort aus meinem Mund war,

wusste ich die Antwort. Sie traute sich nicht, allein mit Lucien zu sein. „Vergiss es. Ich bin sicher, Bea hat nichts dagegen, wenn wir beide bleiben."

„Du solltest sie besser anrufen."

„Ja." Ich nahm Beas schnurloses Festnetztelefon und dankte ihr im Stillen für ihre altmodische Technologie. Ich war ohne meine Handtasche aus dem Hotelzimmer gezappt worden, und mein Handy lag immer noch auf dem Nachttisch. Das war scheiße.

Bea nahm beim fünften Klingeln ab. „Hallo, Liebes. Ist alles okay?"

Ich gab ihr einen knappen Überblick darüber, was passiert war, und platzte dann heraus: „Bea, ich brauche eine Bleibe für die Nacht. Ist es okay, wenn ich in deinem Haus bleibe?"

Sie zögerte nicht einmal. „Natürlich ist das okay. Das Gästezimmer ist schon hergerichtet. Ich hatte das Gefühl, dass jemand es brauchen könnte. Nenn' es Intuition."

Wie auch immer sie es nennen wollte, ich war ihr dankbar dafür. „Danke. Ist es in Ordnung, wenn Kat auch bleibt?"

„Natürlich." Eine Glocke läutete im Hintergrund, und dann sagte sie mit gehetzter Stimme: „Muss weitermachen! Wir reden später."

Ich wandte mich an Kat und Lucien. „Alles klar, wir können hierbleiben."

Kat lächelte halbherzig, und ich fragte mich, was das sollte. Lucien? Die Tatsache, dass ich sie gestört hatte? Dass die Nacht für sie zu Ende ging?

„Ihr zwei verbringt noch ein bisschen Zeit miteinander. Ich gehe nach oben. Ich könnte ein paar Minuten für mich gebrauchen." Ich umarmte Lucien und flüsterte: „Wir kriegen das schon hin. Ich habe es nicht vergessen."

Er sagte nichts, während er die Umarmung erwiderte und

dann seine Hände in seine Hosentaschen vergrub, als ich ihn losließ.

Ich winkte beiden zu und entfernte mich, wobei ich mich von Moment zu Moment unwohler fühlte. Niemand war gern das fünfte Rad am Wagen.

# KAPITEL VIERZEHN

eas Haus war mir so vertraut wie mein eigenes. Oben an der Treppe ging ich nach rechts ins Badezimmer. Nachdem ich mich gewaschen hatte, durchquerte ich den Flur zum Gästezimmer. Sie hatte einiges geändert, seit ich das letzte Mal dort war. Die Sonnenblumen-Tagesdecke war durch eine violette aus sattem Samt ersetzt worden. Die Kanten waren in Goldsatin paspeliert. Zweifellos war das ihre Mardi Gras-Dekoration.

Ich setzte mich darauf und hielt meinen Kopf für einen Moment in meinen Händen. Die Ereignisse des Tages hatten mich hart getroffen. Ich hatte keine Nacht von Kane entfernt verbracht, seit ich im Engelreich gefangen gewesen war. Und ausgerechnet heute Nacht – das war zu viel. Ich zog meine Jeans aus, kroch ins Bett und zog die Decke bis zur Nase hoch. Je früher ich einschlief, desto eher würde ich Kane finden.

Als ich in meinem Kokon lag, hörte ich Luciens und Kats leise Stimmen von unten. Mein Herz schmerzte für ihre Situation. In jemanden verliebt zu sein und zu wissen, dass er einen auch liebt, aber nicht in der Lage zu sein, mit ihm zusammen zu sein, war schrecklich.

Meine Gedanken trugen nichts zu meiner Beruhigung bei, und ich döste im Halbschlaf vor mich hin. Irgendwann ging die Haustür auf, und ich hörte Beas und Lailahs Stimmen, doch ich verließ meinen Kokon nicht. Wenn ich nur ein Glas Schnaps oder etwas von den Schlafkräutern meiner Mutter gehabt hätte, hätte ich vielleicht schlafen können. Nachdem ich mich stundenlang herumgewälzt hatte, fiel ich schließlich in einen unruhigen Schlaf.

Und da war Kane. Mein Herz flatterte vor Freude, als er seine Arme öffnete. „Hey, hübsche Hexe. Wo bist du?"

Ich trat in seine Umarmung und hob meinen Kopf, um ihn anzusehen. „Bei Bea. Ist mir verdammt schwergefallen, einzuschlafen. Wie lange hast du gewartet?"

„Eine Ewigkeit." Er küsste mich auf den Kopf. „Aber du bist jetzt hier."

Wir hielten einander eine Weile schweigend fest. Schließlich ließ ich ihn los und sah mich um. Wir waren in seinem Wohnzimmer im Haus im French Quarter. „Wollen wir uns setzen?"

Er lächelte und ging zum Sofa, zog mich mit sich.

„Das ist viel schöner, als allein in Beas Gästezimmer zu schlafen", sagte ich an seiner Brust.

„Du bist nicht nach Hause gegangen?"

„Kein Auto. Kein Geld. Keine Schlüssel. Dazu kommen die Menschenmassen. Es war einfacher, bei ihr zu bleiben."

„Ach, ja, richtig." Er streichelte mein Haar und hielt mich fester. „Ich glaube, ich schulde dir eine Entschuldigung."

Ich blickte auf und bemerkte, wie angespannt sein Kiefer war. „Warum?"

Er runzelte die Stirn. „Ich habe eine ziemlich wichtige Lebensentscheidung getroffen, ohne sie überhaupt mit dir zu besprechen. So wollte ich unser gemeinsames Leben nicht anfangen."

Ich drehte mich ein wenig und schloss meine Hände um seine. Ich war vorhin frustriert gewesen, doch nicht wirklich wütend. „Ich kann mir vorstellen, was diese Bilder dir angetan haben müssen. Ich habe sie einmal gespürt, erinnerst du dich?"

Er nickte, doch die Anspannung in seinem Gesicht ließ nicht nach.

„Ich stimme zu, dass es eine wichtige Lebensentscheidung ist, und keiner von uns war bereit dafür. Aber ich verstehe es. Ich weiß nicht, ob ich nein hätte sagen können. Aber ich habe es auch nicht getan. Ich habe einen Zirkel, um den ich mich kümmern muss. Du hast mich nie gebeten, zurückzutreten oder mich zu weigern, jemandem zu helfen, der meine Hilfe braucht."

Er hob eine Hand und streichelte meine Wange. „Wie könnte ich dich bitten, es nicht zu tun? Das bist du."

Ich strich mit meinen Lippen über seine und flüsterte: „Und du auch."

Seine Lippen öffneten sich, und seine Zunge glitt über meine, der Kuss heiß und gierig, eine sinnliche Verzweiflung, einander zu spüren.

Als wir uns voneinander lösten, sah ich ihn an. „Interessant."

„Was?"

„Deine Incubus-Anziehung ist weg. Ich spüre nicht das magische Ziehen, das ich zuvor gespürt habe."

Er zog eine Augenbraue hoch. „Willst du damit sagen, dass du mich nicht mehr sexy findest?"

Ich lachte. „Kaum. Nein, das ist es nicht. Dass du ein Incubus bist, hat eine physische Wirkung auf mich … und ich bin mir sicher, auf andere Frauen auch. Es ist unkontrollierbar und urtümlich. Aber was wir gerade haben? Das ist weitgehend emotional. Und ich bin mir sicher, wenn es weiterginge, würde die Hitze steigen, aber es ist nicht dasselbe wie vorhin."

Er hielt meinem Blick stand, sagte aber nichts.

„Ist das nicht seltsam, wenn man bedenkt, dass die Legende der Incubi besagt, dass sie ihre Eroberungen in ihren Träumen besuchen?"

Er zog mich zurück an seine Brust. „Gibt es irgendetwas daran, das nicht seltsam ist?"

Ich kicherte. „Nein. Nicht wirklich."

„Ich weiß nur, dass ich nicht daran interessiert bin, jemand anderen diesem Incubus-Zauber auszusetzen."

„Na, dann ist ja gut", sagte ich ein wenig sarkastisch. Dann bemerkte ich den ernsten Ausdruck auf seinem Gesicht. „Was ist los? Irgendwas ist doch."

Er löste sich aus meinen Armen und stand auf. Er ging im Wohnzimmer auf und ab und begann zu reden. „Ich weiß nicht, wann ich von der Bruderschaft wegkommen kann. Es gibt Rituale und Trainingskurse für Verfahren und Waffen. Ich habe bereits den Blutschwur geleistet, also kann ich nicht einfach aufstehen und gehen. Oder vielleicht könnte ich es, aber sie würden mich ziemlich schnell ausfindig machen."

„Aber was ist mit Vaughn?" Ich sprang auf.

Er blieb stehen und sah mich an. „Du musst ihn allein jagen. Ich habe ein paar persönliche Informationen über ihn, die helfen könnten. Und ich werde weiter versuchen, ihn zu finden, aber bisher spüre ich ihn nicht."

„Was bedeutet das? Ich dachte, du solltest zu allen eine Verbindung haben."

„Die habe ich." Er seufzte. „Aber hauptsächlich mit Maximus."

Natürlich. „Es war seine Energie, mit der Dayla dich verzaubert hat, oder?"

Er nickte. „Und jetzt weiß ich immer, wo er ist, und ich nehme an, er weiß immer, wo ich bin. Ich kann andere Incubi spüren, aber die nur vage. Ich vermute, weil ich kein natürlicher Incubus bin, ist dieser Teil der Gabe für mich etwas verschwommen."

Einfach perfekt. Das war der Grund, warum er in einen Incubus verwandelt worden war, und jetzt funktionierte es nicht einmal. Ich runzelte die Stirn.

„Ja, ganz deiner Meinung", sagte er als Reaktion auf meine Frustration. „Doch ich habe es geschafft, ein paar Informationen über ihn zu bekommen."

„Wirklich?" Ich sah mich um und suchte nach einem Stück Papier, doch dann wurde mir bewusst, dass wir in einem Traum waren. Das würde nicht helfen. „Schieß los."

Kane saß mir gegenüber auf seinem Sofatisch und faltete die Hände. „Er ist in Baton Rouge aufgewachsen, also hat er seine Familie ganz in der Nähe. Es ist wahrscheinlich, dass er zumindest mit ihnen in Kontakt steht. Die Dämonenjäger gehen nicht ganz in den Untergrund. Er ist jung. Zweiundzwanzig, dreiundzwanzig vielleicht. Er hat früher an der Tulane studiert, hat das Studium aber vor einem Jahr abgebrochen."

„Ich werde sehen, was ich tun kann." Ich streckte ihm eine Hand entgegen. Er nahm sie, stand aber nicht vom Tisch auf. „Morgen früh gehe ich wieder zu Mati."

Das erregte seine Aufmerksamkeit. Sein Kopf schnellte hoch. „Jade, nein."

„Doch. Ich werde versuchen, ihr etwas zu essen zu bringen und sie zu fragen, ob sie weiß, wo sie ihn finden kann."

Er spannte sich an und kniff seine Augen zusammen.

Ich legte eine Hand auf seinen Arm. „Kane, ich bin vorher reingegangen und auch wieder rausgekommen. Ich muss es versuchen. Ich kann sie nicht dort lassen."

155

Er beruhigte sich sichtlich. „Tu mir einen Gefallen und nimm jemanden mit. Bea oder Lailah."

„Das ist keine schlechte Idee."

Seine Haut begann zu schimmern, und ich wusste, dass er bald weg sein würde.

„Komm her", sagte ich.

Er zog mich in seine Arme und küsste meine Schläfe. „Pass auf dich auf."

„Du auch."

Und dann war er weg. Ich öffnete meine Augen, und das fahle Licht der Morgendämmerung fiel durch die Jalousien. Kat lag neben mir zusammengerollt und schlief friedlich. Ich glitt aus dem Bett, nahm meine Kleider und schlich auf Zehenspitzen ins Badezimmer.

Ein paar Minuten später stand ich in Beas Küche und machte Kaffee. Die Stille der frühen Stunde war fast unerträglich. Ich wollte das Radio oder den Fernseher einschalten, doch ich wollte niemanden aufwecken. Stattdessen machte ich mich daran, Frühstück zu machen.

Ich durchsuchte Beas Küchenschränke und fand eine Pfannkuchenmischung und Speck. Es dauerte nicht lange, bis Butter in einer Pfanne brutzelte und ich einen Stapel Pfannkuchen gemacht hatte. Ich deckte gerade den Tisch, als ich leise Schritte auf der Treppe hörte.

„Jade", sagte Bea zögernd.

„Morgen, Bea. Frühstück ist fertig."

Sie zog ihren Morgenmantel fester um sich und schlurfte zum Tisch. „Hast du mehr Gesellschaft erwartet?"

„Nein, ich hatte nur ein paar Dinge, über die ich nachdenken musste."

Sie nickte. „Ich verstehe."

„Hoffentlich habe ich dich nicht geweckt." Ich verzog das

Gesicht. Es war vor sieben, und sie musste sehr spät nach Hause gekommen sein.

Sie setzte sich an den Tisch und schenkte sich eine Tasse Kaffee ein. „Der Speck hat mich aufgeweckt, aber ich kann mir keinen besseren Weg vorstellen, aufzuwachen." Sie hielt die Kaffeekanne über eine andere Tasse und nickte, während sie mich stumm fragte, ob ich welchen haben wolle.

„Ja, bitte", sagte ich und stellte den Herd ab.

Sobald ich ihr gegenübersaß, stützte sie ihre Ellbogen auf den Tisch und beugte sich vor. „Willst du darüber reden?"

„Nicht wirklich." Ich lächelte entschuldigend. „Aber ich wollte dich um einen Gefallen bitten."

Sie aß einen kleinen Bissen Speck und nickte mir zu. „Ich werde helfen, wo immer ich kann, das weißt du."

Weitere Schritte auf der Treppe unterbrachen uns, dann kam Kat um die Ecke. Sie hielt inne, als sie bemerkte, dass wir beide sie anstarrten. „Störe ich?"

„Keineswegs. Setz dich." Ich schenkte ihr eine Tasse Kaffee ein.

Sie setzte sich neben Bea und nippte daran. „Danke. Den habe ich gebraucht."

„Hoffentlich habe ich dich nicht geweckt."

Sie schüttelte den Kopf. „Nein, ich habe meinen Wecker gestellt. Ich wollte nach Hause, bevor der Verkehr wieder verrückt wird."

„Oh gut. Kann ich mitfahren?"

„Klar."

„Was ist los, Jade?", fragte Bea, und Sorge strahlte von ihr aus. „Was ist gestern passiert?"

Ich verbrachte die nächste halbe Stunde damit, alles zu erklären, was passiert war, nachdem Kane und ich zum Hauptquartier der Dämonenjäger transportiert worden waren, und erzählte ihnen dann, was ich vorhatte.

„Das klingt vernünftig. Ich komme gern mit dir."

„Und ich werde daran arbeiten, Vaughn und seine Familie aufzuspüren", sagte Kat.

„Danke", sagte ich zu beiden. „Ich fühle mich einfach so hilflos, als ob ich nicht wirklich etwas tun könnte."

„Du tust es doch schon", sagte Kat, während sie meine Hand ergriff. „Sowohl du als auch Kane tut, was ihr könnt."

„Sie hat recht", stimmte Bea zu. „Und nachdem du dich mit Matisse getroffen hast, hast du mehr zu tun."

Wir verbrachten einige Zeit damit, uns Gedanken über mögliche Zauber zu machen, die Matisse befreien könnten, doch Bea war sich bei keinem sicher. Schließlich riefen wir Lailah an und baten sie, uns im Club zu treffen. „Gib uns eine Stunde", sagte ich zu ihr.

„Sicher", sagte sie. „Bis dann."

Ich glaubte ehrlich gesagt nicht, dass eine von ihnen helfen könnte, doch ich fühlte mich besser, weil ich wusste, dass ich Unterstützung hatte.

# KAPITEL FÜNFZEHN

*E*s war Montag, der Tag, der als Lundi Gras bekannt ist, der Tag vor Mardi Gras. Und um acht Uhr morgens waren die Straßen der Stadt größtenteils menschenleer. Müll und gerissene Plastikperlenketten säumten die Saint Charles entlang der Paradestrecke. In ein paar Stunden würden sich die Menschenmengen wieder versammeln, und der Verkehr würde zum Stillstand kommen, da sich alle für einen weiteren Abend mit Paraden anstellen würden.

Es war nicht die beste Jahreszeit, um in der Stadt nach jemandem zu suchen. Ganz zu schweigen davon, dass ich kein Auto hatte. Ich konnte mir Kanes ausleihen, doch es war immer noch im Hotel am Westufer. Ich warf Kat auf dem Fahrersitz ihres Mini Cooper einen Blick zu. Sie fuhr mich überall hin, wo ich hinmusste, doch ich hasste es, sie auf übernatürliche Missionen mitzunehmen. Ohne Magie, auf die sie zurückgreifen konnte, war sie die Verwundbarste von uns allen.

„Hör auf", sagte sie.

„Womit?"

„Du wirfst mir diesen Geh-nach-Hause-und-schließ-die-Tür-zu-Blick zu. Vergiss es einfach, okay? Ich helfe, und du kannst nichts dagegen tun. Verstanden?"

Verstanden. Ich schenkte ihr ein verlegenes Lächeln, doch mein Herz zog sich ein wenig zusammen. Wenn ihr wieder etwas passieren würde –

Sie trat an der Ampel etwas zu stark auf die Bremse, und wir wurden in die Sitzgurte geschleudert. „Zwing mich nicht, dir in den Arsch zu treten. Du kannst nicht alles allein machen, weißt du?"

Ich drehte mich in meinem Sitz um. „Das tue ich nicht. Du bist hier. Ich habe Lailah angerufen. Bea hilft. Wir haben sogar Lucien dafür eingespannt, Nachforschungen anzustellen."

Die Ampel wurde grün, und sie fuhr langsam über die Kreuzung. „Ja, aber ich weiß, was du denkst. Du willst weder deine Mutter noch Gwen oder Meri anrufen, und du willst Pyper auf keinen Fall von Kane erzählen, weil du zu viel Angst hast, dass sie sich alle einmischen wollen."

„Na ja …" Sie war nicht weit von der Wahrheit entfernt. Ich wollte keinen von ihnen anrufen, doch das lag daran, dass ich nicht sicher war, was sie tun könnten. Ich war nicht in unmittelbarer Gefahr. Kane meines Wissens nach auch nicht. „Ich muss Meri anrufen. Der Anführer der Dämonenjäger will sich mit ihr treffen."

„Warum?"

Ich zuckte mit den Schultern. „Ich vermute, er will Informationen darüber, wie es ist, ein Dämon zu sein. Ich weiß es nicht genau."

„Das ergibt einen Sinn." Sie parkte in zweiter Reihe vor Kanes Haus. Die Straße war bereits voll. „Ich stelle mein Auto bei mir zu Hause ab und treffe dich in, sagen wir, zwanzig Minuten im Club?"

„Ja. Wenn ich noch nicht da bin, geh einfach durch das Café rein. Ich bin sicher, Charlie wird schon da sein." Der Club öffnete normalerweise erst gegen vier Uhr nachmittags, doch da diese Woche die geschäftigste des Jahres war, waren die Öffnungszeiten flexibel. Hoffentlich konnten wir rein und wieder raus, bevor sie den Laden öffneten. Es wäre leichter, da ich Bea, Lailah und Kat hätte. Es war nicht so, als ob einer von ihnen im Schatten wandeln könnte. Sie wären ein wenig auffällig.

Kat raste ein paar Blocks weiter zu ihrer Wohnung. Ich rannte die Stufen hinauf und stand auf der Veranda, als mir klar wurde, dass ich meinen Schlüssel nicht hatte. Kein Problem. Ich umklammerte den Knauf und berührte die Kraft, die leise in meiner Brust pulsierte. Dann stellte ich mir vor, die Tür sei unverschlossen. Die Kraft prickelte durch meine Adern, und eine Sekunde später klickte das Schloss.

Ich lächelte. Das war ein Vorteil, eine Hexe zu sein. Das Haus fühlte sich groß an. Leer. Und das plötzliche Bewusstsein, dass Kane nicht an meiner Seite war, traf mich hart. Ich sank auf das Sofa, auf dem wir in der Nacht zuvor beim Traumspaziergang gesessen hatten. Der Schmerz in meinem Herzen wurde größer, und Tränen brannten in meinen Augen.

Ich sprang auf und blinzelte sie weg. Was zum Teufel war los mit mir? Es war nicht einmal vierundzwanzig Stunden her, seit ich ihn das letzte Mal gesehen hatte. Nur ein paar seit unserem letzten Gespräch. Ich war keines dieser klammernden Mädchen, die ihren Mann immer an ihrer Seite haben mussten. Das war ich noch nie gewesen. Ich schüttelte den Kopf und ging in die Küche. Ich hatte keinen Hunger, öffnete aber trotzdem den Kühlschrank. Ich brauchte etwas, um die Leere zu füllen, die mich innerlich auffraß.

Leider war der Kühlschrank fast leer. Wir sollten auf dem

Weg nach Italien sein. „Scheiße!" Ich knallte die Tür zu und rannte ins Schlafzimmer, um mich umzuziehen.

Zehn Minuten später betrat ich in frischen Jeans und Pullover das Grind.

Holly, Pypers Hilfskraft, begrüßte mich. „Jade! Es tut mir so leid wegen der Hochzeit. Es ist schrecklich, dass der Pastor einen Notfall hatte und euch absagen musste. Ich hoffe, ihr könnt es bald nachholen."

Das war also die Geschichte. Okay, damit konnte ich leben. Niemand musste wissen, dass Engel aufgekreuzt waren und meinen Hochzeitstag ruiniert hatten. Ich schenkte ihr ein angespanntes Lächeln. „Danke. Ich bin sicher, wir werden es schaffen."

„Ach, Jade." Ihr Gesichtsausdruck wurde unerträglich mitleidig. „Mach dir keine Sorgen. Ich bin sicher, Kane wird seine Meinung nicht ändern."

„Was? Das hatte nichts mit −"

„Guten Morgen", sagte Pyper, als sie durch die Hintertür kam. „Holly, kannst du Jade bitte einen Chai Latte machen?"

„Sicher." Sie warf ihr blondes Haar über die Schulter und machte sich an die Arbeit, Sojamilch zu erhitzen. Sie kannte meine Bestellung.

„Wir sind nebenan, bring ihn bitte rüber, wenn er fertig ist." Pyper schob ihren Arm unter meinen und zog mich durch die Hintertür hinaus. Als sich die Tür schloss, warf sie mir einen entsetzten Blick zu. „Gott. Es tut mir leid. Es geht das Gerücht um, dass Kane die Hochzeit abgesagt hat."

Mein Mund stand vor Schreck offen.

„Aber keine Sorge. Ich habe dem Einhalt geboten. Oder es zumindest versucht. Es hilft nicht, dass er nicht hier ist. Wo ist er?"

„Oh, verdammte −"

„Jade? Was ist los?"

„Lass uns nach nebenan gehen. Ist Lailah schon hier?"

„Ja." Sie zupfte an einer Strähne ihrer hellrosa Haare. Sie musste sich am Vorabend einen frischen Streifen in ihr dunkles Haar gefärbt haben. Zweifellos wegen der Mardi Gras-Party, zu der sie morgen Abend gehen würde. Der, auf der sie ein paar Prominente körperbemalen würde.

„Okay, dann lass es uns nur einmal machen."

Bea, Kat und Lailah saßen an der Bar und unterhielten sich mit Charlie, die damit beschäftigt war, die Bar aufzufüllen.

Ich winkte Charlie zu.

„Hey, Schönheit." Sie warf mir einen Luftkuss zu und zwinkerte, dann schenkte sie mir dieses aufrichtige Lächeln, das ihren Freunden vorbehalten war.

„Morgen. Sieht aus, als hättest du einen langen Tag vor dir."

Sie zuckte mit den Schultern. „Ja, aber ich will nirgendwo anders sein." Sie zog anzüglich die Augenbrauen hoch.

Alle lachten. Doch als ich mich in einen der blauen Samtsessel fallen ließ, landeten alle Augen wieder auf mir. „Okay, hier sind die Fakten." Ich ging die ganze Geschichte noch einmal durch und hielt nur inne, um ein paar Fragen zu beantworten. Als ich fertig war, sagte niemand etwas. Ich starrte Pyper an. Ihr Gesicht war kalkweiß, und sie sah aus, als würde sie entweder ohnmächtig werden oder sich gleich übergeben. „Bist du okay?", fragte ich sie.

Sie stand vom Hocker auf, ging um die Bar herum und goss sich ein Glas Bourbon ein. Nachdem sie es ausgetrunken hatte, durchbohrte sie mich mit einem Blick und sagte: „Nein."

Kane war Pypers bester Freund und Geschäftspartner. Sie kannten sich seit dem College, und er war in jeder Hinsicht wie ein Bruder für sie. „Wie kann ich helfen?", fragte ich.

Sie schüttelte den Kopf und schenkte sich ein weiteres Glas ein. Sie hielt es einen Moment lang in ihrer Hand, stellte es dann aber wieder ab und schob es zu Charlie. Sie drehte sich wieder um und fragte: „Werden wir ihn heute sehen?"

„Das bezweifle ich. Er hat Dämonenjäger-Sachen zu tun. Das ist alles, was ich weiß." Sie nahm das schwerer, als ich befürchtet hatte. Kane war nicht in Gefahr. Nicht, wenn sie nur trainierten. Doch andererseits wusste ich nichts über ihre Familie. Oder ob sie welche in der Nähe hatte. Kane war wahrscheinlich die einzige Person, auf die sie sich jemals wirklich verlassen hatte.

„Wenn du ihn siehst, sag ihm, er soll mich im Traum besuchen." Sie machte sich auf den Weg zum Büro. Bevor sie durch die Tür verschwand, sagte sie: „Ihr braucht mich dafür nicht, oder? Es gibt nichts, was ich tun kann, selbst wenn ich wollte."

Bea schüttelte den Kopf. „Nein, Liebes. Ich denke, wir schaffen das."

Pyper begegnete meinem Blick und wartete auf ein Signal.

Ich nickte. „Ich weiß, du bist da drin, wenn wir dich brauchen."

„Okay", sagte sie leise und schlüpfte in das Büro, das sich Kane mit Charlie teilte.

„Sie wird sich schon wieder fangen", sagte Lailah, als sie aufstand.

Ich musterte den Engel und fragte mich, ob sie das von Pypers Aura wusste oder ob sie es nur sagte, damit sich alle besser fühlten. Doch ich fragte nicht. Pyper würde schon klarkommen. Sie war zäher als alle anderen, die ich kannte.

„Lass uns loslegen", sagte Bea, als sie aufstand und sich auf den Weg zu dem Bereich machte, in dem das Portal erscheinen würde. Als ich zu ihr trat, reichte sie mir eine kleine Tasche. Darin befanden sich ein paar Flaschen Wasser, eine Dose mit Kräuterpillen und ein Sandwich.

„Das ist alles?", fragte ich und sah mich um.

„Steck die Dose in deine Tasche. Ich bezweifle, dass der Rest die Reise überstehen wird, aber es ist gut, es zu versuchen."

„Aber die Dose sollte mitkommen?"

Sie nickte und wedelte mit der Tasche. „Die Lebensmittel sind wahrscheinlich zu biologisch. Aber die Pillen sind mit mächtiger Magie verzaubert, ebenso wie die Dose. Ich drücke dir die Daumen, dass Tasche und Dose es schaffen."

Ich dachte an den Vortag zurück, als ich durch das Portal gesprungen war. Hatte ich etwas verloren? Gab es etwas zu verlieren? Nicht, dass ich mich erinnern könnte. Doch eine Papiertüte und eine Flasche Wasser? Bea hatte recht. Als Kane und ich in die Hölle gesprungen waren, hatte ich einige handgeschriebene Notizen verloren. Ich holte tief Luft. „Okay. Ich gehe rein. Irgendwelche Ratschläge, bevor ich gehe? Einen Zauber, der helfen könnte, wenn ich nicht weiterkomme? Oder etwas, das ich bei Mati lassen kann?"

Lailah und Bea tauschten einen skeptischen Blick.

„Es gibt die, über die wir vorhin gesprochen haben, aber wie ich bereits sagte, bezweifle ich, dass sie in dieser Situation funktionieren würden", sagte Bea. „Fast alle sind ausgesperrt, außer ein paar Schattenwandlern. Zauber werden das nicht ändern."

„Das dachte ich mir." Ich trat an den Rand des Kreises und schloss meine Augen, bereit, die Schatten herbeizurufen.

„Du könntest versuchen, etwas von dir dort zu lassen", sagte Bea und berührte sanft meinen Arm.

Meine Augen flogen auf. „Was zum Beispiel?"

„Irgendetwas, das dir wichtig ist. Es könnte Matisse eine Verbindung in diese Welt zurück geben. Wenn sie dir etwas geben kann, werdet ihr beide verbunden sein. Wenn wir dann auf einen Zauber stoßen, sollte es helfen. Zumindest wird eine

Verbindung zu dir ihr helfen, ihre verbliebene Kraft zu bewahren."

Ich starrte in Beas besorgtes Gesicht. „Hast du das schonmal gemacht?"

Sie schüttelte den Kopf, und ihr elegantes kastanienbraunes Haar hüpfte um ihre Schultern. „Nicht genau das. Aber ich habe mich mit Personen befasst, die in anderen Reichen gefangen waren. Jede Verankerung dort, wo sie wirklich hingehören, hilft mehr, als irgendjemand wirklich weiß."

Lailah nickte. „Es ist, wie als du in der Engelwelt warst und Kraft aus der Perle gewonnen hast, die du für deine Mutter gemacht hast. Verbindungen sind wichtig. Das ist, was Bea meint."

Ich tastete in meinen Taschen herum, fand aber nichts. Ich hatte nichts Wichtiges bei mir. Stirnrunzelnd schüttelte ich den Kopf. „Ich weiß nicht – Moment. Ich habe oben was. Ich bin gleich wieder da."

„Jade!", rief Kat, doch ich war schon aus der Tür und um die Ecke, um die Treppe hinaufzufliegen. Ich hatte genau das Richtige. Ein paar Minuten später betrat ich den Club mit einem Lächeln im Gesicht wieder. „Ich bin soweit."

Lailah streckte ihre Hand aus. „Gib mir deinen Ring."

„Was?" Ich ballte meine Hand zu einer Faust. Auf keinen Fall. „Oh nein."

Lailah starrte mich an. „Wir müssen dich hier verankern. Wenn du Schwierigkeiten hast, zurückzukommen, brauchst du etwas. Und ich kann mir nichts vorstellen, was dir wichtiger wäre als dein Verlobungsring."

Ich sah Bea und Kat an. Beide nickten.

Oh, Scheiße auf Toast. Ich hasste es, wenn sie sich gegen mich zusammentaten. Mit äußerstem Widerwillen zog ich den Diamanten zum ersten Mal, seit Kane ihn mir angesteckt hatte, von meinem Finger. Aber anstatt ihn Lailah zu geben, legte ich ihn in Kats Hand. Sie war schließlich meine beste Freundin.

Sie schob ihn auf ihren Mittelfinger und drückte meine Hand. Dann löste sie ihre silberne Halskette, an der ein Lebensbaum-Anhänger befestigt war, und legte sie mir um den Hals. „Das soll dich bei uns verankern."

Ich berührte den Anhänger und ließ meine Finger über den geätzten Baum gleiten. Es war glatt und fühlte sich genauso wunderbar an, wie er aussah. Plötzlich brachen Kats Emotionen durch, als wäre ein Damm gebrochen, und erfüllten mich mit Sorge, Stolz und sogar ein wenig Groll. Groll? Dass sie hier sein musste, um das noch einmal zu tun? Doch ihre Augen flackerten zu dem Diamanten, den ich ihr gerade gegeben hatte. Zweifellos ging es darum, dass sie nicht mit Lucien zusammen sein konnte.

Ich zog sie in eine Umarmung. Dann ließ ich sie los, ohne ein Wort zu sagen. Ich musste nicht. Sie wusste, worum es ging.

„Ich gehe jetzt. Wenn ich nicht wieder rauskomme –" Ich schenkte ihnen allen ein schiefes Lächeln. „Ich bin sicher, ihr werdet einen Weg finden, mich auf die eine oder andere Weise hierher zurückzuholen."

„Denk positiv, Jade", sagte Bea. „Geh immer vom bestmöglichen Ergebnis aus."

„Und bereite dich auf das Schlimmste vor", witzelte ich.

Aus dem Augenwinkel sah ich, wie Lailah den Kopf schüttelte, und zum ersten Mal seit Wochen vermisste ich es, die bissigen Bemerkungen zu hören, die ihr durch den Kopf gingen. Sie sprach sie selten laut aus, doch für eine Weile hatte ich einen Platz in der ersten Reihe ihrer Gedanken gehabt.

Noch einmal atmete ich tief und beruhigend durch und ließ meine Sicht verschwimmen. Sofort öffnete sich das Portal zu einem hellen Licht der Ruhe. Ich konnte die anderen noch sehen, doch sie sahen sich um, als wäre ich verschwunden. Natürlich war ich das. Ich war bereits in der Schattenwelt. Also gut. Ich brauchte keine tränenerfüllten Abschiede und musste nicht mitansehen, wie eine von ihnen versuchte, mir zu folgen.

„Los geht's", murmelte ich niemandem zu und sprang.

Die Welt drehte sich um mich herum, und wieder schlug ich mit meinem Hinterteil auf den harten Boden auf. Ich starrte in den Nebel und schauderte. Es war kälter als beim letzten Mal.

Ich setzte mich auf und versuchte, durch den Nebel zu spähen, doch ich sah nichts. Was war das für ein Zauber, den Matisse mir letztes Mal gegeben hatte? Ich konnte mich nicht genau erinnern. Bei Magie ging es um Absicht. Ich stellte mir vor, wie sich der Nebel auflöste. Das Grau verblasste ein wenig. Nicht das beste Ergebnis. Zeit für meinen sechsten Sinn. Ich öffnete meine emotionalen Barrieren und schickte meine Sonde hinaus. Nichts. Ein Rinnsal meiner eigenen Panik durchströmte mich. „Matisse?", rief ich. War ich am falschen Ort? War ich in eine andere Dimension gesprungen? War jemand hier? Ich suchte weiter und versuchte verzweifelt, mich an irgendjemanden zu klammern.

Immer noch nichts. Im Stehen konzentrierte ich mich noch einmal darauf, den Nebel zu vertreiben, und rief: „Matisse!"

Die graue Nebelwand öffnete sich ein wenig und ließ einen winzigen Sonnenstrahl durch. Ich ging darauf zu. „Matisse?" Diesmal sagte ich es zaghaft, aus Angst vor dem, was ich finden könnte.

Doch der Nebel lichtete sich, und mehr Sonne schien herunter und hinterließ eine Spur auf dem gepflasterten Weg. Ich folgte ihm. Ein paar Schritte später prickelte Verzweiflung auf meiner Haut. Sie war es. Ich erkannte die emotionale Signatur. Ich rannte jetzt und ignorierte die

Kälte, den Nebel und alles an diesem trostlosen Ort außer Matisse.

Ich fand sie zitternd am Ufer des Flusses liegen, ihre Augen geschlossen und ihr Körper fast blau vor Kälte. Nur war es hier nicht so kalt. Nicht kalt genug, um zu erfrieren. Ich fiel auf die Knie, zog meinen Pullover aus und legte ihn über sie.

Sie öffnete ihre Augen nicht. Sie bewegte sich nicht einmal.

„Oh meine Göttin", sagte ich und sah mich nach meiner Tasche und den Wasserflaschen um. Sie war weg. Verdammt, Bea hatte recht gehabt. Sie war nicht mit durch das Portal gekommen.

*Die Dose.*

Ich schob meine Hand in meine Gesäßtasche und hätte vor Erleichterung beinahe geweint, als meine Finger auf das kühle Metall trafen. Als ich es herauszog, klapperten die Pillen im Inneren.

„Danke", flüsterte ich und öffnete den Deckel. Die Fächer waren beschriftet. Energie, Nahrung, Flüssigkeitszufuhr, Kraft.

Ich drückte zuerst die Energiepille an ihre Lippen und sagte: „Matisse, mach den Mund auf. Komm schon." Als sie nicht antwortete, legte ich ein wenig Willen hinter meine Worte. Widerstrebend tat sie, was ich sagte. „So ist's gut. Und jetzt schluck das."

Ich wartete, bis ich sah, wie ihre Kehle arbeitete, und fütterte sie dann nacheinander mit den anderen drei Pillen.

Nach ein paar Minuten drehte sie sich um und starrte mich an. Sie blinzelte. „Jade?"

Ich strich ihr das dunkle Haar aus der Stirn. „Da bist du ja."

Sie sah sich um und verzog das Gesicht. „Verdammt. Ich dachte, das wäre alles ein Alptraum."

„Ich fürchte nicht." Ich betrachtete ihren Körper und bemerkte ihre zerfetzte Hose und ihr ausgefranstes T-Shirt. „Was ist passiert?"

Mati schüttelte den Kopf. „Gar nichts. Hier scheint alles zu verfallen. Ich tue nichts, als zu sitzen und zu warten. Und ich werde immer schwächer, und meine Kleidung fängt an auszufransen. Ich fühle mich wie in einem Ödland."

Ödland. Genau das war es. Und wenn wir sie nicht hier rausholen würden, würde sie nicht sterben. Sie würde einfach verkümmern. „Wir arbeiten an einem Plan, dich nach Hause zu bringen. Ich habe mit deiner Tante Dayla gesprochen."

Ihre Augen leuchteten mit einem Funken Hoffnung. „Ist sie hier?" Sie sah sich um, und dann erlosch der Funke. „Sie kann nicht herkommen, oder?"

Ich schüttelte den Kopf. „Ich fürchte nein. Aber wir glauben, dass jemand anderes, den du kennst, dazu in der Lage sein könnte. Vaughn?"

Sie schoss hoch und wäre beinahe mit ihrem Kopf gegen meinen gestoßen.

Ich zuckte gerade noch rechtzeitig zurück. „Whoa."

„Nein. Du darfst Paxton nicht hierherbringen. Absolut nicht." Sie rutschte von mir weg, als wäre ich plötzlich gefährlich.

Ich lehnte mich zurück und betrachtete sie. „Gibt es etwas, was ich über diesen Typen wissen sollte? Deine Tante hat gesagt ..."

„Es ist mir egal, was sie gesagt hat. Du darfst ihn nicht hierherbringen. Verstehst du? Als ich ihn das letzte Mal gesehen habe, hat er mich fast umgebracht." Ihre Stimme schwankte bei dem Wort „gesehen". Sie wandte den Blick ab. „Das ist einfach keine Option."

Ich gab ihr einen Moment, um sich zu sammeln. Als sie mich endlich wieder ansah, fragte ich: „Was, wenn er der Schlüssel ist, um dich nach Hause zu bringen?"

Sie presste ihre Lippen aufeinander und kniff die Augen zusammen. „Dann werde ich hier sterben."

# KAPITEL SECHZEHN

atisse' Worte waren so entschlossen, dass ich mir nicht sicher war, was ich sagen sollte. Und als sie mir den Rücken zukehrte, beschloss ich, das Thema einfach fallen zu lassen. Sollte sich herausstellen, dass Vaughn die einzige Person war, die sie retten konnte, wusste ich, dass ich ihn hierherbringen würde, egal, was sie gesagt hatte. Es war undenkbar, die lebhafte junge Frau wegen eines vermeintlichen Unrechts so zugrunde gehen zu lassen. Doch ich würde ihr auch keinen anderen Grund geben, sich Sorgen zu machen, während sie ganz allein an einem so schrecklichen Ort festsaß.

Stattdessen löste ich die Kette von meinem Hals und reichte sie ihr.

Sie nahm sie nicht. Sie betrachtete den Glasperlenanhänger, der an der Kette baumelte, und dann begegnete sie meinem Blick. „Wofür ist das?"

„Es ist ein Anker in unserer Welt. Wir hoffen, dass wir, wenn wir dich bei einem von uns – und in diesem Fall bei mir – erden können, vielleicht einen Zauber wirken können, der dich in unsere Welt zurückbringt." Ich scannte sie schnell nach irgendeiner Art von Schmuck, sah aber nichts. Keine Halsketten, Armbänder oder Ringe irgendwelcher Art. Nicht einmal einen Ohrring. „Hast du irgendetwas bei dir, das ich mitnehmen könnte? Etwas, das eine Verbindung herstellen kann?"

Sie kaute auf ihrer Unterlippe.

Nach ein paar Augenblicken sagte ich: „Matisse, bitte. Auch wenn du nichts für mich hast, wird das hier helfen. Oder zumindest kann es nicht schaden."

Schließlich begegneten ihre großen braunen Augen meinen. Sie hob beide Hände und öffnete einen Ohrring oben an ihrem linken Ohr, der von ihren langen Haaren verdeckt gewesen war. „Er sieht nicht nach viel aus, aber ich habe ihn von jemandem geschenkt bekommen, der mir einmal wichtig war."

Ihre Worte strahlten Melancholie aus und berührten mich bis ins Mark. Es war, als würde sie mir das einzig Wichtige geben, was ihr noch geblieben war – die Erinnerung an einen geliebten Menschen. Ich streckte meine Hand aus und sie legte ,ihn behutsam in meine Hand. „Dann ist es perfekt", sagte ich leise und reichte ihr meine Halskette. Da ich den Ohrring nicht verlieren wollte, zog ich Beas Dose aus meiner Tasche und legte ihn in einen der leeren Pillenschlitze. „Ich werde ihn sicher für dich aufbewahren."

Sie nickte und legte sich meine Kette um.

Ein sanftes magisches Leuchten strahlte von der Perle aus, während ich gleichzeitig einen kleinen Schock direkt in meinem Brustbein erlebte, wo meine Magie wohnte. Gut, wir hatten definitiv eine Verbindung. „Die habe ich vor einiger Zeit selbst gemacht."

„Wirklich?" Sie schloss ihre Hand um die Perle. „Sie hat positive Energie."

Ich lächelte. „Ich habe geübt, meine Magie in Glas einzufangen. Ich freue mich, dass du es spürst. Das bedeutet, dass du stark bist. Das kann nicht jeder."

„Nun …" Matisse starrte auf ihre Füße. „Früher war ich viel stärker."

Ich legte beruhigend meine Hand auf ihren Arm und war zufrieden, als sie nicht zurückschreckte. Sie fing an, mir zu vertrauen. „Du wirst wieder stark sein."

Sie stieß ein skeptisches Lachen aus. „Ja, sicher. Aber nur, wenn du mir weiterhin diese Pillen fütterst."

„Du kannst darauf wetten, dass ich sie dir jeden verdammten Tag bringen werde, bis du sicher zu Hause bist."

Sie seufzte müde. „Ich weiß nicht, was schlimmer ist, hier zu sitzen und endlos zu warten oder einfach zu sterben."

Sie schien so niedergeschlagen, so hoffnungslos, dass ich um sie weinen wollte. Doch das war das Letzte, was sie brauchte. Ich ergriff sie sanft an beiden Armen. „Hör mir zu. Ich lasse dich hier nicht sterben. Nicht so. Was immer ich tun muss, ich werde es tun. Verstehst du?"

Ihre Augen wurden glasig, und als sie nickte, liefen ihr zwei Tränen über die Wangen. Schmerz durchzuckte mein Herz um ihretwillen. Wie leicht hätte ich das in ihrem Alter sein können, wenn meine Umstände anders gewesen wären. Wie konnte Chessandra es wagen, sie einen so gefährlichen Auftrag allein durchführen zu lassen? Warum war es so wichtig gewesen, den Schleier jetzt zu schließen? Und von jemandem, der so unerfahren war. War Matisse so stark, oder war Chessandra nur verrückt? Ich vermutete, dass die Wahrheit irgendwo in der Mitte lag.

„Ich muss zurück, damit wir weiter daran arbeiten können, dich hier rauszuholen. Doch ich würde es wirklich begrüßen, wenn du versuchen könntest, deine Magie mit meiner zu verschmelzen, um zu sehen, ob du mit mir durch das Portal kommen kannst."

„Letztes Mal hat es nicht geklappt", sagt sie.

„Ich weiß. Aber wir haben jetzt eine Bindung." Ich lächelte und berührte die Glasperle um ihren Hals. „Ich werde mich auf meine Freundin Kat konzentrieren. Sie hat einen Talisman von mir. Ich würde gerne sehen, ob das funktionieren könnte."

Sie gestikulierte in Richtung des Nebels, der wieder näherkam. „Alles ist besser als das."

Ich streckte meine Hand aus, und als sie ihre in meine legte, überkam mich ein Anflug von Dankbarkeit und Angst. Sie war dankbar, dass ich hier war, um zu helfen. Aber auch sehr skeptisch, ob ich überhaupt dazu in der Lage sein könnte. Sie hatte nicht wirklich damit gerechnet, jemals nach Hause zu kommen. Der Riss in meinem Herzen weitete sich. Es war schrecklich zu sehen, wie sie die Hoffnung verlor. Ich drückte ihre Hand. „Konzentriere dich einfach auf mich oder, wenn es einfacher ist, auf meine Halskette."

„Ich werde es versuchen." Ihre Stimme schien schon weit weg zu sein.

Ich sah sie an, und meine Sicht verschwamm bereits, bevor die Welt zu kippen begann. Ich drückte ihre Hand fester und rief: „Warte!"

Doch als ich wieder im Club landete, war meine Hand leer, und die einzigen Menschen, die ich sah, waren Bea und Lailah, die über mich gebeugt standen.

„Wie geht es ihr?", fragte Bea und hielt den Saum ihrer korallenroten Seidenbluse umklammert.

Ich sah mich um und versuchte, mich wieder zu orientieren. Kat und Charlie standen neben der Bar und starrten mich an. Außer Lailah und Bea war der Laden leer. Enttäuschung zerriss mich. „Mist. Es hat nicht funktioniert."

„Was? Die Pillen?" Bea streckte ihre Hand aus, um mir aufzuhelfen.

Ich nahm sie und rappelte mich auf. „Nein. Die haben es auf die andere Seite geschafft. Danke. Wenn du sie nicht mitgeschickt hättest …" Ich beendete den Satz nicht, konnte es einfach nicht. Arme Mati. Ich räusperte mich. „Ich habe meine Halskette bei ihr gelassen und sie hat mir einen Ohrring gegeben. Ich hatte gehofft, die Verbindung könnte helfen, sie zurückzubringen. Es reicht nicht, auch, wenn ich es befürchtet habe. Scheint dumm zu glauben, dass das funktionieren würde."

„Das ist nicht dumm, Jade", sagte Bea sanft. „Alle Dinge tragen Energie in sich. Du weißt das."

Junge, und wie ich das wusste.

„Es hätte funktionieren können, aber ich fürchte, deine Kraft ist nicht stark genug, dass du es allein schaffen kannst, wenn es überhaupt möglich ist."

„Also wofür war das dann?" Ich deutete auf Kats Halskette mit dem Lebensbaum, die ich um meinen Hals trug.

Sie zuckte mit den Schultern. „Wie gesagt, es schadet nicht."

Ich ließ mich total frustriert auf einen Sessel fallen. „Was jetzt?"

Kat gab mir meinen Verlobungsring zurück. Ich steckte ihn auf meinen Finger und umklammerte meine Hand, dankbar, wieder ein Stück Kane bei mir zu haben. „Hier", sagte ich und streckte die Hand aus, um ihr die Kette zurückzugeben.

Sie schüttelte den Kopf. „Behalt sie. Ich mag es zu wissen, dass du für alle Fälle etwas von mir dabei hast." Dann hielt sie mir ihr Handy entgegen. „Ich habe eine SMS von Lucien bekommen. Er sagt, er glaubt zu wissen, wo er Vaughns Bruder finden kann."

Ich ließ meinen Blick noch einmal in die Schattenwelt gleiten und starrte auf das weiße Licht, das aus dem Portal schien. Ich hasste es, Matisse dort zu lassen. Wie lange würden Beas Pillen reichen?

„Jade?", rief Kat und schreckte mich aus meiner Trance auf. Meine Sicht wurde klarer, und ich schüttelte den Kopf. „Ja?"

„Hast du das gehört? Wir müssen Lucien treffen."

„Richtig. Tut mir leid. Lass uns gehen."

KAT und ich hielten vor Luciens Haus in Mid-City an. Bea und Lailah waren ein paar Minuten hinter uns. Sobald wir aus Kats Mini stiegen, kam Lucien über seine Veranda und winkte uns, ihn an seinem Auto zu treffen. „Er ist jetzt da. Wir müssen gehen."

Ich änderte mitten im Schritt die Richtung und kletterte auf den Rücksitz seines Jeeps. Vaughn zu finden hatte jetzt oberste Priorität.

Kat warf mir einen fragenden Blick zu, als sie den Türgriff auf der Beifahrerseite hielt. Ich bedeutete ihr einzusteigen. Ich würde sie nicht auf dem Rücksitz des Autos ihres Freundes sitzen lassen, selbst wenn sie nicht offiziell zusammen waren. Was auch immer sie sagten, sie waren offensichtlich zusammen.

Nachdem wir ins Auto gestiegen waren, fuhr Lucien aus der Einfahrt, und ein paar Minuten später fuhren wir auf der Interstate 10 in östlicher Richtung von New Orleans weg. Autos stauten sich meilenweit, um in die Stadt zu gelangen, und ich hatte Herzklopfen, als ich daran dachte, später nach Hause zurückzukehren. Der Verkehr würde schrecklich werden.

„Wohin fahren wir?", fragte ich Lucien.

„Six Flags." Er wechselte die Spur und zwang jemanden, scharf zu bremsen.

Mein Magen sackte auf meine Füße, und ich tastete nach einem Griff. „Whoa, warum die Eile?"

„Ich will ihn nicht verpassen."

Ich sah Kat an. „Six Flags?"

Sie zuckte mit den Schultern und zog ihr Handy heraus. „Ich schreibe Lailah eine SMS und sage ihr und Bea, dass wir uns dort treffen sollen."

„Aber ich dachte, der Park ist geschlossen. Warum sollte jemand da sein?" Nach Hurricane Katrina hatte der Themenpark nicht wieder geöffnet. Soweit ich wusste, gab es auch keine Pläne dafür.

„Heute wird da ein Film gedreht, und Mitch ist Produktionsassistent. Wenn wir uns beeilen, können wir ihn erwischen, bevor der Tag zu Ende geht."

„Ah." Die lange Schlange von Autos auf der Interstate, die versuchte, in die Stadt zu kommen, wurde nicht kürzer. Verdammt. „Hast du mit ihm gesprochen?"

Lucien schüttelte den Kopf. „Nein, aber ich habe seine Mutter erreicht. Sie hat mir gesagt, wo er sein würde."

Kats Handy summte und zeigte eine eingehende SMS an. Ihre Finger flogen über das Display, während sie eine Antwort tippte.

Ich bemerkte Luciens eifersüchtigen Blick im Rückspiegel.

„Und sie hat die Information einfach so bereitwillig preisgegeben?"

Luciens Nacken wurde rot, und da wusste ich, dass er etwas verschwieg.

„Lucien? Was ist los?"

Er sah mir im Spiegel noch einmal in die Augen und verzog das Gesicht.

Kat fing seinen Blick auf und zog neugierig die Augenbrauen hoch. „Lucien?", fragte sie leise.

Er stieß einen langen Seufzer aus. „Tut mir leid. Als ich den Namen Vaughn Paxton hörte, klang er so unglaublich vertraut, aber ich war mir nicht sicher, warum. Ich meine, der Typ ist zehn Jahre jünger als ich. Es ist nicht so, dass ich in denselben Kreisen verkehre wie er. Aber als ich anfing zu recherchieren, habe ich seinen Halbbruder Mitch gefunden."

Ich rutschte auf dem Sitz vor und wartete darauf, dass er fortfuhr. Als er es nicht tat, sagte ich: „Und?"

Kat streckte die Hand aus und schaltete das Radio aus. Der Straßenlärm dröhnte im Jeep.

Luciens Fingerknöchel wurden weiß, als er das Lenkrad umklammerte. „Ich bin mit Mitch auf die Highschool gegangen. Und wir waren ein paar Jahre am selben College, bevor er das Studium abgebrochen hat. Wir waren keine Freunde. Eher Bekannte. Aber ich habe viel Zeit mit ihm verbracht. Wir waren zusammen im Basketballteam. Es ist schwer, jemandem aus dem Weg zu gehen, der im selben Team ist. Das hat es glaubwürdig erscheinen lassen, als ich nach Mitch gefragt habe. Als ich mich dann beiläufig nach Vaughn erkundigt habe, war sie ziemlich vage. Ich hoffe, wir können mehr aus Mitch herausholen."

Luciens Gesichtsausdruck wurde besorgt, als er sich auf die Straße konzentrierte. Kat berührte sein Knie, und als er sie ansah, schenkte sie ihm ein aufmunterndes Lächeln.

„Was weißt du über ihn?", fragte ich. „Was auch immer es ist, du musst es mir sagen, bevor wir dort ankommen."

„Er ist ein Hexenmeister." Lucien blickte über seine Schulter und warf mir einen entschuldigenden Blick zu. „Aber er ist nicht sehr wählerisch, wie er seine Magie einsetzt."

Meine Gedanken sprangen sofort zu schwarzer Magie, und Angst mischte sich mit Wut in meinem Bauch.

Lucien musste mein Unbehagen gespürt haben, denn er sah mich nicht einmal an, bevor er wieder zu sprechen begann. „Es ist nicht, was du denkst. Er benutzt sie, um Menschen zu manipulieren, damit sie tun, was er will. Kleine Dinge wie ein Mädchen dazu zu bringen, ihn zu küssen, wenn es ziemlich offensichtlich ist, dass sie nicht auf ihn steht. Professoren anzustupsen, ihm eine bessere Note zu geben. Jede Gelegenheit nutzen, um seine Situation zu verbessern, auch auf Kosten anderer. Er überschreitet Grenzen, und ich vertraue ihm nicht. Habe ich noch nie."

„Und niemand hat ihn deswegen jemals zur Rede gestellt?", fragte ich, und mir wurde flau im Magen. Es war vielleicht keine schwarze Magie, doch es war verdammt nochmal unethisch.

„Ein paar von uns haben es versucht, aber wir konnten es niemandem beweisen, der wichtig genug gewesen wäre, um etwas zu unternehmen." Er schüttelte den Kopf. „Ich verabscheue den Kerl."

„Das tue ich auch, und ich habe ihn noch nicht einmal kennengelernt." Egoistischer Bastard. „Du hast gesagt, er ist Produktionsassistent. Wenn er so entschlossen ist, voranzukommen, warum setzt er dann nicht seine Magie ein, um die Show zu leiten? Oder sogar um der Star im Film zu werden?"

Lucien zuckte mit den Schultern. „Wahrscheinlich, weil er vermeiden will, dass er auffällt. So etwas würde ihn zu sehr ins Rampenlicht rücken. Ich wäre nicht überrascht, wenn er als Praktikant eingestellt worden ist und innerhalb weniger Stunden eine Beförderung erzwungen hat."

Wenn Mitch sich seit dem College nicht verändert hatte, erschien das durchaus möglich. „Und du sagst, dieser Vaughn, den wir suchen, ist sein Halbbruder?"

„Ja. Aber ich kenne ihn überhaupt nicht, abgesehen davon,

dass ich ihn bei ein paar Basketballspielen gesehen habe. Aber damals war er ein Kind. Sieben oder acht Jahre alt vielleicht? Ich habe keine Ahnung, wie er jetzt aussehen würde. Nicht wie Mitch, das ist sicher. Mitchs Mutter hat Vaughns Vater geheiratet und Mr. Paxton hat ihn adoptiert. Mitch hat nie über seinen leiblichen Vater gesprochen. Nicht einmal."

Ich lehnte mich zurück und holte tief Luft, während ich versuchte, meine Wut in den Griff zu bekommen. „Wie lange ist es her, dass du ihn gesehen hast? Zehn Jahre? Vielleicht hat er sich verändert."

Lucien warf einen Blick über die Schulter und wechselte dann die Spur, um die Ausfahrt zur I510 zu nehmen. „Das bezweifle ich. Er wurden immer dreister, je älter er wurde. Es ging das Gerücht um, er habe einem Mädchen K.o.-Tropfen gegeben. Doch ihr Drogentest war negativ."

Das erregte meine Aufmerksamkeit. Als Hexenmeister, wenn er irgendwelche Fähigkeiten besaß, würde er keine Betäubungsmittel brauchen, um den kognitiven Zustand eines Mädchens zu verändern. „Glaubst du, er hat sie …?"

Kats Lippen wurden zu einer dünnen wütenden Linie. Wir waren mit fünfzehn in eine Situation geraten, in der eine von uns oder beide sicher vergewaltigt worden wären, wenn unser Freund Dan nicht eingeschritten wäre. Ich wusste, dass ihr dieser Tag genauso durch den Kopf ging wie mir.

„Ich weiß es ehrlich gesagt nicht. Aber ich will nicht, dass eine von euch mit ihm allein ist. Er gehört einfach zu der Sorte, der ich nie vertraut habe."

„Verstanden", sagte ich und seufzte. Ich machte mir keine Sorgen um mich selbst. Ich könnte mich in einem magischen Kampf behaupten, aber Kat? Das war eine andere Geschichte. „Kat?"

„Ja?"

„Wenn wir ihn treffen, tu mir einen Gefallen, und bleib in meiner Nähe."

Sie runzelte die Stirn, die Augen vor Ärger zusammengekniffen. „Ich bin keine Fünfjährige. Ich bin schon selbst darauf gekommen, dass ich bei einem von euch bleiben sollte."

Lucien warf ihr einen Blick zu. „Nein, Baby. Nicht in meiner Nähe. Wenn es zu einer magischen Auseinandersetzung kommt, kann ich nichts tun. Meine Kraft ist neutralisiert, schon vergessen? Ganz zu schweigen davon, wenn ich meine Kraft benutzen würde … Nun, es wird einfach nicht passieren. Bleib bei Jade, Bea oder Lailah."

Ihre Miene wurde ausdruckslos, doch sie konnte nicht vor mir verbergen, was in ihr vor sich ging. Sie unterdrückte eine sehr ordentliche Dosis Frustration und Angst. Ich griff über den Sitz und drückte ihre Schulter. „Wir werden zusammenhalten wie immer, oder? Du wirst mich im Gleichgewicht halten, und ich werde jedem, der es wagt, sich mit dir anzulegen, einen magischen Schlag in die Magengrube versetzen."

Ihre Lippen zuckten, und dann grinste sie. „Ja. Damit kann ich leben."

Luciens Schultern entspannten sich, und Erleichterung breitete sich in ihm aus.

Es lag mir auf der Zunge, ihm zu sagen, er solle sich nicht zu sicher fühlen, aber ich wollte den Moment nicht ruinieren. „Hat Lailah zurückgeschrieben?", fragte ich Kat. „Sind sie unterwegs?"

„Ja, aber sie sind jetzt etwa zwanzig Minuten hinter uns. Sie mussten zum Tanken anhalten."

Das war nicht unbedingt das, was ich hören wollte. Mit diesen beiden konnten wir so ziemlich alles bewältigen. Trotzdem war ich stark genug, dass ich wahrscheinlich allein mit Mitch fertigwerden konnte, selbst wenn er ein Arsch war. Und wer konnte das schon wissen? Vielleicht war er seit dem College erwachsen geworden. Hoffnung war ja wohl noch erlaubt.

Wir fuhren auf den von Unkraut überwucherten Parkplatz des Six Flags Parks und stellten den Jeep unter einem kaputten Laternenpfahl ab. Es waren keine anderen Autos in Sicht. „Bist du sicher, dass sie hier filmen?"

„Das hat seine Mutter gesagt." Lucien stieß seine Tür auf und sprang hinaus. Kat und ich folgten. Wir machten uns auf den Weg zum mit einer Kette und einem Vorhängeschloss verriegelten Eingang.

Ich warf Lucien einen fragenden Blick zu. „Willst du trotzdem reingehen?" Hausfriedensbruch war nicht gerade etwas, das ich mir zur Gewohnheit machen wollte.

„Spürst du emotionale Energie?"

Ich schnitt eine Grimasse. Generell versuchte ich, meine Barrieren in stark frequentierten Bereichen aufrecht zu halten. Besonders solchen wie einem verlassenen Freizeitpark. Die Gefühle, die zurückblieben, waren normalerweise die unangenehmen. Doch wenn niemand da war, wollte ich keine Zeit damit verschwenden, einen verlassenen Ort zu erkunden. „Gib mir einen Moment."

„Ich bin hier, wenn du mich brauchst", sagte Kat.

„Danke." Sie war wirklich gut darin, mich nach einer emotionalen Überlastung zu beruhigen. Ich hasste es, ihr das anzutun, da es sie schwächte. Und das war im Moment das Letzte, was ich für sie oder einen meiner anderen Freunde wollte. Ich ging einige Augenblicke vor dem Tor auf und ab, und nachdem ich meinen Mut zusammengenommen hatte, schickte ich eine Energiesonde aus.

Ein Ansturm aller erdenklichen Emotionen schlug auf mich ein. Die Prominentesten, Angst und Verzweiflung, kollidierten in einem chaotischen Tornado. Mein Magen zog sich zusammen, als ich nach vorn stolperte und mich an das Maschendrahttor klammerte. Galle stieg empor, und ich hustete und versuchte, nicht zu würgen. Es gab auch eine Spur von Aufregung und Freude, aber die Emotionen waren so schwach, dass sie keine Wirkung auf mich hatten.

„Jade", sagte Kat leise hinter mir.

Wenn ich meine Hand ausstrecken und sie berühren würde, würde alles verschwinden. Ich würde Frieden finden. Doch wenn ich das täte, würden wir nicht herausfinden, ob Mitch oder sonst jemand in der Nähe war. „Ich bin okay ", sagte ich, obwohl ich es nicht war. Nicht wirklich.

*Du kannst das.*

Ich hatte es schon mehr als einmal getan und würde es wieder tun. Ich schob alle abgestandenen Emotionen beiseite, ließ meine Gabe übernehmen und suchte nach diesen aktiven Emotionen. Diejenigen, die zu einer bestimmten Signatur gehörten und sich ständig änderten. Es dauerte ein paar Augenblicke, doch dann sickerte ein Rinnsal aus Verärgerung, gemischt mit Gier durch den Lärm. Schwache Spuren anderer aktiver Emotionen streiften meine Psyche, doch ich konnte sie nicht genau zuordnen. Wir waren zu weit weg.

Ich verschloss mich wieder und wich vom Tor zurück. „Hier sind Leute. Aber sie müssen weit weg sein. Ich kann sie durch die Echos kaum spüren."

„Echos?", fragte Lucien.

„Emotionen, die Leute hinterlassen haben, die früher hier waren", sagte Kat zu ihm. Sie hielt mir ihre Hand hin.

Ich schüttelte den Kopf. „Mir geht's gut."

„Für den Moment. Aber was ist, wenn wir ihnen näherkommen? Du siehst ein bisschen blass aus. Komm, Jade. Darin bin ich gut. Lass mich das machen." Sie streckte ihren

Arm weiter aus und wartete darauf, dass ich ihre Berührung akzeptierte.

Ich konnte nicht anders, als zu lächeln. Dafür waren beste Freunde da. Ich nahm ihre Hand in meine und ließ ihre ruhige Energie mir den Schub geben, den ich brauchte, um mich wieder ganz zu fühlen. Ich drückte sanft ihre Finger und ließ sie los. „Danke. Bist du in Ordnung?"

Sie schlang ihre Arme um sich. „Wow. Das war ziemlich intensiv." Bevor ich mich entschuldigen konnte, hob sie ihre Hand. „Ich meinte all diese Echos. Die waren ... interessant."

„Hast du sie gespürt?" Normalerweise wurde sie nur ein wenig müde. Es kam selten vor, dass sie spürte, was ich empfand.

„Ja. Seltsam. Wie auch immer. Lass uns weitergehen." Sie warf uns beiden einen Blick zu und schlüpfte dann durch ein Loch im Zaun.

Lucien und ich sahen einander an. Ich zuckte mit den Schultern. „Du hast die Lady gehört."

# KAPITEL SIEBZEHN

*D*er Vergnügungspark war eine Geisterstadt der gruseligen Verzweiflung. Wir betraten etwas, das einmal eine malerische Hauptstraße mit Geschäften gewesen sein musste. Jetzt waren die Gebäude verlassen, die Fenster zerbrochen, und Müll säumte die Straßen.

„Es sieht aus wie nach einer Zombieapokalypse", sagte Kat und umklammerte Luciens Hand.

Ich musste ihr recht geben. Wir gingen schweigend an den verlassenen und rostenden Fahrgeschäften vorbei, vorbei an dem verfallenen Gebäude von etwas, das früher Gotham City gewesen war, und als wir an einem ehemaligen Mardi Gras-Fahrgeschäft ankamen, schauderte ich angesichts der riesigen, grinsenden, zerbrochenen Maske, die heruntergefallen war und an die Wand gelehnt stand. Es war fast noch schlimmer als die geköpfte Clownsfigur, deren Kopf uns vom Asphalt aus anstarrte.

„Das ist wirklich gruselig", sagte ich und deutete auf ihn.

„Ich werde nie wieder schlafen", fügte Kat hinzu.

„Das ist nur Gips", sagte Lucien, doch er ging schneller, und ich musste mir ein Lachen verkneifen.

Er hatte recht. Es war nur Gips. Doch die meisten Gebäude waren mit Graffiti beschmiert, die hoffnungsvolle Botschaften wie NoLa Rising darstellten. Achteinhalb Jahre später war daran nichts Hoffnungsvolles. Der Verfall war einfach nur traurig.

Ich führte unsere kleine Gruppe in den hinteren Teil des Parks, wo auf einer Freifläche ein kleines Filmteam arbeitete. Lucien verließ uns, um mit einer Produktionsassistentin mit einem Klemmbrett zu sprechen. Kat und ich blieben weit genug zurück, um nicht im Weg zu sein. Nach ein paar Augenblicken kehrte Lucien zurück. „Sie sagt, er ist wahrscheinlich am Produktionswagen." Er deutete hinter ein Gebäude, das einmal das Zentrum eines Food Courts gewesen war. „Hier entlang."

Wir schlängelten uns durch kaputte Plastiktische und kamen schließlich zu einem Tor mit einem verrosteten Drehkreuz. Das Tor war geschlossen, und anstatt zu versuchen, es zu öffnen, sprang ich über die rostige Metallstange.

Kat lachte und ging durch einen Teil des Zauns, der weggeschnitten worden war.

Ich schüttelte den Kopf. „Angeber. Das hatte ich nicht gesehen."

„Offensichtlich."

Lucien ignorierte uns, während er geradeaus starrte. Ich folgte seinem Blick und sah einen schwarzhaarigen Mann Anfang dreißig. Er war groß, vielleicht eins dreiundachtzig, mit einer schmalen Taille. Seine Brust- und Schultermuskeln zeichneten sich unter seinem weißen T-Shirt ab. Es war nicht zu übersehen, dass er viel Zeit im Fitnessstudio verbrachte.

Lucien ging mit ausgestreckter Hand auf ihn zu. „Mitch, lange her."

Sie waren ein ungleiches Paar. Lucien hatte blondes Haar, war ein paar Zentimeter größer und lang und sehnig mit Marathonläufermuskeln. Doch der größte Unterschied war, dass Lucien freundliche Augen hatte und Wohlwollen ausstrahlte. Mitch hatte Argwohn in seinem durchdringenden Blick.

*Großartig. Das würde wunderbar laufen.*

„Boulard, was machst du hier?" Mitch, der eine Kabelrolle auf der Schulter trug, trat einen Schritt zurück.

„Wir sind gekommen, um mit dir zu sprechen, wenn du einen Moment Zeit hast." Lucien lächelte freundlich und schien vollkommen entspannt zu sein. Doch die Anspannung, die von ihm ausging, machte mich schwindelig. Er vertraute diesem Typen überhaupt nicht. Dabei ging es nicht um ein paar Willensanstöße. Zwischen den beiden war etwas vorgefallen, von dem Lucien uns nichts erzählt hatte. Ich war mir sicher. Denn die emotionale Stimmung, die ich von Lucien spürte, überzeugte mich davon, dass er Mitchs Arsch in die Hölle zaubern würde, wenn er nur eine halbe Chance dazu bekäme.

Mitch warf einen Blick über seine Schulter. „Alter, ich arbeite hier." Doch dann landete sein Blick auf mir und Kat, und sein Verhalten änderte sich. Der finstere Blick verschwand, und er richtete sich gerader auf, Interesse ersetzte den Argwohn in seinen Augen. „Wen haben wir denn hier?", fragte er mit einem charmanten Lächeln mit Grübchen.

Wow. Das war eine Verwandlung. In nur zwei Sekunden war er vom wenig freundlichen Einzelgänger zum süßen Typen mutiert. Da ich gesehen hatte, wie er auf Lucien reagiert hatte, bevor ihm bewusst wurde, dass er Publikum hatte, kaufte ich es ihm nicht für eine verdammte Sekunde ab. Ganz zu schweigen davon, dass seine Gefühle fest verschlossen waren. Es war fast so, als wüsste er, dass jemand in der Lage sein könnte, ihn zu lesen, und er behielt aktiv seine Energie für sich. Das geschah normalerweise nicht, es sei denn, der Betroffene war ein Empath. Und das war er nicht. Seine Aura wäre violett. Seine war von einem dunklen Kastanienbraun, was darauf hindeutete, dass die Farbe seiner Aura normalerweise rot war, doch im Moment war sie schwarz getönt, was sie dunkler erscheinen ließ, als sie sollte.

Schwarz getönt? Das könnte bedeuten, dass er mit schwarzer Magie spielte. Es könnte auch bedeuten, dass er krank oder schwer depressiv war. Doch Letzteres glaubte ich nicht. Alle Zeichen deuteten auf schwarze Magie hin. *Bitte lass Bea und Lailah bald auftauchen!*

Hielt er deshalb seine Energie unter Verschluss? Hatte er Angst, dass eine andere Hexe es spüren würde?

Ein Kitzel von Magie kroch über meine Haut und ließ mich angesichts ihrer schieren Schleimigkeit zurückschrecken. Doch Kat lächelte und zog mich vorwärts. „Lucien, willst du uns nicht deinem Freund vorstellen?"

Lucien warf ihr einen seltsamen Blick zu und drehte sich dann mit fragenden Augen zu mir um. Ich schüttelte den Kopf. Ich konnte es nicht laut aussprechen, doch ich wusste genau, was passiert war. Mitch hatte seine Magie auf uns angewendet. Lucien hatte sie nicht spüren können, weil seine Kraft auf der Bank saß. Doch ich hatte sie deutlich gespürt, und er hatte eindeutig eine Wirkung auf Kat gehabt.

Magie durchströmte meine Glieder, als ich mir vorstellte, wie ich Mitch dafür magisch den Arsch versohlen würde, doch das würde uns nicht helfen, Vaughn zu finden oder Matisse zu retten.

Lucien räusperte sich. „Mitch, diese beiden hübschen Ladys sind Freundinnen von mir." Er deutete auf mich. „Jade

Calhoun. Sie ist unsere derzeitige … na ja, baldige Anführerin des Zirkels von New Orleans. Bea hält die Stellung, bis Jade … äh, egal. Sie wird bald wieder das Sagen haben. Und das" – er legte besitzergreifend einen Arm um Kat – „ist mein Mädchen, Kat."

Mädchen? Hatte er gerade vor diesem Psycho öffentlich Anspruch auf Kat erhoben? Idiot! Er könnte sie dadurch in Gefahr bringen. Ich warf Kat einen Blick zu und sah, dass sie strahlte, und ich vermutete, dass dies die erste öffentliche Erklärung war, dass sie tatsächlich ein Paar waren.

Lucien war ein verdammter Idiot. Offensichtlich markierte er sein Revier. Doch es schien sie nicht im Geringsten zu stören. Ich kämpfte darum, mich davon abzuhalten, den Arm auszustrecken und ihm einen Klaps auf den Hinterkopf zu versetzen.

„Hi." Ich streckte meine Hand aus. „Nett, dich kennenzulernen."

Mitch starrte auf meine Hand, als hätte ich ihm gerade eine brennende Tüte Hundescheiße angeboten.

„Stimmt was nicht?", fragte ich, ohne die Hand zurückzuziehen.

„Nein, nein." Er schüttelte mir schnell die Hand. „Nur etwas in Eile. Das Team wartet."

Ich ließ meinen Arm sinken und zwang mich aktiv dazu, meine Hand nicht an meiner Jeans abzuwischen. Sie juckte vor Unbehagen. Irgendetwas stimmte wirklich nicht mit ihm. Wenn Vaughn auch nur ansatzweise wie dieser Typ war, hatte Matisse recht. Wir würden ihn nicht in ihrer Nähe haben wollen. Ich betete, dass er es nicht war.

Kat streckte ihm ihre Hand entgegen, und er lächelte, als er sie ergriff und sie mit beiden Händen hielt. Interessant. Er verheimlichte definitiv etwas vor mir, entweder weil ich ein Empath war oder weil ich eine Hexe war. Doch er wusste, dass

Kat keines von beiden war. Ich würde vermuten, dass er versuchte, sie mit einem Zauber zu belegen, doch ich konnte keine Magie spüren.

„Schön, dich kennenzulernen, Kat." Mitch schenkte ihr ein Tausend-Watt-Lächeln. Sie lächelte schüchtern und schien nicht zu bemerken, dass er ihre Hand noch nicht losgelassen hatte. Ich warf einen Blick auf Lucien, der finster dreinblickte.

Ich griff nach Kats anderem Arm und zog sie sanft von ihm weg. „Du willst ihn nicht aufhalten." Ich schenkte Mitch ein falsches Lächeln. „Wenn es dir nichts ausmacht, können wir hier auf dich warten? Wir müssen dich was fragen."

Die Fassade verführerischen Charmes, die er so gut aufrecht hielt, entglitt ihm und für einen Moment blitzte Ärger über seine Züge. Dann war er genauso schnell wieder weg. „Ich weiß nicht, wie lange ich noch brauche. Es wäre vielleicht besser, wenn –"

„Wir brauchen nur ein paar Minuten, Mitch", sagte Kat mit ihrem koketten Lächeln. „Wenn es dir nichts ausmacht, könnten wir vielleicht mit dir zum Set zurückgehen und uns unterwegs unterhalten."

Er betrachtete sie mit scheinbar aufrichtigem Interesse, und obwohl ich nichts von seinen Gefühlen spüren konnte, hatte ich den Eindruck, dass er etwas berechnete. Doch was? Und warum? Er hatte keine Ahnung, was wir ihn fragen wollten. Oder doch? „Sicher, Süße. Du kannst mit mir zurückgehen. Ich denke, das wird niemanden stören."

Lucien trat vor, und ich dachte, ihm würden gleich ein paar Blutgefäße platzen, den Adern nach zu urteilen, die versuchten, aus seiner Stirn zu schießen.

Ich legte meine Hand an seinen Arm und hielt ihn zurück. Ich lehnte mich vor und flüsterte: „Lass sie ihm Honig um den Bart schmieren."

Lucien warf mir einen ungläubigen Blick zu. „Du machst Witze, oder?"

Kat hielt mit Mitch Schritt, und die beiden schlüpften durch den Zaun zurück in den Vergnügungspark.

„Nein", sagte ich zu Lucien, als wir ihm folgten. „Er ist eindeutig nicht erfreut, dich zu sehen, und er ist mir gegenüber misstrauisch. Aber Kat? Er ist interessiert." Ich holte tief Luft und sammelte Mut. Sie mit einer Schlange wie ihm reden zu lassen, machte mich auch nervös, besonders wenn er schwarze Magie benutzte. Doch ich war direkt hinter ihr. Ich könnte beim ersten Anzeichen von Ärger eingreifen. „Und das gibt ihr die Möglichkeit, uns zu helfen. Du weißt, wie schwer es für sie ist, immer am Rande der übernatürlichen Welt zu stehen."

Ein dicker Nebel aus Eifersucht umwölkte ihn, als er Mitch Dolche aus seinen Augen in den Hinterkopf schoss.

„Tief durchatmen", sagte ich. Er richtete seinen mörderischen Blick auf mich, und ich hob abwehrend meine Hände. „Hey, ich bin auf deiner Seite."

„Behalt ihn einfach im Auge. Er bedeutet Ärger."

„Oh, das tue ich." Wir beeilten uns und holten Mitch und Kat ein. Wir gingen hinter ihnen her und lauschten ihrer Unterhaltung.

„Wie ich höre, bist du bei diesem Film Produktionsassistent", sagte Kat zu ihm. „Was bedeutet das im Alltag?"

Mitch schenkte ihr mit einem selbstgefälligen Lächeln Aufmerksamkeit. „Warum verbringst du nicht den Tag mit mir und findest es heraus?"

Lucien knirschte mit den Zähnen, sagte aber nichts.

Kat lachte und berührte spielerisch seinen Arm. „Oh, ich bezweifle, dass dein Boss davon zu begeistert wäre."

Er schenkte ihr ein gespieltes Stirnrunzeln. „Ein

wunderschönes Mädchen wie du? Der Boss hätte nichts dagegen. Überhaupt nichts. Was diesen Typ angeht ..." Mitch deutete mit dem Daumen über die Schulter auf Lucien, „... seine hässliche Visage wäre nicht lange willkommen." Er lachte und warf Lucien ein Grinsen zu.

Lucien schluckte den Köder nicht, doch Kat würde ihn aus seiner beschissenen Stimmung herausholen müssen, wenn wir hier fertig waren.

Kats emotionale Energie war ein Wirbelwind aus Ekel und Ärger, doch sie war sehr gut darin, ihre Körpersprache zu kontrollieren. Sie warf ihr Haar über die Schulter und lächelte Mitch an, als wäre er schrecklich amüsant. „Bringst du oft Gäste ans Set?"

„Nein. An den meisten Tagen ist es nicht so aufregend. Heute zum Beispiel filmen wir nur Landschaftsaufnahmen." Mitch gestikulierte zu den Kameras.

Kat schob ihre Lippe mit gespieltem Schmollmund vor. „Das ist schade." Dann schenkte sie ihm ein weiteres Lächeln. „Ich würde gerne mehr über den Prozess erfahren. Vielleicht könnten wir an einem anderen Tag wiederkommen, wenn es mehr Action gibt?"

„Sicher, meine Schöne."

„Was will sie damit erreichen?", zischte Lucien mir ins Ohr.

Ich zuckte mit den Schultern, denn ich war mir nicht sicher.

Doch dann blinzelte Kat und musterte einen der anderen Arbeiter. Er hatte dunkles Haar und war ähnlich gebaut wie Mitch. Sie blickte zwischen den beiden hin und her. „Wow, der Typ sieht dir irgendwie ähnlich. Dein Bruder vielleicht?"

Mitch schnaubte. „Gott, nein. Mein Bruder baut Motorräder, um seinen Lebensunterhalt zu verdienen, und verbringt seine Zeit damit, Bars zu erkunden. Wenn ihm ein

Job nicht mit was winkt, das ihn mit einem Hasen in die Horizontale bringt, hat er kein Interesse."

Motorräder? Das war interessant. Ich nahm mir vor, die Geschäfte der Stadt zu überprüfen.

„Ich verstehe." Kat biss sich auf die Lippe und sah sich um. „Du hast gesagt, sie filmen nur Landschaften? Also sind keine Schauspieler oder Schauspielerinnen hier?"

„Nicht heute."

Sie sah sich im Park um und konzentrierte sich auf das Filmteam. „Das ist wirklich enttäuschend."

„Aber du bist hier." Er bewegte sich näher an sie heran.

„Mitch", sagte ich, meine Sinne in höchster Alarmbereitschaft. Er drang viel zu sehr in ihren persönlichen Bereich ein.

Er drehte sich um, und sein Lächeln verschwand.

„Tut mir leid, dass ich dich unterbreche, aber hast du gerade gesagt, dass dein Bruder Motorräder baut, um seinen Lebensunterhalt zu verdienen?"

„Ja. Und?"

„Oh gut. Gibt es eine Möglichkeit, mit ihm in Kontakt zu treten?"

Mitch presste seine Lippen aufeinander und kniff misstrauisch die Augen zusammen. Oops. Zu offensichtlich. Er trat von einem aufs andere Bein und wirkte unruhig, doch ich konnte immer noch keine einzige Emotion von ihm wahrnehmen.

„Es ist nur so, dass mein Verlobter schon seit Monaten von einem Custom-Bike spricht und ich ihn gerne überraschen würde, aber ich weiß nicht, wo ich anfangen soll. Wenn ich jemanden hätte, könnte ich –"

Er hob seine Hand. „NoLa Custom Chopper. Sein Name ist Vaughn. Aber ich kenne seine Öffnungszeiten nicht. Wir reden nicht viel."

Ich streckte die Hand aus und berührte seinen Arm. Immer noch keine Emotionen. Dieser Typ war wie ein Stein. „Danke. Ich weiß das wirklich zu schätzen."

Mitch legte einen Arm um Kat und zog sie zu einem Wohnwagen.

Magie schoss in meine Fingerspitzen, als Lucien knurrte und folgen wollte, doch Mitch blieb mitten im Schritt stehen und drehte sich um, wobei er einen hässlichen grauen Ball aus Magie direkt auf uns warf.

„Pass auf!", rief ich, warf einen Schutzschild hoch und stieß dann Lucien aus dem Weg, nur für den Fall. Wir landeten auf dem Asphalt, und Schmerz schoss beim Aufprall durch meine Knie, als Mitchs Ball gegen meine magische Barriere knallte. Die unsichtbare Wand blitzte in einem fauligen Gelbgrün auf und zischte, als sie zu Boden stürzte.

„Kat!" Lucien rappelte sich auf, ein dünner magischer Schein pulsierte um ihn herum.

Es hätte nicht möglich sein sollen. Bea hatte seine Magie neutralisiert, doch er zog sie von irgendwoher.

Kat schrie auf, als Mitch sie in einen verlassenen Souvenirladen schob.

„Lucien!" Ich sprang auf und rannte ihm nach. „Nein!"

Er sprintete los, Magie sammelte sich schnell um ihn herum. Und dann kroch plötzlich Dunkelheit über ihn und beschmutzte seine Magie.

Ich blieb mitten im Lauf stehen, und ein Schrei blieb mir im Hals stecken. Lucien wurde von schwarzer Magie verzehrt.

# KAPITEL ACHTZEHN

*M*ein Herz stolperte und wäre fast zerbrochen. Meine beste Freundin wurde von einem Psychopathen entführt, und Luciens Seele wurde direkt vor meinen Augen von schwarzer Magie eingenommen. Wenn ich sie nicht aufhalten konnte, wäre er für uns verloren. Der gutherzige, mächtige Hexenmeister würde zu einer Macht des Bösen werden, die wir eindämmen müssten, und er würde es wahrscheinlich nicht überleben. Es gab keine Möglichkeit, sie beide zu retten.

Mit Tränen in den Augen sprach ich ein stilles Gebet, dass Kat einen Fluchtweg finden möge, und rief meine Magie aus den Tiefen meines Seins hervor. Die Magie brannte weißglühend, während sie durch meine Adern pulsierte. Als sie in meine Hände schoss, entfleuchte ein Schrei meiner Kehle, und ein Blitz meiner Energie schoss durch den Park.

Die magische Energie hüllte Lucien ein und schloss sich um die schwarze Energie, die ihn verzehrte. Ein hohles Gefühl breitete sich in meiner Brust aus. Eine Sekunde später fiel ich auf ein Knie, zu schwach, um mich auf den Beinen zu halten.

Lucien wand sich am Boden und schlug um sich, als ob meine Magie ihn bei lebendigem Leibe verbrennen würde.

„Oh mein Gott." Entsetzen erfüllte meine Seele. Ich bemerkte kaum die Tränen, die mir über die Wangen liefen. Das durfte nicht passieren. Es war zu schrecklich, um überhaupt darüber nachzudenken. Doch es war real, und ich konnte nichts dagegen tun. Ich wollte zu ihm gelangen, ihm irgendwie die Magie entziehen, sie in mich aufnehmen und sie verschwinden lassen. Doch ich konnte nicht. Ich konnte nicht einmal aufstehen. Ich griff nach einem Tisch in der Nähe und versuchte, meine Füße unter mich zu bekommen, doch Schatten drängten sich um mich herum, als ich in die Schattenwelt glitt.

Ich wandte meinen Kopf zur Seite und sah einen Mann mit einer Kapuze auf mich zukommen. Mein Herz schlug schneller, und ich blinzelte. Alles hat sich wieder verschoben. Wir waren beide im Vergnügungspark, und an dem Mann klebte dieselbe schwarze Magie. Die Energie pulsierte und bewegte sich, als wäre sie lebendig.

„Was wollen Sie?", fragte ich und zitterte vor Anstrengung, mich zu konzentrieren. Ich hatte all meine Magie darauf verwendet, Lucien vor dem zu retten, was über ihn gekommen war. Ich blickte in seine Richtung. Er lag auf dem Boden, sein Körper zuckte, und seine Augen waren unfokussiert.

Verzweifelt kroch ich vorwärts und versuchte, zu Lucien zu gelangen, doch ich kam nur ein paar Meter weit, als der Mann nach mir griff. Meine Sicht wurde verschwommen, und alles begann sich zu drehen. Dann spürte ich ein Ziehen. Unsichtbare Haken hatten sich an meine verbleibende Energie geschlagen, und das bisschen, das ich noch hatte, wurde langsam aus meinen Reserven gezogen.

„Nein", presste ich heraus und rollte mich zu einem Ball zusammen, um das Eindringen abzuwehren.

„Jade!" Beas scharfe Stimme schnitt durch den Nebel.

Ich öffnete meine Augen und sah sie und Lailah mit erhobenen Armen und Magie, die um sie herum explodierte. Mein Angreifer zischte und richtete seine Aufmerksamkeit auf Bea und Lailah, während seine dunkle Magie um ihn herum wuchs.

„Steh auf." Beas magische Signatur überflutete mich, und Zirkelmagie erfüllte diesen Ort unter meinem Herzen. Ich rappelte mich auf, gestärkt durch die Zirkelverbindung.

„Jetzt!", rief Lailah und ohne bewussten Gedanken schloss ich mich ihnen an, um schwer kontrollierbare Macht zu fokussieren. Unser Licht traf den Mann, sein Rücken bog sich durch den Ansturm der Macht, die in seine Brust eindrang. Sein Mund öffnete sich, und er schrie. Wo schwarze Magie auf weiße traf, brach ein Feuerball heraus, und die Verbindung wurde unterbrochen.

„Nochmal!", rief Bea, und ich spürte, wie sie die Magie benutzte, die uns verband. Doch, bevor wir unseren Angriff fortsetzen konnten, drehte sich die Gestalt um und rannte davon. Er schien sich aufzulösen, und nach ein paar Schritten verschwand er vollständig.

Ich blinzelte, nicht sicher, ob ich verstand, was passiert war. Doch als ich auf den leeren Bürgersteig vor mir starrte, konnte ich nicht leugnen, dass er weg war.

„Lucien!", rief ich und rannte an seine Seite, Panik ließ mich zittern.

„Was ist passiert?", fragte Bea und kniete sich neben mich.

„Kat." Meine Stimme brach bei ihrem Namen, und ich blickte in die Richtung, wo ich sie zuletzt mit Mitch gesehen hatte. Ich schluckte schwer. „Mitch hat Kat entführt, und als Lucien versucht hat, ihn aufzuhalten, hat er schwarze Magie beschworen."

„Göttin", flüsterte Bea. „Es ist der Fluch des schwarzen

Herzens." Sie warf Lailah über die Schulter einen Blick zu. „Ich könnte deine Hilfe gebrauchen."

Lailah zögerte nicht. Die beiden machten sich daran, Lucien mit ihrer Magie vollzupumpen.

„Jade?", fragte Lailah, als ich mich ihnen nicht anschloss.

„Es tut mir leid. Ich muss Kat nachgehen."

Ich war schon losgelaufen, als Bea rief: „Los! Tu, was du tun musst!"

Da der seltsame Mann weg war und Bea und Lailah an Lucien arbeiteten, sprintete ich durch den Park und schickte meine emotionale Energie so weit wie möglich aus. Eine schwache Spur von Kats Signatur streifte meine Psyche, doch ich konnte nicht sagen, ob sie von unserem Spaziergang durch den Park übriggeblieben war oder ob es ihre aktive Energie war.

Ich lief schneller und keuchte von dem Schluchzen in meiner Kehle. Es war meine Schuld. Ich hatte sie da reingezogen und nichts getan, um ihr zu helfen, als dieser Bastard Mitch sie mitgenommen hatte. Kat hatte keine Möglichkeit, sich zu wehren. Sie war Silberschmiedin, Herrgott nochmal. Ihre einzige Macht bestand darin, meine Energie zu stabilisieren, wenn ich es brauchte. Und selbst das lag daran, dass wir uns schon so lange kannten, dass sie mich besser kannte als jeder andere, nicht weil sie eine besondere Gabe hatte. Abgesehen von einigen Selbstverteidigungskursen, die sie am College besucht hatte, war sie hilflos.

Ich bog um die Ecke, und der Wohnwagen, in dem wir Mitch gefunden hatten, ragte vor mir auf. Dort war Kats Energie stärker. Eine gesunde Dosis Angst und Wut ließ meine Arme jucken. Kat. Sie war hier. Ohne anzuklopfen, stürmte ich in den kleinen Wohnwagen und blieb stehen.

Es war niemand dort. Nur ein Berg von Kabeln, Lampen,

Filtern und Werkzeugen. „Kat!" rief ich und kletterte über die Kabel zur Rückseite des Wohnwagens.

Nichts. Nicht einmal ein leises Geräusch. Dann hörte ich das Dröhnen eines Motors. Ich drehte mich um und schlug mit den Händen gegen ein Fenster. Ein kleiner schwarzer Truck schoss vorbei. Und das Einzige, worauf ich mich konzentrieren konnte, war Kats entsetztes Gesicht, das aus dem Fenster auf der Beifahrerseite starrte.

„Scheiße!" Ich stürmte aus dem Wohnwagen und rannte auf den Parkplatz, gerade als die Rücklichter des Trucks um eine Ecke verschwanden. Verdammter Scheißkerl … Ich hatte nicht einmal das Nummernschild lesen können. Luciens Jeep stand auf der anderen Seite des Parks. Ich konnte sie auf keinen Fall einholen.

Ich starrte auf die Stelle, an der ich den Truck zuletzt gesehen hatte, und betete, dass sie wieder auftauchen würden. Doch ich wusste, dass das nicht passieren würde. Sie waren weg. Langsam drehte ich mich um und rannte dann zurück zu Lucien.

Als ich zu ihm kam, saß er aufrecht und hielt seinen Kopf in den Händen. Der Rest des Filmteams stand herum und stellte Fragen. Sie wollten wissen, was passiert war und ob es Lucien gutging. Heilige Scheiße. Hatten sie gesehen, was passiert war? Wenn ja, sollten sie viel überraschter sein, als sie im Moment zu sein scheinen.

„Lucien?", fragte ich, als ich mich neben ihn kniete. „Was ist passiert?"

„Er ist ohnmächtig geworden", sagte eine junge Frau in zerrissenen Jeans. „Er stand einfach nur da und dann … ist er umgekippt. Könnte was mit dem Innenohr zu tun haben."

Ich hob neugierig eine Augenbraue zu Lailah.

Sie warf Bea einen Blick zu und formte mit den Lippen lautlos *Zauberspruch*.

Natürlich.

„Komm, lass uns dir aufhelfen", sagte Bea zu Lucien und legte einen Arm um ihn, als er sich schwankend aufrappelte.

Er drehte sich zu mir um. „Kat?"

Ich schüttelte traurig den Kopf und zwang mich, nicht wieder zu weinen.

„Wir werden sie finden", sagte Bea bestimmt. „Wir müssen gehen."

„Bringen Sie ihn besser zu einem Arzt", sagte einer der Zuschauer.

„Wir kümmern uns um ihn", sagte Lailah und ergriff Luciens Hand. Sie flüsterte etwas vor sich hin, und einen Moment später stand Lucien etwas aufrechter.

Er begegnete ihrem Blick und nickte ihr dankbar zu. Sie nickte zurück, ihre Augen voller Traurigkeit.

Auf dem Weg zurück zu den Autos sagte niemand etwas. Als wir bei Luciens Jeep ankamen, streckte ich meine Hand nach den Schlüsseln aus. „Lass mich fahren."

Er fischte sie aus seiner Tasche und ließ sie mir in die Hand fallen.

„Fahrt mir hinterher", sagte ich zu Bea und Lailah, mein Ton war ganz sachlich.

„Wohin fahren wir, Jade?", fragte Bea sanft.

„Zu Kat nach Hause. Wir wirken einen Suchzauber." Ohne ein weiteres Wort sprang ich in den Jeep und steckte den Schlüssel ins Zündschloss.

DIE FAHRT zurück ins French Quarter war die Hölle auf Erden. Der Verkehr war Stoßstange an Stoßstange, und es dauerte mehr als zwei Stunden, um zehn Meilen zurückzulegen. Als ich hinter einem verbeulten grünen Auto vor Kats Wohnung einbog, waren meine Nerven so am Ende, dass ich versehentlich gegen die Stoßstange stieß.

„Scheiße." Ich verzog das Gesicht und drehte mich zu Lucien um, um mich zu entschuldigen, doch er war bereits aus dem Jeep und auf dem Weg zu ihrer Wohnung. Ich rannte los und nahm zwei Stufen auf einmal.

Als ich ihn einholte, stand er auf ihrer Veranda und starrte mit finsterer Miene auf den Türknauf. Ich stieß ihn an. „Ich mach' das schon."

Er fuhr sich frustriert mit der Hand durchs Haar und trat zur Seite, ohne etwas zu sagen.

Mit einem winzigen Zauber hatte ich die Tür geöffnet, und Lucien folgte mir hinein. Er ging in ihre Küche und holte eine kleine weiße Schüssel und ein paar Kräuter aus dem Schrank.

„Kat hat die Kräuter für einen Suchzauber?", fragte ich und betrachtete die Gegenstände auf der Theke. Wir hätten mit ein paar einfacheren Zutaten auskommen können, doch die Kräuter waren vorzuziehen.

Er nickte. „Ich habe sie für alle Fälle mit dem Wichtigsten ausgestattet."

Für welchen Fall? Für den Fall, dass er irgendwelche Zaubersprüche wirken musste, während er hier war?

Bevor ich fragen konnte, sagte er: „Das war vor … dem Zwischenfall."

Der *Zwischenfall*. Richtig. Das war der Tag gewesen, an dem er einen kleinen Zauber gewirkt hatte und Kat beinahe gestorben wäre. Der Tag, an dem wir von seinem Fluch erfahren hatten. Und der letzte Tag, an dem er bis heute gezaubert hatte. Ich legte eine Hand an seinen Arm.

Er zuckte mit den Achseln, und ein herzzerreißender Schmerz strahlte von ihm aus, als er ein wenig Abstand zwischen uns brachte.

„Lucien." Ich begegnete seinem Blick. „Es ist nicht deine Schuld."

Er schüttelte den Kopf, zog ein Messer und machte sich daran, die Kräuter zu hacken.

Ein paar Minuten später kamen Bea und Lailah. Bea nickte mir zu und ging direkt an Luciens Seite. Lailah blieb neben mir stehen. „Jade?"

„Ja?"

„Wir müssen reden." Sie bedeutete mir, ihr in Kats Wohnzimmer zu folgen.

Ich setzte mich neben sie aufs Sofa und wartete.

„Ich mache mir Sorgen um ihn", sagte sie, ohne den Blick in die Küche zu richten.

„Seine Seele?", riet ich. „Die schwarze Magie?"

Sie strich sich mit der Hand durch ihr honigblondes Haar und nickte. „Das hätte nicht passieren dürfen. Nicht, nachdem Bea seine Magie bereits neutralisiert hatte. Es bedeutet, dass sich der Fluch ausbreitet. Wenn wir nicht bald ein Heilmittel finden, ist er wirklich in Gefahr."

Meine Gefühle waren so roh, dass ich keine andere Wahl hatte, als die Türen vor dem Aufruhr zuzuschlagen, der durch mich tobte. Ich schloss meine Augen und schaltete ab, bis alles taub war. Ich könnte niemandem helfen, wenn ich mich nicht konzentrieren könnte. „Was können wir tun?"

„Wir müssen herausfinden, wer ihn mit dem Fluch belegt hat. Nur so lässt sich das rückgängig machen."

Meine Gedanken kreisten. Kat war entführt worden. Lucien ging es immer schlechter. Matisse steckte immer noch im Nichts fest. Kane war mit Dämonenjägern unterwegs und tat Gott weiß was, und das Gewicht der Welt lastete auf meinen Schultern. Ich wollte mich mehr als alles andere an ihn lehnen, ihn sagen hören, dass wir das durchstehen würden.

Stattdessen hatte ich einen Engel, der mir mehr Verantwortung aufbürdete. „Wie sollen wir das schaffen?"

Sie starrte auf ihre Hände. „Ich weiß nicht. Vielleicht eine Lesung machen. Einen Erinnerungszauber. Du hast schonmal einen mit mir gemacht."

„Ich weiß nicht, wie das helfen soll. Er erinnert sich, in den Zauber gelaufen zu sein. Er weiß nur nicht, wer ihn gewirkt hat. Deine Situation war ganz anders. Du hattest einen Blackout."

Sie lehnte sich zurück und verschränkte die Arme vor der Brust. „Ich weiß nicht. Ich versuche nur zu helfen. Was heute mit ihm passiert ist … Es war beängstigend. Er hätte sterben können. Er hätte sich diesem Dämon anschließen und ein schlimmeres Schicksal als den Tod erleiden können."

„Dämon?" Ich schnappte nach Luft, und Angst brach durch meine schützenden Mauern. „Dieses Wesen war ein Dämon?"

Ihre Stirn runzelte sich. „Was dachtest du, was er war?"

„Ich weiß nicht. Jemand, der schwarze Magie benutzt?" Ich hatte schon früher Dämonen in der Hölle gesehen, doch sie waren viel lebendiger gewesen. Und ihre Energie war anders. Dieser Typ war eher wie ein Schatten gewesen.

Sie musste meine Gedanken verstanden haben, denn sie sagte: „Das liegt daran, dass der Schleier zur Hölle geschlossen ist. Er braucht schwarze Magie, um am Leben zu bleiben. Zweifellos ist er deshalb aufgetaucht, als Lucien seinen Fluch angezapft hat."

Ich sackte zurück. „Du meine Güte. Könnte dieser Tag noch schlimmer werden?"

„Sag das nicht", sagte sie scharf. „Es kann immer schlimmer kommen"

# KAPITEL NEUNZEHN

*B*erühmte letzte Worte. *Es kann immer schlimmer kommen.*

Lucien und Bea kamen aus der Küche, beide mit grimmiger Miene. Lucien ging am Tisch vorbei und setzte sich mir gegenüber auf einen Chenillesessel. Er beugte sich vor und schloss die Augen. Ein Muskel in seinem rechten Arm zuckte, als er die Finger in die Armlehne bohrte.

Bea nahm am Tisch Platz und bedeutete uns, zu ihr zu kommen. „Jade, du führst den Zauber aus, da du sie am besten kennst."

Tränen traten mir wieder in die Augen, doch ich zwang sie zurück. Zum Trauern hatten wir keine Zeit. Und ich weigerte mich zu glauben, dass es einen Grund dazu gab. Wir würden sie finden. Dieser Bastard Mitch würde dafür bezahlen. Ich setzte mich ans Kopfende des Tisches, und Lailah nahm den Stuhl gegenüber von Bea ein. Wir nahmen uns an den Händen, als ich mich auf die mit Kräutern gefüllte Schale konzentrierte. *„Accende"*, flüsterte ich.

Die Kräuter gingen in Flammen auf, und ich machte

meinen Kopf frei von allem außer Kat. Das Feuer wurde grün, als sich der Rauch drehte und drehte und die Form einer Frau annahm. Kat. Ihr Gesicht wurde scharf. Wir hatten sie gefunden.

Ein tiefer Schmerz erfüllte mein Innerstes, und mein Atem stockte in meiner Kehle. Ihre Augen waren zugekniffen, Schmerz verzerrte ihr Gesicht. Das Bild begann zu verblassen. Ich konnte sie in meinem Aufruhr nicht sehen.

*Konzentriere dich, Jade!*

Ihr Bild kehrte sofort scharf zurück.

Bea drückte meine Hand. „Folge ihrer Spur."

Ich war mir nicht ganz sicher, was sie damit meinte, doch bei Zaubersprüchen ging es hauptsächlich um Absicht. Also konzentrierte ich mich und sagte: „Zeig mir, wo du bist."

Lailah und Bea wiederholten meine Worte.

Das grüne Feuer wurde heller, und das Bild verschwand. Lailah stieß ein frustriertes Keuchen aus. Doch ich ignorierte sie und ließ den Zauberspruch durch meinen Kopf schwirren. Kats Essenz war da. Ich konnte sie bei mir spüren. Die Flammen drehten sich noch einmal, und als die Szene wieder sichtbar wurde, lag Kat auf einem Parkettboden. Sonst war nichts im Zimmer. Nur Kat, der Holzboden und ein alter, gemauerter Kamin.

„Zeig mir mehr." Meine Stimme war wie in Trance, und ich hörte kaum, wie Bea und Lailah meine Worte wiederholten.

Die Szene verschob sich, zoomte heraus, und ein Haus erschien, ein Camelback, wie sie für New Orleans typisch waren. Kein Licht erhellte das alte Haus. In der Einfahrt parkten keine Autos. Niemand war in der Nähe. „Mehr", sagte ich mit Nachdruck.

„Da", sagte Lailah.

Die Hausnummer wurde sichtbar und dann das Messegelände von New Orleans. Ich ließ die Magie los, und das Feuer erlosch und ließ die Schale voller Asche zurück. Ich drehte mich auf meinem Stuhl um und begegnete Luciens Blick. „Wir haben sie."

Ohne zu zögern, stand er auf und ging zur Tür.

Bea erhob sich und stützte die Hände auf den Tisch. „Lucien. Du kannst nicht mit uns gehen."

Grünes Feuer loderte aus seinem Blick. „Ich bin mir dessen bewusst. Da ich nutzlos bin, der einen Person zu helfen, für die ich mein Leben geben würde, werde ich Paxton suchen. Ich rufe Lailah an, wenn ich ihn finde."

Ich stand auf und traf ihn an der Tür. Als er auf mich herabblickte, verzehrte sein Schmerz ihn fast. Ich seufzte und umarmte ihn fest. Die Verbindung beruhigte mich ein wenig. Verdammt, ich brauchte das wahrscheinlich genauso oder vielleicht noch mehr als er. Nach ein paar Sekunden erwiderte er meine Umarmung und atmete erstickt aus.

Er zog sich abrupt zurück. „Ich muss gehen."

„Danke, dass du nach Vaughn suchst. Wir rufen dich an, sobald wir etwas wissen."

Mit einem letzten Nicken verschwand er aus der Haustür.

„Bereit?", fragte Bea.

„Lass uns einem Schwarzmagier in den Arsch treten", sagte Lailah.

Meine Entschlossenheit wuchs, und ich wusste ohne Zweifel, dass Mitch sich wünschen würde, er wäre mir nie begegnet. Niemand bedrohte meine Freunde und kam damit durch.

DAS CAMELBACKHAUS SAH in der Realität genauso verlassen aus wie in meiner Vision. Wir standen auf dem Bürgersteig und überlegten, wie wir am besten vorgehen sollten.

„Ich bin dafür, dass wir die Tür eintreten und mit lodernder Magie da reinstürmen", sagte ich.

„Jade." Lailah schüttelte den Kopf. „Jemand könnte bewaffnet sein. Und das nicht nur mit Magie."

„Ich spüre außer Kat niemanden", sagte ich stur. Ich ignorierte, dass ich Mitchs Gefühle vorher nicht hatte spüren können.

„Wir versuchen es mit etwas weniger Riskantem", sagte Bea. „Lailah, du klopfst an die Tür, während Jade und ich hintenrum gehen. Versuche, da reinzukommen. Und scheu dich nicht, jemanden zu zwingen. Denk daran, dass ein Leben auf dem Spiel steht."

Lailahs Mund blieb überrascht offenstehen.

Bea warf ihr einen kalten, entschlossenen Blick zu.

Der Engel schloss den Mund und nickte Bea ernst zu.

„Zwingen?", flüsterte ich.

Bea zuckte mit den Schultern. „Das ist nichts, was ich normalerweise gutheiße. Zwang ist ein Tor zur dunklen Magie. Doch wir haben keine Ahnung, was uns erwartet. Ich hätte den Rest des Zirkels herbeigerufen, doch da wir uns mitten im Mardi Gras befinden, hätte es zu lange gedauert, alle zusammenzutrommeln, um einen stärkeren magischen Kreis zu bilden. Wir müssen einfach mit dem arbeiten, was wir haben."

Das war in Ordnung für mich. Ich war nicht begeistert davon, diese Grenze zu überschreiten, doch ich würde es tun. Für Kat.

Der Eingang auf der Rückseite war mit einer Sicherheitstür geschützt. Doch für zwei Hexen war das kein Problem. Ich legte meine Hand um den Türknauf, und genau wie bei Kats Haus bewegte sich das Schloss, und die Tür öffnete sich. Mit diesem praktischen Werkzeug könnte ich eine erfolgreiche Einbrecherin sein.

Das Haus war dunkel, fast pechschwarz. Die Fenster waren mit schwerem Verdunklungsstoff verhängt. Wenn ich es nicht besser gewusst hätte, hätte ich denken können, dass dieses Haus eine Art Vampirversteck war. Nur wussten alle, dass Vampire nicht existierten. Oder? Doch andererseits hatte ich bis vor zwei Tagen nicht gewusst, dass es Incubi gab.

Meine Kehle schnürte sich bei der Anstrengung zusammen, Kats Namen nicht zu rufen. Stattdessen sandte ich meine emotionale Energie aus. Kat war hier, doch sie war bewusstlos. Ich spürte immer noch niemanden. Das bedeutete jedoch nicht, dass Mitch nicht hier war.

„Hier entlang", flüsterte ich Bea zu und führte sie durch die Küche zu einem kurzen Flur. Dann deutete ich auf eine geschlossene Tür. „Hier drin."

Bea legte ihre Hand an die Tür, und ein Prickeln ihrer Magie breitete sich in kleinen Wellen über das Holz aus. Ich war mir nicht sicher, was sie tat. Ein Schutzzauber? Ein Stillezauber? Oder vielleicht fand sie nur heraus, wer auf der anderen Seite sein könnte. Was auch immer es war, ich vertraute ihr.

Das laute Klicken der Tür ärgerte mich, da das Geräusch unglaublich laut wirkte, doch niemand kam angerannt. Der Göttin sei Dank.

Dann öffnete Bea die Tür. Kat lag in der Mitte des Zimmers, ihre Hand- und Fußgelenke waren gefesselt. Ihre Augen waren geschlossen, und Blut klebte an ihrer Stirn.

„Kat", keuchte ich und rannte an ihre Seite, mein Inneres brodelte. Ich presste meine Finger an ihren Hals und tastete nach ihrem Puls. Da, ein gleichmäßiger Rhythmus. Ich stieß einen kleinen Seufzer der Erleichterung aus. Irgendwo im Hinterkopf hatte ich gewusst, dass Kat am Leben war. Nur so hatte ich ihre emotionale Signatur erkennen können. Doch das hatte mich nicht davon abgehalten, nach Bestätigung zu suchen. Sie sah einfach so verletzt aus.

Ich fing an, an den Fesseln um ihre Füße zu ziehen, doch als ich merkte, dass sie mit verzauberten Kabelbindern gefesselt war, fluchte ich. Nichts außer Magie würde sie lösen. Und nicht irgendeine Magie – vorsichtige, nuancierte Magie, die ihr nicht noch mehr wehtun würde.

Bea strich ihr Haar zurück und untersuchte die Kopfwunde.

„Wie sieht sie aus?", fragte ich.

„Nicht gut. Sie wird eine hässliche Beule und eine blaue Stirn haben, doch sie wird leben. Wir können sie bewegen."

Gut. Denn sie konnte nicht bleiben, wo sie war. „Nur einen Moment." Ich legte meine Hand auf Kats Fesseln und griff nach an meiner Magie. Sie sprang hervor, doch ich ließ kaum etwas los. Einen Augenblick später löste sich der Kabelbinder auf.

„Jade!" rief Lailah. „Nein!"

Ich riss völlig verwirrt meinen Kopf hoch und untersuchte Kats Knöchel hektisch auf Schäden. Nichts. Dann spürte ich es. Heißer, sengender Schmerz schoss in meinen Rücken, und meine Welt wurde schwarz.

ALS ICH AUFWACHTE, hörte ich Gezanke. „Warum sie?", fragte eine weinerliche Stimme.

„Weil sie diejenige ist, die den Fluch neutralisiert hat", sagte eine Männerstimme. „Und wir werden sehen, ob sie es wieder tun kann."

Ich blinzelte und versuchte, meine verschwommene Sicht zu klären. Meine Hände waren vor mir gefesselt, doch meine Füße nicht. Wo war ich? Ich bewegte mich und hätte fast geschrien, als ein Krampf durch meinen Rücken schoss. Licht zuckte wie Blitze durch mein Gehirn. Als der Schmerz nachließ, keuchte ich und blinzelte erneut. Ich war mir fast sicher, dass ich noch in dem Haus gegenüber dem Messegelände war. Doch nicht in demselben Raum, in dem Kat gewesen war. Dieser hatte keinen Kamin.

„Wann kommt er hier an?", fragte die weinerliche Stimme.

„Halt die Klappe."

Als die Tür geöffnet wurde und Licht hereinfiel, begannen meine Augen zu tränen. Ich wischte die Tränen weg und konzentrierte mich auf das Arschloch, das in der Tür stand. Mitch. Dieser Bastard.

„Gut. Du bist wach."

Meine Magie prickelte in meiner Brust, bereit, diesen Arsch in Stücke zu sprengen, doch sobald ich danach griff, erfasste dieser Schmerzblitz meinen Rücken, und mir wurde schwarz vor Augen.

„Jedes Mal, wenn du versuchst, in diesem Haus Magie zu benutzen, werden die Schmerzen schlimmer. Ich schlage vor, du fügst dich meinem Willen, oder es wird eine sehr lange Nacht für dich."

Ich stieß ein leises Zischen aus und funkelte ihn an. „Wo ist Kat?"

„Sie ist noch hier. Wir müssen ein paar Experimente durchführen, und sie hat sich freiwillig gemeldet." Seine Lippen verzogen sich zu einem bösen Lächeln, was ziemlich deutlich machte, dass sie sich für nichts freiwillig gemeldet hatte … es sei denn, es war, ihm in die Eier zu treten.

„Und Bea und Lailah?"

Sein Gesicht wurde zu Stein. „Der Engel wurde neutralisiert. Und diese Hexe, dieses gottverdammte Miststück. Sie findet heraus, was es bedeutet, für das, was sie getan hat, zu bezahlen. Ich schlage vor, du kooperierst, oder du schließt dich ihr an."

Bis zu diesem Zeitpunkt hatte ich wirklich nur Angst um Kat gehabt. Wir anderen hatten Kräfte, auf die wir uns verlassen konnten. Doch ihn von Bea, meiner Mentorin, sprechen zu hören, als würde er sie foltern, und die Tatsache, dass er gesagt hatte, Lailah sei neutralisiert worden, jagte einen Blitz purer Panik durch meinen Körper. Er war nur ein Hexenmeister. „Wie?", fragte ich.

Er lächelte wie eine Katze, die gerade den Kanarienvogel gefressen hatte, und hob die Arme. Schwarze Magie tanzte über seine Haut, stärker und mächtiger als alles, was ich zuvor erlebt hatte. Sie erfüllte den Raum und warf mich flach auf den Boden, während ich darum kämpfte, überhaupt zu atmen.

Angst ließ mich verstummen.

„Gut", sagte er und betrachtete mein Gesicht. Seine Magie ließ nach und verschaffte mir vorübergehend Erleichterung. „Wie ich sehe, hast du die missliche Lage, in der du dich befindest, erkannt. Denke sorgfältig über deinen nächsten Schritt nach, Jade."

Meinen nächsten Schritt? Der war, ihm sein Herz herauszureißen und es an ein paar Alligatoren zu verfüttern. „Was willst du von uns?"

Er lehnte sich gegen den Türpfosten und schlug lässig die Füße übereinander. „Von diesem Engel? Nichts. Sie ist nur im Weg. Aber von euch anderen? Ihr werdet mir helfen, herauszufinden, wo der Zauber schiefgelaufen ist."

Ich schirmte meine Augen gegen das künstliche Licht aus dem anderen Raum ab, das um ihn herum glühte. „Welcher Zauber?"

„Du hast noch nicht eins und eins zusammengezählt. Das ist interessant. Eigentlich enttäuschend. Ich hatte gehofft, du wärst ein bisschen klüger als die durchschnittliche Hexe. Doch ich sehe, du verlässt dich mehr auf deine Kraft als auf deinen Verstand, wie die meisten anderen."

Nun, das war verdammt unhöflich. Doch ich zog es vor, seinen Spott zu ignorieren, denn er versuchte nur, mich zu provozieren. „Was meinst du? Warum hast du Kat entführt?"

„Du musst wirklich fragen?" Er zog seine Augenbraue hoch. „Er ist in sie verliebt."

Lucien. Er hatte gesagt, er habe eine Vorgeschichte mit Mitch. Keiner mochte den anderen. War das Rache für irgendetwas? Dann trafen mich seine Worte von vorhin. *Weil sie diejenige ist, die den Fluch neutralisiert hat.* Sie hatten über mich gesprochen. Und der Fluch war Luciens Fluch. Der, der Kat beinahe getötet hätte.

„*Du* hast Lucien verflucht." Es war keine Frage, sondern eine Feststellung.

„Jetzt begreifst du langsam." Sein Grinsen wurde wahnsinnig.

„Warum?" Dieser Typ hatte sich eindeutig irgendwann in seinem Leben der schwarzen Magie zugewandt, doch er war noch nicht so weit weg, dass er an sie verloren war. Es war schwer zu glauben, dass sie ihn nicht verzehrt hatte, nachdem er Lucien mit dem Fluch belegt hatte.

„Warum?", polterte Mitch. „Du fragst mich *warum*? Weil dieser Bastard den einzigen Menschen gestohlen hat, dem ich jemals etwas bedeutet habe." Sein Gesicht nahm einen dunklen Rotton an. „Meiner Meinung nach hat er viel Schlimmeres verdient."

Entsetzen packte mein Herz. „Das Mädchen, mit dem Lucien zusammen war, die junge Frau, die gestorben ist. Du sprichst von ihr, oder?"

Er betrachtete mich einen langen Moment und überlegte offensichtlich, wie viel er mir sagen sollte. Dann sah er mir direkt in die Augen und sagte: „Die Schlampe hat es verdient.

Sie hat versprochen, mich zu heiraten, und drei Monate später ist sie mit ihm ins Bett gehüpft. Sie verdienen beide, was sie bekommen haben."

Das Licht ging hinter ihm aus, und einen Moment später schlug er die Tür zu und ließ mich allein in der Dunkelheit zurück.

# KAPITEL ZWANZIG

*I*ch lag im Dunkeln auf dem Boden, ging das, was Mitch gesagt hatte, immer wieder durch und versuchte, einen Sinn darin zu finden. Woher hatte er gewusst, dass Kat beinahe gestorben wäre? Oder dass ich sie gerettet hatte? Hatte er Lucien in den letzten zehn Jahren im Auge behalten? Und wenn ja, warum? Nur um seinen kranken, verdrehten Rachedurst zu stillen?

Das Haus blieb dunkel und still, doch ich konnte spüren, dass Kat, Bea und Lailah noch da waren. Und der weinerliche Typ auch. Aber nicht Mitch. Ich hatte jedoch keinen Grund zu der Annahme, dass er gegangen war. Er hatte dem weinerlichen Typen gesagt, dass sie auf jemanden warteten.

Wie zum Teufel sollte ich hier rauskommen? Mein Körper war fast taub, als wäre ich auf Drogen. Konnte ich überhaupt Magie herbeirufen? Zögernd griff ich nach meinem Funken. Mein Rücken brannte, und ich schnappte nach Luft, als ein Krampf mich vor Schmerz winden ließ. Scheiße, das tat weh! Nein, Magie war keine Option. Ich holte flach Luft, während ich die Magie losließ. Das taube Gefühl übernahm wieder.

Ich war praktisch nutzlos. Doch zwei Dinge gaben mir Hoffnung. Bea und Lailah waren immer noch da, und wenn uns jemand aus diesem Schlamassel herausholen konnte, dann sie. Und zweitens hatte Mitch gesagt, dass er wollte, dass ich einen Zauber replizierte. Damit das geschehen konnte, musste er den Krampffluch aufheben. Ich musste nur bereit sein.

Die Zeit schien zu verfliegen, und mein Herz begann nicht nur für meine Freunde in den anderen Räumen, sondern auch für Matisse zu schmerzen. Was, wenn ich nicht zu ihr zurückkehren konnte? Was, wenn sie im Nebel verschwand? Und Kane? Wie sollte er jemals wissen, was mit mir passiert war? Oder meine Mutter, Gwen und mein Stiefvater Marc? Oder all die anderen Menschen, die ich jetzt in meinem Leben hatte, nachdem ich jahrelang nur Gwen und Kat gehabt hatte?

Alles nur, weil dieser Hexenmeister einmal von seiner Verlobten verletzt worden war? Dieser egoistische Hurensohn. Ich würde das nicht zulassen.

Nach gefühlten Stunden öffnete sich die Tür endlich wieder. Diesmal kein Licht. „Steh auf", befahl Mitch.

Ich rollte mich auf die Seite und unterdrückte ein Stöhnen. „Ich glaube nicht, dass ich das kann", sagte ich in der Hoffnung, ihn dazu zu bringen, den Fluch aufzuheben.

„Du kannst und du wirst, wenn du willst, dass deine Freunde leben. Oder zumindest ein paar von ihnen", fügte er mit einem kranken Lachen hinzu.

Die Wut, die durch meine Adern schoss, gab mir die Kraft, mich aufzusetzen, und dann konnte ich meine Füße unter mich bekommen. Ich stützte mich mit meinen gefesselten Händen an der Wand ab. „Wenn du den Fluch aufheben würdest, wäre ich viel kooperativer", log ich.

„Warum sollte ich das tun? Sieh dich an. Ich muss nicht einmal einen Finger rühren, damit du gehorchst."

Ich und *gehorchen*? Oh, dafür würde er bezahlen.

„Beweg dich." Er trat mir in die Kniekehle, und ich fiel gegen die Tür.

Meine Magie pulsierte mit dem Wunsch, ihn zu schlagen, doch ich klammerte mich nur fester an die Tür, um nicht zusammenzubrechen. Es schoss zu viel Schmerz durch meinen Oberkörper. Dieser Krampffluch, mit dem er mich belegt hatte, war mehr als grausam.

„Hier entlang." Er deutete den Flur hinunter zur Vorderseite des Hauses. Ich schleppte mich weiter und stützte mich dabei an den Wänden ab. Aber als wir das Wohnzimmer betraten, ließ die Verzweiflung, die von Kat ausströmte, meine Beine weich werden, und ich sank zu Boden und landete auf meinen Knien.

„Kat?", sagte ich leise, und mein Blick landete auf ihrer zusammengerollten Gestalt in der Ecke.

„Jade?" Hoffnung klang deutlich in ihrer müden Stimme. „Du bist hier?" Dann änderte sich ihr Ton in Panik. „Wir müssen hier raus. Er ist böse. Er ist derjenige, der Lucien verflucht hat."

„Sie weiß es", sagte Mitch sichtlich amüsiert über ihre Verzweiflung. „Doch ich könnte ein Problem damit haben, als böse bezeichnet zu werden."

Kat zuckte zusammen und hob den Kopf, um ihn gut sehen zu können. Stahl leuchtete in ihren entschlossenen Augen. „Wie ist es dann mit ‚böser Bastard'. Gefällt dir das besser?"

Seine Belustigung schwand, und er sah aus, als wollte er mit der Faust gegen etwas schlagen. Vielleicht Kat. Er drehte sich zu mir um. „Halte sie in Schach, sonst ist sie viel schneller tot."

Purer Hass. Anders konnte ich nicht beschreiben, was ich gerade empfand. „Wenn du sie noch einmal anfasst, sie auch nur anhauchst, ist dein Leben vorbei, verstanden?"

„Das bezweifle ich, *weiße Hexe*."

„Stell mich auf die Probe." Meine Stimme vibrierte vor Wut.

Als Antwort hob er seine Hand und zeigte auf mich. Mit einem Schlag nach links explodierte der Schmerz durch meine Seite, und ich brach erneut zu Boden. Er hatte mich nicht einmal berührt. Ich wand mich am Boden und konzentrierte mich darauf, den Schmerz auszublenden. Ich konnte das durchstehen. Ich musste nur lange genug bei Bewusstsein bleiben, um auf meine Chance zu warten.

Die Haustür öffnete sich und krachte gegen die Wand. Sonnenlicht strömte in das dunkle Haus und blendete mich. Instinktiv ging mein emotionales Radar los und machte mich auf zwei Personen aufmerksam. Einer von ihnen war Lucien.

Ich riss meinen Kopf hoch und betete, dass er die Kavallerie mitgebracht hatte, dass er hier war, um uns zu befreien. Doch als ich ihn ansah, verschwand alle Hoffnung. Seine Hände waren genau wie meine mit Kabelbindern gefesselt, seine Füße auch. Und er war geknebelt.

„Wo willst du ihn haben?", fragte der andere Mann. Sein Ton war kontrolliert, als würde er die Situation immer noch einschätzen. Dann fielen seine Augen auf mich. „Was zum Teufel, Mitch? Warum hast du eine weiße Hexe so gefesselt?"

„Du siehst, was ich bin?"

„Das ist meine Gabe." Der große Mann kniete vor mir nieder. Er schien Anfang zwanzig zu sein, mit dunklen Augen, irgendwie mysteriös. Sehr attraktiv. Nun, er wäre es gewesen, wenn er nicht gerade Lucien hereingebracht hätte, gefesselt und geknebelt für Mitch. „Warum bist du hier?"

Mitch schnaubte. „Sie ist hier, weil sie in mein Haus eingebrochen ist."

Der Mann stand auf. „Was wollte sie?"

„Ich vermute, sie hat nach ihm gesucht." Mitch zeigte auf Lucien. „Ich wette, sie dachte, er wäre schon hier."

Lucien? Hätte ich, aber nein, ich war wegen Kat hier und aus irgendeinem Grund hatte Mitch gelogen. „Ich bin gekommen, um …"

Mitch gestikulierte erneut, und seine Magie traf mich in den Bauch. Ich keuchte und war für einen Moment sprachlos. „Sie ist schwierig." Mitch musterte den Mann. „Woher wusste sie, dass du den Hexenmeister hierherbringst? Hast du jemandem erzählt, dass du für mich arbeitest?"

Er warf Mitch einen gelangweilten Blick zu. „Ich erzähle niemandem von meiner Arbeit." Er sah mich noch einmal an und runzelte dann die Stirn. „Du weißt, dass sie die Anführerin des Zirkels von New Orleans ist, oder?"

„Nein, ist sie nicht. Das ist die Alte. Aber ich komme klar. Du kannst jetzt gehen."

Der junge Mann streckte seine Hand aus. „Mein Geld."

Mitch runzelte die Stirn. „Arschloch. Du weißt, dass ich dich bezahlen werde."

„Zahlung bei Lieferung. Das waren die Bedingungen. Wenn du jemals wieder meine Dienste in Anspruch nehmen willst, zahlst du."

Mitch zog widerwillig ein Bündel Geldscheine aus seiner Brusttasche und reichte dem Mann, der ein Kopfgeldjäger sein musste, einen Stapel Hunderter.

„Es ist immer gut, mit dir Geschäfte zu machen." Der Kopfgeldjäger steckte die Scheine in seine Gesäßtasche und drehte sich zur Tür um.

Offensichtlich war er keine Schlüsselfigur bei dieser Operation. Und wenn er nur ein Kopfgeldjäger war, hatte er vielleicht keine Ahnung, was hier wirklich vor sich ging. Er war gebeten worden, einen Hexenmeister hereinzubringen, der mit schwarzer Magie verflucht war. Wenn er Lucien nicht kannte und nur seine magische Signatur suchte, würde es sicherlich so aussehen, als wäre er an bösen Machenschaften beteiligt. Und ihm wurde gesagt, ich sei in das Haus eingebrochen. Was stimmte, aber der Kopfgeldjäger wusste nicht warum.

„Hey!", rief ich, als ich meine Stimme wieder fand. „Nichts davon ist, wie du denkst. Mitch hat sie entfüh– Ah!" Ein Stiefel krachte gegen meine Rippe, und ich sah Sterne.

„Halt die Klappe!", zischte Mitch. „Lügende Schlampe. Sie kann Fakten nicht von Fiktion trennen." Seine Stimme war kühl, leidenschaftslos, als wäre heute ein ganz normaler Tag. „Wir brauchen dich nicht mehr."

Der Kopfgeldjäger sah mich an, dann Lucien und dann Kat. Sein Blick verweilte auf ihr, doch die Tatsache, dass sie offensichtlich geschlagen worden war und am Boden lag, schien ihn nicht zu interessieren. Er drehte sich zur Tür um und sagte: „Du weißt, wo du mich findest."

Das leise Klicken der Tür ließ mich wimmern. War das unsere letzte Chance, Hilfe zu bekommen?

„Landon, beweg deinen Arsch hier rein." Mitch ging zu Lucien hinüber und starrte ihn mit finsterer Miene an. „So ein verdammter Idiot. Ich wusste, dass es um Vaughn geht, als deine Freundin angefangen hat, mich nach Informationen über meinen Bruder und Motorräder anzuhauen. Es geht immer um ihn. Also habe ich ihr die Informationen gegeben, die sie wollte, in der Hoffnung, dass du dort auftauchen und ihm die Arbeit erleichtern würdest, wenn ich ihm den Auftrag erteile. Ich hätte nie gedacht, dass du heute auftauchst. Ich habe gerade den vollen Preis für einen verdammten Job bezahlt, für den er weniger als zwei Stunden gebraucht hat."

Lucien funkelte ihn an, unfähig zu sprechen. Der Hass, der von ihm ausströmte, jagte mir Schauer der Angst über den Rücken. Wenn Lucien jemals freikäme, würde uns ein Blutbad schwarzer Magie bevorstehen.

„Es wird wie folgt ablaufen", fuhr Mitch fort. „Du wirst die kleine heiße Braut da drüben noch einmal mit einem Zauber belegen, und wir werden sehen, ob die hier –" er deutete auf mich „– es wieder umkehren kann. Oh ja, davon habe ich gehört. Glaub nicht, dass ich dich all die Jahre nicht beobachtet habe, Boulard. Ich habe abgewartet, wann deine Beherrschung versagen und du sie wieder … aber stell dir meine Überraschung vor, als ihr drei nach mir gesucht habt."

Er schüttelte den Kopf. „Wie könnte ich eine so goldene Gelegenheit verpassen, um zu sehen, wie mein Zauber nochmal seine Wirkung entfaltet? Und jetzt werden wir sehen, was vor ein paar Wochen schiefgelaufen ist. Niemand sollte in der Lage sein, diesen Fluch zu brechen, sobald er einmal in Gang gesetzt wurde." Er richtete seine Aufmerksamkeit auf mich. „Niemand. Verstanden, Schlampe? Heute werden wir herausfinden, was dich so verdammt besonders macht."

Heiliges … oh mein Gott. Dieser Typ war wirklich durchgeknallt. Er hatte uns beobachtet? Hatte er auf den Zeitpunkt gewartet, an dem Lucien wieder die Kontrolle verlieren würde, um Kat sterben zu sehen? Und als wir dann nach ihm gesucht hatten, hatte er auf der Stelle eine spontane Entscheidung getroffen, Kat zu entführen und einen Kopfgeldjäger auf Lucien zu hetzen. War ich auch Teil des Plans gewesen? Oder hatte er sich nur entschieden, mich zu studieren, weil ich auf der Suche nach Kat in sein Haus eingebrochen war? Wahrscheinlich Letzteres. Er schien nicht besonders gut organisiert zu sein.

Er ging zur Tür und schloss sie ab, dann traf ein magischer Blitz den Türknauf, und er begann zu glühen. „Versuch, den Knauf zu berühren, und du verlierst deine Hand." Er verschwand wieder in den Tiefen des Hauses.

Ich biss die Zähne zusammen, da mein Rücken schmerzte, und zwang mich wieder auf die Beine. „Lucien", sagte ich leise, als ich mich zu ihm schleppte. Gegen seine Kabelbinder konnte ich nicht viel unternehmen, doch den Knebel konnte ich lösen. Da meine Handgelenke gefesselt waren, dauerte es eine Weile, doch ich konnte den Knoten weit genug lösen, um den Stoff nach unten zu ziehen.

„Wie geht's Kat?", fragte er und drehte sich um, um sie anzustarren.

„Mir geht's gut", sagte sie leise.

Ich schüttelte den Kopf. Ihr ging es alles andere als gut. Doch im Moment konnten wir beide nicht viel dagegen tun.

Von seinen Fußfesseln behindert, machte Lucien kurze Schritte in Kats Richtung. Doch bevor er an ihre Seite gelangen konnte, tauchte Mitch wieder auf. „Bleib stehen, Boulard."

Lucien blieb stehen und starrte Mitch an. „Lass sie gehen", verlangte er.

„Vergiss es. Du wirst bald herausfinden, wie es ist, den Menschen zu verlieren, den du liebst. Zum zweiten Mal." Mitchs Augen wurden schwarz, als die schwarze Magie, die seine Haut im Vergnügungspark überzogen hatte, wieder aufflackerte.

Mein Blick fiel auf Lucien, und die Dunkelheit, die seine Seele befleckte, wurde intensiver. Ich befand mich jetzt in einem Zustand ständiger Angst. Wenn wir Lucien nicht bald hier rausholen würden, wäre er verloren. Der Fluch würde den Rest seines Seins beeinflussen. Lucien richtete sich auf. Wenn er seine Hände hätte benutzen können, wäre Mitch wahrscheinlich ein toter Mann gewesen.

„Tu es, Boulard. Wirk den Zauber. Mal sehen, was passiert", schnaubte Mitch.

Ich konnte spüren, wie sich Luciens schwarze Magie aufbaute. Sie kroch über meine Haut und brannte vor Wut und Verzweiflung. Da begriff ich. Bea hatte die Zirkelmagie neutralisiert, doch die Schwärze, die vom Fluch herrührte, war immer da gewesen. Wenn er jetzt Magie benutzte, würden wir ihn an die andere Seite verlieren. Er würde von der Dunkelheit verzehrt werden.

„Lucien, nein!", heulte ich. „Es ist pure schwarze Magie, die du jetzt anwendest. Lass dich nicht von ihm brechen."

Mein Freund drehte sich zu mir um, und der schmerzerfüllte Ausdruck in seinen Augen ließ mein Herz gegen mein Brustbein schlagen. „Was ändert das? Wenn wir nichts tun, ist Kat verloren. Ich würde ihn lieber in Stücke reißen und mich kompromittieren, als sie noch eine Minute verletzt zu sehen."

„Sie will das nicht", flehte ich. „Wenn wir dich deshalb verlieren, wird sie sich das nie verzeihen."

„Und wenn ich sie verliere, bin ich sowieso verloren." Die Magie stieg um ihn herum auf und breitete sich wie eine Sturmwolke durch den Raum aus. Er konzentrierte sich auf Mitch und begann eine Beschwörung auf Latein. Ich kannte sie nicht, doch wenn es schwarze Magie war, war das klar.

„So ist gut", drängte Mitch. „Nimm alles auf. Zeig mir, was du kannst."

Zu meinem Entsetzen hatte ich nicht bemerkt, dass Mitch seine eigene Magie gerufen hatte. Es war subtil, und wenn mir nicht das schwache Leuchten um seine Fingerspitzen aufgefallen wäre, hätte ich es nie bemerkt. Ich wusste nicht, welchen Zauber er aufbaute, doch er wartete eindeutig darauf, dass Lucien seinen sprach. Vielleicht ein Ablenkungszauber? Was auch immer es war, es war sicher zu schrecklich, um es in Worte zu fassen. Die Freude, die in seinen Augen tanzte, sagte mir alles, was ich wissen musste.

Ich machte zwei schmerzhafte Schritte und brachte mich zwischen Lucien und Mitch. „Lucien", sagte ich mit meiner ruhigsten Stimme. „Du willst das nicht. Glaub mir. Das ist genau das, was er will."

Lucien runzelte die Stirn und wandte den Blick von mir ab, während sich seine Magie immer weiter aufbaute.

„Denk an all die Liebe, die du für Kat empfindest", fuhr ich fort und keuchte, während ich versuchte, mich aufrecht zu halten.

„Ja", fügte Mitch höhnisch hinzu. „Denk daran, wie sehr du mich hassen wirst, wenn sie tot ist. Denk an Rissa und wie jung sie war, als sie gestorben ist. Alles nur, weil du sie geliebt hast."

Ich konnte meine eigene Magie nicht daran hindern, an die Oberfläche zu drängen. Und bei der Göttin, ich wollte sie auf dieses Arschloch loslassen. Wollte ein Portal rufen und diesen Arsch in die Hölle schicken. Nur der Schleier war geschlossen, und mein Körper war zu geschwächt von dem Zauber, mit dem er mich geschlagen hatte, um irgendetwas zu tun.

Gab es eine Möglichkeit, meine Magie einzusetzen, um dem entgegenzuwirken? Ich war bereit, es zu versuchen, egal wie qualvoll es war, doch ich musste sicherstellen, dass Lucien nicht zu Darth Vader wurde. „Lucien", sagte ich behutsam. „Damit kommt er nicht durch. Hör nicht auf seinen Bullshit. Höre auf mich. Die Anführerin deines Zirkels."

Die schwarze Magie hörte auf, sich um ihn herum aufzubauen. Sie löste sich nicht auf, doch die Wolke stagnierte. Er stieß einen langen, frustrierten Atemzug aus, und die Magie verflüchtigte sich.

Ich trat auf ihn zu und streckte ihm meine Hände entgegen. Er griff nach mir, als das Haus um uns herum anfing zu beben. Ich schlurfte weiter, hielt mich an Lucien fest und schmiegte mich an ihn. Der Boden bebte, und die Lichter flackerten an, gingen dann aus und kehrten zu einem schwachen Schein zurück.

„Was zur Hölle war das?", fragte ich in den Raum hinein.

Aus dem Nichts krachte ein lauter Knall durch das Haus.

Lucien und ich duckten uns beide und gingen in die Hocke. Als ich aufblickte, schwebten drei Gestalten mit Kapuzen über uns.

Sie sahen genauso aus wie die Gestalt, die wir im Vergnügungspark gesehen hatten.

Dämonen! Entsetzen packte mich. Das würden wir niemals überleben.

# KAPITEL EINUNDZWANZIG

„*J*hr seid spät dran." Mitch sah die Dämonen finster an.

Einer von ihnen wandte sich mit leuchtenden roten Augen Mitch zu. „Wir arbeiten nicht für dich, Hexenmeister. Wir sind seinetwegen da." Der Dämon zeigte auf Lucien.

Ich bewegte mich instinktiv vor Lucien. „Ihr nehmt ihn nicht mit."

„Tritt zur Seite, weiße Hexe." Die anderen Dämonen schlugen ihre Kapuzen zurück. Sie alle hatten die hellen, feurigen Augen eines Dämons, und mir fiel auf, dass Chessandras Augen genauso ausgesehen hatten, als sie über Matisse gesprochen hatte. Der Unterschied zwischen Engeln und Dämonen war nicht groß.

Einer von ihnen deutete mit dem Kopf zur Rückseite des Hauses. Er schnupperte, und seine Augen wurden für einen Moment schwarz. „Engel."

Oh, Scheiße. Er wusste, dass Lailah hier war. Angst um sie explodierte in mir. Wenn sie von den Dämonen gefangen genommen wurde, war es nur eine Frage der Zeit, bis sie fiel.

Wir waren alle außer Gefecht gesetzt und von einem Anwender schwarzer Magie und drei Dämonen umgeben. Außerdem hatte ich immer noch keine Ahnung, was mit Bea passiert war. Das Leben hatte noch nie so düster ausgesehen. Meine Entschlossenheit fing an zu schwinden, und ich akzeptierte, dass ich vielleicht nicht in der Lage sein würde, uns aus dieser Situation zu holen. Ich musste es trotzdem versuchen. Ich würde nicht kampflos aufgeben.

„Geht", sagte Mitch zu den Dämonen. „Sie ist ein Geschenk für eure Unterstützung in dieser Angelegenheit."

Ein Ausdruck tiefer Zufriedenheit breitete sich auf dem Gesicht des Dämons aus, und ohne ein Wort machte er sich auf die Suche nach dem Engel.

„Nein, verdammt! Was hat Lailah dir jemals getan?", schrie ich Mitch an.

Er zuckte mit den Schultern. „Nichts", sagte er und ging auf Kat zu.

Lucien wich zurück und stellte sich schützend über sie. „Halt' dich fern von ihr."

Mitch schüttelte den Kopf, wie man es bei einem bockigen Kind erwarten würde. „Ich will deine Schlampe nicht. Ich will nur, dass du sie mit einem einfachen Zauber belegst."

Kat rappelte sich auf die Knie auf und berührte Luciens Oberschenkel. „Tu, was du tun musst", sagte sie mit überzeugter Stimme. „Auch wenn es bedeutet, mich zu verletzen."

Ich eilte so schnell ich konnte zu ihr. Ich nahm ihren Arm mit beiden Händen und sagte: „Nein, Kat! Wir können dagegen ankämpfen."

„Wie?", fragte sie. „Keiner von euch kann ohne schlimme Konsequenzen gegen ihn kämpfen. Er wird euch beide benutzen, um zu bekommen, was er will. Und am Ende werdet ihr euch dafür hassen, was ihr mir antut. Also tut nichts. Lasst

228

ihn mich verletzen. Das ist mir lieber, als ihn dich gegen mich verwenden zu lassen." Tränen strömten über ihr Gesicht.

Lucien stieß ein Stöhnen aus und fiel auf die Knie. Er zog sie schützend an seine Brust. „Jade, wir müssen etwas tun."

Der Schmerz, der zwischen den beiden vibrierte, kombiniert mit der bedingungslosen Liebe, ließ etwas in mir zerbrechen. Ich wusste nicht, was es war oder woher es kam, doch mein Zauber schoss aus den Tiefen meines Wesens wie ein Meteor. Unerträgliche Schmerzen schienen meinen Körper zerreißen zu wollen, doch anstatt zusammenzubrechen, erhob ich mich einen Fuß vom Boden, meine Muskeln angespannt und unnachgiebig. Es war, als würde mich meine Magie zusammenhalten, während Mitchs Zauber versuchte, mich auseinanderzureißen.

Macht brach in mir heraus und fand den vertrauten Weg zu meinen Fingerspitzen. Die beiden verbleibenden Dämonen nahmen mich in ihre Mitte, die Arme weit ausgebreitet. Schmerz pulsierte tief in meinen Knochen, als die Magie gleichzeitig stieß und riss. Der Druck baute sich auf, und ich war mir sicher, dass ich gleich entzweibrechen würde. Das war's. Ein eifersüchtiges Arschloch würde mein Ende sein. Nicht einmal ein Dämon. Nein, Mitchs Fluch hatte mir das angetan und während der Krieg tobte, konnte ich nicht einmal meine Magie kontrollieren. Sie hatte ihren eigenen Willen.

„Haltet sie fest!", schrie Mitch.

Doch die beiden Dämonen taten nichts dergleichen. Sie kamen näher, streckten ihre Hände aus und berührten die Magie, die von mir ausging. Ihre Gesichter leuchteten in purer Ekstase. Und dann verkrampfte sich mein Körper wieder, doch ohne Schmerzen. Der Bann brach, und all die Magie, die ich aufgebaut hatte, stürzte von mir direkt in die Dämonen.

Sie wanden sich darin, saugten sie auf und klammerten sich

mit ihren schmutzigen Dämonenhänden an mich, entschlossen, jeden letzten kostbaren Tropfen zu stehlen.

Panik. Schrecken. Gewissensbisse. All das schoss durch mich hindurch, überwältigte mich, zerschmetterte meinen Geist. Doch dann tauchte Kanes Gesicht vor meinem inneren Auge auf. Seine dunklen, ausdrucksstarken Augen sahen mich an wie gestern, als wir voller Liebe zusammen im Bett gelegen hatten. Ich spürte, wie seine Hand auf meinem unteren Rücken lag, als wir zusammen gingen. Seine weichen, fordernden Lippen auf meinen. Ich hörte seine Stimme, die unsere Zukunftspläne flüsterte, und ich sah sein Profil, als ich ihn beobachtete, wenn er nicht hinsah.

All diese Liebe erfüllte mein Herz und gab mir Frieden. Kein Bedauern, sagte ich mir.

„Halt!", schrie Kat, und ich sah völlig hilflos zu, wie sie versuchte, sich aufzurappeln.

„Kat, nein!" Ich versuchte, das Dröhnen in meinen Ohren zu übertönen. Doch das Haus bebte wieder, die Wände vibrierten, und der Boden schlingerte. Jemand oder etwas kam.

*Lucien,* schrie ich in meinem Kopf und betete, dass er mich hören würde. *Benutz' deine Magie. Tu, was du tun musst. Spreng' ein Loch in die Hauswand. Verschwindet hier. Ihr beide.*

Er drehte den Kopf und starrte mich an.

*Tu es! Rette dich. Es kommen noch mehr Dämonen.*

Ich war mir sicher zu sehen, dass er mir zunickte, und um uns herum baute sich Magie auf. Schwarze und weiße vermischt, verdorben und hässlich. Nichts war rein oder gut. Ich wollte nur, dass Kat und Lucien diesem Haus entkamen. Ich hatte keine Ahnung, wo Bea oder Lailah waren. Doch ich wusste, dass die Dämonen mir alles nahmen, was ich hatte, und wir drei konnten sie nicht bekämpfen.

Das Beben verstärkte sich, und plötzlich flog die Tür erneut auf, doch es war nicht Vaughn. Oder Dämonen. Vier Männer stürmten mit erhobenen Dolchen herein. Licht strahlte von den vertrauten Motiven an den Griffen. Schock und Erleichterung fluteten meinen Geist, selbst als ich spürte, wie der letzte Teil meiner Magie meiner Kontrolle entglitt.

Kane. Er war hier mit drei anderen Dämonenjägern.

Was mich aufrecht gehalten hatte, verschwand. Ich sank zu Boden. Die beiden Dämonen zischten, und Kugeln schwarzer Magie flogen auf die Jäger zu. Einer direkt in Kanes Richtung. Er hob seinen Dolch, und die Magie floss direkt in das Symbol auf dem Griff. Ein anderer der Jäger richtete seinen Dolch auf den Dämon, und ein Lichtstrahl versengte ihn im Unterleib. Der Dämon krümmte sich und sprang dann zur Seite und rollte sich ab, bevor er wieder aufsprang.

„Jade?", keuchte Kat und kroch auf mich zu.

Ich konzentrierte mich auf sie, zu schwach, um zu antworten. Mein Hochgefühl, Kane zu sehen, war verflogen, und jetzt war ich nur noch eine leere Hülle. Keine Magie. Keine Energie. Keine Kraft.

Kats gefesselte Hände legten sich um meinen Arm. „Nimm sie."

Ich wandte meinen Blick von dem fantastischen magischen Kampf, der um uns herum tobte, in ihre Richtung.

„Nimm meine Energie. Du brauchst sie", flehte sie.

Ein Kloß schnürte mir die Kehle zu, und Tränen brannten in meinen Augen. Ich war leer. Hatte nichts mehr übrig, um denen um mich herum zu geben.

„Jade." Kat schüttelte mich und wurde von Panik übermannt. „Tu es. Jetzt. Nimm meine Energie. Wir brauchen dich."

Ich schüttelte den Kopf. Sie brauchten mich nicht. Ich war gescheitert.

„Schau!" Sie zeigte auf die Stelle, wo Kane und ein anderer

Dämonenjäger gegen einen der Dämonen kämpften. Der Dämon warf Magie, meine Magie, durch den ganzen Raum. Putz und Ziegel splitterten und rissen. Das Haus stürzte um uns herum ein, und die Dämonen gewannen. Lucien stand hinter uns, doch all diese schwarze Magie haftete immer noch an ihm. Er war erstarrt und konnte seine einzige Waffe nicht entfesseln.

„Tu es, Jade", sagte Lucien, seine tiefgrünen Augen waren so dunkel, dass sie fast schwarz waren. „Nimm das einzige Geschenk, das sie zu geben hat."

Die Liebe, die von ihm ausströmte, obwohl er so völlig von der Dunkelheit verzehrt war, berührte mich tief in meiner Seele. Ich richtete meinen Blick auf Kat. Sie schloss ihre Finger fester um meinen Arm und nickte.

Während mir immer noch Tränen übers Gesicht liefen, griff ich nach ihrer kühlenden Energie. Meine eigene Energie war so verbraucht, dass zunächst nichts geschah. Doch gerade als ich aufgeben wollte, floss ein Rinnsal der Erleichterung in meine Adern.

„Mehr", sagte Kat mit müder Stimme.

Widerstrebend klammerte ich mich an das Geschenk, das sie anbot, und ließ mich von ihrer Energie vom Rand des Abgrunds zurückbringen. Sie klammerte sich an meinen Arm und zwang ihre Kraft fast in mich hinein.

„Genug", keuchte ich und versuchte erfolglos, meinen Arm aus ihrem Todesgriff zu befreien. Ich würde ihr alles nehmen.

Sie schüttelte den Kopf. „Nimm es."

„Kat, hör auf!", schrie ich, jetzt verzweifelt. Sie griff fester, und ihre Energie floss jetzt ungebremst. Ich konnte nichts dagegen tun.

Sie schüttelte heftiger den Kopf, und Tränen liefen über ihr Gesicht.

Ich richtete meinen Blick auf Lucien. „Nimm sie weg."

„Ich kann nicht", sagte er durch zusammengebissene Zähne. „Wenn ich sie berühre, verderbe ich dich mit meiner schwarzen Magie."

Scheiße! Ich zuckte zusammen, versuchte, mich aus ihrem Griff zu lösen, und rollte mich herum. Ihre Nägel gruben sich in meine Haut, doch ich hob mein Knie und traf sie an der Hüfte. Sie grunzte und rollte weg. Ich rappelte mich auf und drehte mich zu Kane um.

Er blockte Schlag um Schlag des Dämons ab. Meine Magie sammelte sich in meinem Bauch. Mein Rücken krampfte nicht mehr, und ich war wieder ich selbst. Zuerst sprengte ich meine Fesseln weg, dann die von Kat und Lucien. Ich hob meine Arme über meinen Kopf und zapfte die Kraft an, die in meiner Brust pulsierte. Sie war schwächer als zuvor, doch es war genug.

Ich konzentrierte mich auf das Licht, das von dem Dämon ausströmte, fühlte, wie es mich rief, und schrie: „Kehre zu mir zurück!"

Der Dämon erstarrte und drehte sich dann mit vibrierendem Körper in meine Richtung.

„Komm zu mir zurück!", schrie ich wieder voller Überzeugung.

Der Mund des Dämons öffnete sich, und Licht schoss aus ihm heraus und strömte direkt zu meinen Fingerspitzen. Meine vertraute Magie sammelte sich dort. Die Zeit schien stehen zu bleiben, während wir im Moment eingefroren zu sein schienen. Meine Finger begannen zu brennen, und die Magie brach durch, stürzte in mich hinein, bis ich dachte, ich würde von der berauschenden Kraft explodieren.

Der magische Strom brach plötzlich ab, und der Dämon stolperte zurück. Kane und einer der Jäger stürzten sich auf ihn. Zwei Dolche flogen, jeder landete mit perfekter Präzision direkt im Herzen des Dämons. Licht wirbelte um sie herum,

DEANNA CHASE

und Feuer brach aus und verbrannte den Dämon sofort. Alles, was übrigblieb, war Asche.

Ich fuhr herum und sah mich hektisch nach den anderen beiden Dämonen um. „Wo sind sie?"

Ein lauter Knall, gefolgt von Klatschen von Fleisch auf Fleisch, kam von der Rückseite des Hauses.

Kane und der andere Dämonenjäger rannten den Flur entlang.

Ich wirbelte zurück zu Lucien und Kat. Sie war gegen die Wand gelehnt, und er saß im Schneidersitz vor ihr. Sie starrten einander intensiv an, berührten sich aber nicht. Es brach mir fast das Herz.

Bea musste seine Magie wiederherstellen. Wie sollte er sonst gegen die Schwärze ankämpfen, die ihn von innen heraus auffraß?

„Bist du okay?", fragte ich Kat.

Sie nickte mir schwach zu. „Geh, tu, was du tun musst."

Ich warf Lucien einen fragenden Blick zu. „Und du?"

„Ich werde leben." Er schloss die Augen und versuchte eindeutig, seine Gefühle unter Kontrolle zu bekommen. „Zumindest für den Moment."

Ich musste etwas tun. Ich wusste, dass ich auf Bea warten sollte, doch ich konnte ihn nicht in diesem Zustand lassen. Ich strich sanft mit meinen Fingerspitzen über seine Schulter und entfesselte ein kleines bisschen meiner Magie.

Seine Augen weiteten sich, dann stieß er einen Schmerzensschrei aus, als er vornüber sackte.

# KAPITEL ZWEIUNDZWANZIG

„Lucien", rief Kat und hechtete mit ausgestreckten Händen auf ihn zu.

Ich sprang vor sie. „Nein! Du darfst ihn nicht anfassen. Nicht jetzt."

„Dann tu was." Ihr Gesicht verzog sich zu einer Mischung aus Frustration und Wut.

Ich versuchte, es auszublenden und mich zu konzentrieren. Doch ich konnte nicht. Meine emotionalen Barrieren wurden gesprengt, und Angst, Frustration und Verzweiflung kämpften um die Vorherrschaft in meinem Herzen. Ich tat das Einzige, was mir einfiel. Ich erfüllte meinen Geist mit all der Liebe und Freude, die ich in den letzten Monaten erfahren hatte. Ich ließ die Erinnerungen übernehmen und schwelgte in ihnen. Ich hatte viel, wofür es sich zu leben lohnte, und meine Freunde auch.

„Lucien", sagte ich leise, aber mit Nachdruck.

Er wandte seinen Kopf zur Seite, als er versuchte, sich auf mich zu konzentrieren. Keuchend griff er sich an die Brust.

„Denk an Kat und alle, die dir wichtig sind. Lass dich von

der Freude, die du fühlst, wenn du in ihrer Nähe bist, durch das hindurchtragen. Finde den Willen, für sie zu kämpfen. Du bist stärker als du denkst. Deine Seele ist stärker denn je. Such tief in dir."

Lucien hörte auf, sich zu winden, doch es war klar, dass er immer noch schreckliche Schmerzen litt.

Ich wandte mich Kat zu. „Erinnere ihn immer wieder daran, wofür er leben muss. Lass ihn sich auf das Gute konzentrieren. Hier geht es um Absichten. Schwärze ist der reinen Güte nicht gewachsen. Verstehst du?" Es war nicht die ganze Wahrheit. Ohne einen Zauber würde der schwarze Fluch nicht verschwinden. Doch zusammen konnten sie die Dunkelheit in Schach halten.

Sie nickte und begann zu flüstern, wie wichtig er ihr war, was für ein guter Mann er sei, und sprach über all die Menschen, von denen sie wusste, dass er ihnen im Laufe der Jahre geholfen hatte.

Sein Körper begann, sich langsam zu entspannen, und die Dunkelheit verschwand. Es war keine Heilung, doch es war ein Anfang.

Als ich zum hinteren Teil des Hauses kam, waren die anderen beiden Dämonen verschwunden, und Mitch wollte fliehen. Er rannte los, sprang und kletterte dann über den Holzzaun. Die Dämonenjäger jagten hinter ihm her, doch Kane blieb stehen und packte mich um die Hüfte.

Er zog mich fest an sich. Seine Erleichterung und anhaltende Angst streiften meine Psyche. „Gott sei Dank geht's dir gut."

Ich atmete seinen vertrauten Duft ein und ließ den Moment auf mich wirken. Er war hier, in meinen Armen, und uns beiden ging es gut. „Dir auch", sagte ich mit einem Schluchzen in meiner Kehle.

Er nickte und strich mit seinen Lippen über meine. Es war ein zärtlicher, süßer Moment.

Als wir uns voneinander lösten, leuchteten die Zimtflecken in seinen Augen. Er küsste mich noch einmal und sagte dann: „Ich werde dich heute Nacht finden. Versprochen." Und ohne ein weiteres Wort rannte er hinter den anderen Dämonenjägern her.

Ich sah zu, wie er über den Zaun verschwand. Mein Herz stotterte in meiner Brust. Kane. Mein Verlobter war ein knallharter Dämonenjäger. Und verdammt nochmal, ich hasste es, doch gleichzeitig verspürte ich unbändigen Stolz.

Ich eilte zurück ins Haus und folgte dem Klang von Lailahs Stimme. Ich fand sie und Bea in einem schwarz gestrichenen Raum. Dort war nichts außer einer verschlossenen Truhe und an der Wand befestigte Fesseln. Bea hielt ihren Kopf mit beiden Händen, und Lailah kauerte neben ihr und flüsterte leise. Es war ein Heilgesang, den ich von Bea schon einmal gehört hatte.

Obwohl ich mir ziemlich sicher war, dass wir alleine waren, schickte ich meine emotionale Sonde aus, um sicherzugehen. Meine Sinne berührten Bea, deren Energie getrübt war, und ich konnte sie nicht klar lesen. Gehirnerschütterung höchstwahrscheinlich. Lailah war wütend, doch ich spürte auch Hoffnung. Hoffnung? Weswegen? Dass sie Bea helfen könnte? Und dann waren da noch Lucien und Kat. Ihre Gefühle waren zu verworren und komplex, als dass ich sie identifizieren konnte.

Sonst war niemand da.

Lailah beendete den Gesang und eine hellblaue Magiekugel manifestierte sich in ihrer Hand. Sie führte ihre Hand an ihre Lippen und blies. Der Funke schwebte träge auf Bea zu und schwebte in der Nähe ihres Mundes. „Nimm ihn", sagte Lailah sanft.

Bea ließ die Hände sinken und schüttelte den Kopf. „Du weißt, dass ich das nicht kann."

„Du kannst und du wirst", forderte Lailah. „Ich bin dein Seelenhüter. Es ist mein Job, dafür zu sorgen, dass du überlebst. Jetzt tu es."

„Ihre Seele ist in Gefahr?", fragte ich.

Lailah erschrak und sah mich an. „Ja. Mitch hat versucht, sie ihr zu nehmen."

Ich keuchte. „Wie?"

„Er hat sie mit einem schrecklichen Zauber getroffen." Sie richtete ihre Aufmerksamkeit wieder auf Bea, die auf die blaue Kugel starrte. „Bea, du musst. Komm. Der Zirkel braucht dich."

„Sie haben Jade." Bea warf mir einen müden Blick zu.

Ich hatte keine Ahnung, was los war. Warum ließ sie sich nicht von Lailah helfen? „Bea", sagte ich vorsichtig. „Du kannst Lucien jetzt nicht im Stich lassen. Irgendetwas ist in ihm zerbrochen, und die schwarze Magie breitet sich aus. Wenn du seine Magie nicht wiederherstellen kannst, verlieren wir ihn an die Dunkelheit."

Ein paar Augenblicke später öffnete sie ihren Mund, und die blaue Kugel schoss an ihren Lippen vorbei, ihre Kehle arbeitete, als schluckte sie sie. Sie verzog das Gesicht und sackte mit dem Rücken gegen die Wand.

Lailah verdrehte die Augen und sank zurück.

„Whoa!" Ich fing sie auf, bevor sie sich den Kopf am Kaminsims aufschlagen konnte. Ihre Augen flatterten, und sie sah mich schwach an. „Was ist gerade passiert?"

Bea setzte sich auf, ihr Gesicht war rosig. Ihre Augen strahlten, und sie sah aus, als wäre nie etwas passiert. „Sie hat mir ein Stück von sich gegeben, damit ich stark genug bin, um mich zu erholen. Leider setzt sie das jetzt für ein paar Tage außer Gefecht."

„Was? Da sind Dämonen auf freiem Fuß."

Bea nickte ernst. „Ja. Und deshalb müssen wir sie hier raus und an einen sicheren Ort bringen."

„Lass uns gehen." Ich stützte sie und zog ihren Arm über meine Schulter. Bea tat dasselbe auf ihrer anderen Seite, und gemeinsam trugen wir den geschwächten Engel aus dem Haus des Todes. Kat und Lucien folgten uns aus der Haustür. Sekunden später saß ich mit Lailah in Beas Auto, während Kat und Lucien uns hinterherfuhren.

„Zu dir nach Hause", sagte ich zu Bea. Ihr Haus war mit allen Arten von Schutz und Zaubern belegt. „Wir brauchen eine sichere Zuflucht."

Sie nickte. „Es wird Verkehr von den Paraden geben."

„Wenn es zu schlimm ist, können wir gemeinsam einen Zauber wirken, um den Weg freizumachen."

Bea warf mir einen seltsamen Blick zu.

Ich zuckte mit den Schultern. Ich mochte es nicht, Magie einzusetzen, um anderen meinen Willen aufzuzwingen. Doch wenn es jemals eine berechtigte Ausnahme gab, dann jetzt.

WIR MUSSTEN NUR einen Zauber wirken, um die Sicherheit zu überzeugen, uns durch eine Absperrung zu lassen. Doch es war bereits dunkel, als wir in Beas kleines Kutschenhaus stolperten. Nachdem wir Lailah vorsichtig auf das Sonnenblumensofa gelegt hatten, eilte Bea in ihre Küche und stellte eine Kanne Tee auf. Hexengebräu nannte sie es. Um uns nach dem Kampf zu stärken.

Kat ging ins Badezimmer, um einen nassen Lappen und eine antibakterielle Creme zu holen. Lucien saß auf dem Sessel, der am weitesten von uns entfernt war, und gab sich Mühe, Abstand zu halten.

„Lucien", sagte ich. „Kannst du mir einen Gefallen tun?"

Er hob den Kopf und nickte. „Was immer du willst."

„Ruf meine Mutter und Gwen an, und lass sie wissen, dass es mir gut geht. Du kannst ihnen alles berichten. Ich bin sicher, sie wollen wissen, was los ist."

„Natürlich." Er stand auf und holte sein Handy aus der Gesäßtasche. Nach einem kurzen Blick legte er es auf den Beistelltisch und machte sich auf den Weg zu Beas Festnetzanschluss. „Es ist tot. Hat wahrscheinlich beim Kampf was abbekommen."

„Wahrscheinlich. Bea sollte alle Nummern in ihrem Telefonbuch haben."

„Ja, da sind sie!", rief Bea aus der Küche.

Kat tauchte mit dem feuchten Handtuch und dem Erste-Hilfe-Kasten wieder auf. Sie ging an Lucien vorbei und streckte die Hand aus, um ihn zu berühren, doch im letzten Moment zog sie sich zurück. Ich biss mir auf die Lippe. Seine Heilung konnte nicht schnell genug kommen.

Kat setzte sich neben Lailah und reichte mir das Erste-Hilfe-Set. Sie wich meinem Blick aus und strich Lailah die Haare aus der Stirn. Mit einer Konzentration, die eines Gehirnchirurgen würdig war, machte sie sich daran, die Stirn des Engels abzuwischen.

In den nächsten Minuten trug ich eine antibakterielle Creme auf Lailahs Handgelenke auf, wo sie gefesselt gewesen war, und dann auf ihre Knie. Sie war entweder gestürzt oder auf die Knie geschleudert worden. Das war mir auch passiert, doch ich trug keinen Rock. Ich behandelte meine eigenen Handgelenke, wandte mich dann Kats zu und wischte sie behutsam ab. Sie zuckte zusammen, beschwerte sich aber nicht. Als ich fertig war, war Lucien nicht am Telefon.

„Wie ist es gelaufen?", fragte ich.

„Ungefähr so gut, wie zu vermuten war. Sie wollen vorbeikommen."

„Kommen sie?" Mom war eine Hexe. Sie könnte sich als nützlich erweisen. Gwen war hellseherisch begabt. Und obwohl ihre Visionen immer richtig waren, sprach sie nie darüber. In diesem Fall wäre sie also wirklich nur zur moralischen Unterstützung gut.

Er schüttelte den Kopf. „Sie sind in der Wohnung auf der Bourbon Street. Da kommen sie nicht raus."

Meine Augenbrauen schossen hoch. „Ernsthaft? Ich dachte, sie wären in Summer House."

„Deine Mutter hat etwas davon gesagt, dass sie eine Auszeit von Hurricane Shelias Hängebrüsten braucht."

Ich konnte mir das Lachen nicht verkneifen. Zumindest amüsierte sich Kanes Mutter beim Mardi Gras. Sein Vater steckte wahrscheinlich knietief in einer Whiskyflasche. Dann hatte ich eine Vision von Mom und Gwen, die sich mit Federboas und Körperbemalung der Menge in der Bourbon Street anschlossen. Ich schauderte. Ja, keine gute Vision.

„Pyper", sagte ich. „Ich muss sie anrufen."

Lucien gab mir das Telefon. Sie war wahrscheinlich im Club beschäftigt, doch sie würde sich wahnsinnig Sorgen um uns machen. Ich wählte und wartete, während das Telefon vier-, fünf, sechsmal klingelte. Schließlich nahm Charlie beim siebten Klingeln ab. *„Wicked.* Charlie am Apparat, und du verpasst die Party der Stadt."

Ich brachte ein Lächeln zustande. „Es ist immer eine Party, wenn du da bist."

„Jade? Mädchen, wo zum Teufel bist du?"

„Bei Bea. Ist Pyper da?"

„Ja, eine Sekunde." Ein Rascheln deutete darauf hin, dass sie möglicherweise den Hörer abdeckte. „Jade?"

„Ja. Ich bin da."

„Gut", sagte Charlie. „Hier ist sie. Tut mir leid. Wir hatten einen Grapscher."

Ugh. Betrunkene Typen, die dachten, es sei akzeptabel, jede beliebige Frau anzufassen, weil sie in einer Stripbar waren …

„Mann. Was zur Hölle ist los? Ich habe euch beiden etwa acht Nachrichten hinterlassen", sagte Pyper zur Begrüßung.

„Tut mir leid." Ich verzog das Gesicht. „Es war ein beschissener Tag, und das ist eine Untertreibung. Aber wir sind in Ordnung." Jetzt jedenfalls. So ziemlich. „Kane wird dich so schnell wie möglich anrufen. Ich wollte mich nur kurz melden und dich wissen lassen, dass es uns gut geht."

Musik dröhnte im Hintergrund, doch dann hörte ich eine Tür zuschlagen und wusste, dass sie in Kanes Büro war. „Ich habe kurz mit Kane gesprochen, nachdem du heute Morgen den Club verlassen hast."

„Oh. Gut. Freut mich, dass er sich bei dir gemeldet hat." Sie war seine beste Freundin.

„Nein, nicht gut. Ich bin nicht glücklich darüber. Ich kann nicht glauben, dass du es bist." Ihr Ton war eher besorgt als wütend.

„Nein", stimmte ich zu. „Aber ich kann nicht viel dagegen tun. Und er hat sich den Dämonenjägern anschließen wollen. Also ist jetzt so."

Sie schnaubte. „Richtig. Es ist jetzt so. So scheiße es auch sein mag."

Sie hatte nicht unrecht. Einen Zauber zu wirken, um ihn in einen Incubus zu verwandeln – damit war klar eine Grenze überschritten worden. Doch war es so schrecklich, dass er die Welt vor Dämonen schützen wollte?

„Jade?"

„Ja."

„Ich mache mir nur Sorgen um euch beide."

„Ich weiß", sagte ich leise. „Deshalb habe ich angerufen. Ich bin jetzt bei Bea. Ich werde versuchen, zu Kanes Haus zu kommen, bevor die Nacht vorbei ist. Ich denke, Kane wird mich dort treffen, wenn du ihn sehen musst."

Sie seufzte ins Telefon. „Nein. Das kann wohl bis morgen warten. Ich würde mich einfach besser fühlen, wenn ich euch beide sehen könnte."

„Wir können morgen früh vorbeikommen. Deine Wohnung. Frühstück?" Nach allem, was wir heute durchgemacht hatten, könnte ich ein wenig Normalität gebrauchen.

„Ja, bitte. Wir sehen uns früh? Gegen acht?"

Ich musste über ihre Vorstellung von früh lachen, wenn man bedachte, dass wir normalerweise um sechs Uhr morgens anfingen zu arbeiten. Schicht im Café. Doch ich sagte ja und versprach, sie dann zu sehen.

Nachdem ich aufgelegt hatte, musterte Kat mich. „Du hast ihr nichts gesagt."

„Was hätte ich sagen sollen? Es gibt nichts, was sie tun kann. Und sie ist schon besorgt genug."

Kat verdrehte die Augen und schnaubte. „Das machst du die ganze Zeit mit mir. Hast du eine Ahnung, wie irritierend es ist, wenn jemand, der dir wichtig ist, dir dauernd irgendeinen Scheiß verheimlicht?"

Ich zuckte zurück, als hätte sie mich geschlagen. „Ich tue das nur, um euch zu beschützen."

„Dann, hör auf damit. Es hilft nicht. Wir sind an Bord. Oder hast du es nicht bemerkt?"

Bea erschien und reichte jedem eine Tasse Tee. Meine Mentorin warf mir einen Blick zu, der klar sagte, dass sie Kat zustimmte, doch sie sagte nichts, und dafür war ich dankbar. Ich brauchte nicht noch mehr Prügel.

„Ich verstehe", sagte ich zu meiner besten Freundin. „Das tue ich wirklich. Und du hast recht. Ich werde daran arbeiten." Doch ich wusste nicht, ob ich das konnte. Meine Freunde zu beunruhigen und sie in Gefahr zu bringen, war mehr, als ich ertragen konnte.

Bea lächelte mich an und tätschelte meinen Arm. „Trink alles aus, Liebes. Es wird helfen. Wir haben heute Abend noch Arbeit vor uns." Sie setzte sich neben Lailah und hielt eine Tasse an ihre Lippen. „Trink!"

Lailah öffnete ihre Augen nicht. Bea kippte die Tasse, und als das Hexengebräu auf Lailahs Lippen traf, flatterten ihre Augen auf. Sie schluckte und saß einen Moment lang desorientiert da. Blinzelnd richtete sie ihre Aufmerksamkeit auf Lucien. Sorge hüllte sie ein. „Er braucht Hilfe." Sie sah mich an und dann Bea. „Bevor die Nacht zu Ende ist, oder wir werden ihn verlieren."

Kat schnappte nach Luft und verschüttete Tee auf ihrem Top.

Ich nahm ihre Hand. Davor hatte ich mich gefürchtet. Die schwarze Magie würde ihn bei lebendigem Leib auffressen. „Wir müssen Mitch finden."

Lucien räusperte sich. „Vaughn wird wissen, wo er ist."

Wir drehten uns um und starrten ihn an.

Luciens Kiefer verspannte sich. „Ich bin in den Laden gegangen, in dem er angeblich arbeitet, um ihn zu finden, damit er Matisse hilft. Doch als ich dort angekommen bin, war niemand da, und als ich wieder gegangen bin, hat er sich auf mich gestürzt. Mitch hat ein Kopfgeld auf mich ausgesetzt, und anscheinend ist Vaughn Paxton ein Kopfgeldjäger."

Kat räusperte sich. „Willst du damit sagen, dass der Typ, der dich zu Mitch gebracht hat, Vaughn ist? Der Typ, nach dem wir gesucht haben?"

Lucien nickte.

„Mitch hat uns die Informationen über Vaughn gegeben, als du ihn nach seinem Bruder gefragt hast", sagte ich. „Anscheinend hat er sich in diesem Moment entschieden, dass er nicht auf seine Rache warten konnte, und muss Vaughn kurz nach der Entführung kontaktiert haben. Hast du gehört, wie er jemanden angerufen hat?"

Kat schluckte. „Wir haben an einer Tankstelle angehalten, doch er hat mich im Truck eingesperrt. Glaub mir. Ich habe alles versucht, sogar das Fenster eingeschlagen." Sie hielt ihr Handgelenk hoch und zeigte einen riesigen blauen Fleck. „Doch es hat nicht funktioniert. Er hat telefoniert, also nehme ich an, dass er Vaughn angerufen hat. Niemand war in der Nähe, doch das liegt daran, dass er die Tankstelle mit einem Zauber belegt hat, sobald wir angehalten haben. Die Leute sind in ihre Autos gestiegen und gegangen. Es war verrückt."

Wirklich verrückt. Das war eine Menge Magie. Ich hatte keinen Zweifel daran, dass Mitch einen Deal mit einem Dämon gemacht hatte. Er konnte nicht so viel Magie einsetzen und nicht erschöpft sein. Ich konnte es nicht. Bea auch nicht. Es sei denn, er wurde von irgendwoher mit Energie versorgt. Das erklärte auch Luciens Fluch.

„Also? Wir finden Vaughn und durch ihn Mitch? Ist das der Plan?", fragte ich. „Aber natürlich können wir Vaughn nicht vertrauen, wenn Mitch ihn bezahlt."

Lucien schüttelte den Kopf. „Ich glaube nicht, dass sie zusammenarbeiten. Vaughn schien seinen Bruder nicht besonders zu mögen. Er hat nur einen Job gemacht und keine Fragen gestellt. Doch ich denke, wir sollten bei ihm anfangen." Er drehte sich zu mir um. „Es sei denn, du denkst, Kane und die Dämonenjäger haben einen Hinweis, wo er sein könnte.

„Schwer zu sagen. Ich kann ihn nicht einmal kontaktieren. Nicht, solange ich nicht schlafe."

„Weißt du nicht, wo ihr Hauptquartier ist?", fragte Bea.

„Doch. Es ist nicht weit von hier."

Sie schenkte mir ein sanftes Lächeln. „Sieht so aus, als wäre das ein guter Ansatzpunkt."

# KAPITEL DREIUNDZWANZIG

*B*ea und ich gingen die sechs Blocks bis zum Antebellumhaus der Dämonenjäger. Zweimal musste ich sie daran hindern, umzukehren. „Das ist ein Verwirrungszauber. Bleib bei mir."

„Göttin", sagte sie. „Jetzt bin ich angepisst."

Ich kicherte. Ich war mir nicht sicher, ob ich sie jemals diesen Satz sagen gehört hatte.

„Das ist nicht lustig. Warum passiert dir das nicht?"

Ich zuckte mit den Schultern. „Ich weiß nicht. Vielleicht, weil Kane mich hierhergebracht hat?"

Sie schnaubte und glättete ihr salongefärbtes kastanienbraunes Haar. „Ich kann nicht glauben, dass sie die ganze Zeit in meiner Nachbarschaft waren, und ich wusste nichts davon."

„Es ist eine seltsame Welt", sagte ich.

Sie warf mir einen Seitenblick zu, und ich lachte. Diese Bea war anders. Eine, die nicht alles wusste. Es war ungewohnt und seltsam erfrischend.

Ich drückte ihre Hand, als wir den Weg zum Haus hinaufgingen.

„Das nervt." Sie wedelte mit der Hand. „Es ist, als wäre das Haus ein Hologramm oder so etwas. Wenn du mich nicht führen würdest, würde ich denken, dass hier nichts ist."

„Es ist mächtige Magie. Als ich das letzte Mal hier war, habe ich mich gezwungen gefühlt, zu gehen, doch ich konnte das Haus immer sehen."

Wir stiegen die Stufen hinauf, und bevor ich nach der Türklingel greifen konnte, öffnete sich die Doppeltür. Maximus stand im Eingang, und sein großer Körper füllte den Türrahmen.

Bea stieß ein leises Keuchen aus. „Oh, hallo."

Er starrte sie mit leicht geöffnetem Mund an. Dann schloss er ihn, als er sich erholte. „Beatrice. Es ist …"

„Lange her", beendete sie den Satz.

„Zu lang." Seine Augen glühten, als er den Blick über ihren Körper schweifen ließ, und sie errötete.

Oh, heilige Scheiße. Und widerlich. Der Incubus flirtete direkt vor mir mit Bea, und sie genoss es. „Okay, das reicht." Ich trat zwischen die beiden. „Maximus, wir sind aus geschäftlichen Gründen hier."

„Miss Calhoun", sagte er gedehnt und starrte Bea über meinen Kopf hinweg an. „Was können wir für Sie tun? Ihr Verlobter ist im Moment nicht hier."

Ich war enttäuscht. Ich wollte Kane unbedingt sehen. „Wir müssen wissen, ob Ihre Incubi Mitch jagen, denjenigen, der heute die Dämonen entfesselt hat."

Er riss seinen Blick von Bea los. „Der Sterbliche?"

„Ja."

„Nein. Wir konzentrieren uns auf die Dämonen selbst. Seien Sie versichert, die, denen Sie heute begegnet sind, werden nicht mehr existieren, sobald die Jäger mit ihnen fertig sind."

„Sie lassen den Hexenmeister einfach laufen?", sagte ich empört. „Ernsthaft?"

„Jade." Bea legte sanft die Hand auf meinen Arm.

„Schon gut, Beatrice." Maximus trat zurück und öffnete die Tür weiter. „Vielleicht solltet ihr beide kurz reinkommen."

Ich wollte nicht wirklich. Wenn Kane nicht da war und sie Mitch nicht jagten, brauchte ich nichts von ihnen, doch Bea fegte an ihm vorbei und strich ihm mit der Hand über die Wange. Lust flammte zwischen ihnen auf und überzog mich mit einem ekligen Film. Ich wollte gleich auf der Veranda kotzen.

„Jade!", rief Bea. „Das ist unhöflich."

Ich verzichtete darauf, mit den Augen zu rollen und folgte ihr widerstrebend in das opulente Haus.

Maximus führte uns in sein großes Arbeitszimmer und schloss die Tür. „Nehmt Platz. Tee? Wasser? Irgendetwas?"

„Nein, danke", sagte ich und setzte mich steif auf einen mit Samt bezogenen Sessel.

Bea saß mit eleganter Haltung neben mir und sah durch und durch wie eine Lady aus dem Süden aus.

Maximus lächelte sie an. „Es ist sehr schön, dich zu sehen."

Ihre Lippen verzogen sich zu einem Lächeln. „Dich auch."

Es herrschte Schweigen, während sie einander ansabberten. Wenn ich mir nicht solche Sorgen um Lucien gemacht hätte, hätte ich es vielleicht süß gefunden.

Ich räusperte mich. „Ähm, vielleicht sollten wir uns konzentrieren? Sie haben gesagt, Sie kümmern sich um die Dämonen, aber nicht um den Hexenmeister. Warum?"

Er richtete seinen rauchigen Blick in meine Richtung. Es hatte keine Wirkung auf mich, der Göttin sei Dank. „Richtig. Ja, sehen Sie, wir sind Dämonenjäger. Sobald wir mit einem

Dämon interagieren, stellen wir eine Verbindung her. Das heißt, wenn einer von uns gegen einen kämpft, können wir ihn alle verfolgen. Doch Hexen, die sie beschwören? Nein. Zu ihnen besteht keine Verbindung. Also konzentrieren wir uns darauf, die Dämonen zu finden. Wenn wir über eine solche Hexe stolpern, zeigen wir sie oder ihn beim Rat an, doch unsere Hauptaufgabe ist es, Dämonen zu jagen, und genau das tun wir."

„Ich verstehe", sagte ich. „Aber ist das nicht so, als würde man die Käufer von Drogen vom Haken lassen und nur die Drogendealer verfolgen?"

„Genau so ist es, Miss Calhoun. Wir sind nicht viele. Wie Sie sagten, müssen wir uns konzentrieren."

Bea mischte sich ein. „Kannst du uns etwas über den Hexenmeister erzählen? Wusstest du, dass wir gefangen gehalten wurden? Oder habt ihr zu diesem Zeitpunkt diese Dämonen bereits gejagt?"

Er stand abrupt auf. „Du bist gefangen gehalten worden?"

Beas Augenbrauen hoben sich und verschwanden unter ihrem Pony. „Du wusstest es nicht?"

„Nein. Ich wusste von Miss Calhoun, und deshalb habe ich Mr. Rouquette mit einem kleinen Team geschickt. Aber ich wusste nicht, dass du involviert warst." Er runzelte die Stirn und klingelte. Einer der Dämonenjäger, die ich am Tag zuvor dort gesehen hatte, erschien. „Dawson, was gibt es über die heutige Razzia zu wissen? Gibt es einen Bericht?"

Er nickte. „Ja. Wir haben den Kopfgeldjäger verhört, und der Bericht wird gerade geschrieben."

„Gut. Ich will eine Ausfertigung, sobald der Bericht fertig ist."

„Den Kopfgeldjäger? Sie meinen Vaughn Paxton?", fragte ich.

Die beiden Dämonenjäger starrten mich einen Moment lang an. Maximus räusperte sich. „Wir geben unsere Quellen nicht preis." Dann funkelte er Dawson an. „Sei in Zukunft vorsichtiger." Dawson senkte den Kopf. „Ja." Ich stand auf. „Er ist ein Incubus. Paxton. Das weiß ich schon. Warum arbeitet er nicht mit Ihnen?"

Maximus warf Bea einen ungläubigen Blick zu, als wollte er sie auffordern: *Halt deine Hexe in Schach.* Bea zuckte nur mit den Schultern.

„Also?", drängte ich.

„Das sind geheime Informationen."

„Sie scheinen nicht mehr geheim zu sein", sagte Bea leise. „Ich mische mich nur ungern in deine Angelegenheiten ein, doch es stehen ein paar Leben auf dem Spiel. Es wäre hilfreich zu wissen, wem wir vertrauen können."

Maximus' Gesicht wurde weicher, und er nickte. „Es steht mir nicht zu, Einzelheiten über Vaughns persönliche Entscheidungen preiszugeben, doch ich denke, ich kann mit Sicherheit sagen, dass ihr euch in seiner Nähe nicht in Gefahr begeben werdet. Wenn ihr ihn für etwas braucht, kann ich vorher anrufen und ein Treffen vereinbaren."

Bea streckte sich und drückte seine Hand. „Das würde ich sehr begrüßen."

„Betrachte es als erledigt." Er sah sie an, und Sehnsucht leuchtete in seinen Augen.

Ich wandte mich ab und fühlte mich, als würde ich einen privaten Moment ausspionieren. Dieser Mann war Fionas Vater. Und wenn ich die Situation nicht ernsthaft falsch eingeschätzt hatte, war er der Grund dafür, dass Dayla und Bea zerstritten waren. Matisse hatte recht gehabt. Bei den Reibereien zwischen dem Zirkel von New Orleans und den Hexen von Coven Pointe ging es um einen Mann.

„Entschuldigung." Ich stand auf. „Ich brauche frische Luft. Bea, wir treffen uns draußen."

„Ich komme gleich nach, Liebes."

Ich schloss die Tür leise hinter mir und ging auf die Veranda vor dem Haus. Ich setzte mich auf eine Holzschaukel und lauschte dem fernen Lärm der Mardi Gras-Parade. So viele Leute feierten, während Lucien und Matisse litten. Das Leben war wahnsinnig hart für die Hexen in dieser Gegend, obwohl ich annahm, dass Hexen es überall schwer hatten. Schließlich war meine Mutter von einem Dämon entführt worden, als wir in Idaho gelebt hatten. Macht zog Dunkelheit an. Hatte Bea mir das nicht einmal gesagt?

Als Bea endlich aus dem Haus kam, hatte sie einen wehmütigen Ausdruck im Gesicht. Ich wollte unbedingt fragen, was mit Maximus los war, wollte aber nicht zu neugierig sein. Ich wusste, dass sie einmal verheiratet gewesen war, doch ihr Mann war gestorben. Ich war mir sicher, was auch immer mit dem Anführer der Dämonenjäger passiert war, war viele Jahre her. Einerseits war ich froh, dass sie jemanden hatte, der sich für sie zu interessieren schien. Andererseits könnte das eine unangenehme Entwicklung sein, wenn wir uns mit den Hexen von Coven Pointe auseinandersetzen mussten.

Ich beschloss, es auf sich beruhen zu lassen. „Wohin?", fragte ich.

Sie hielt ein Stück Papier hoch. „Ich habe eine Adresse. Alles, was wir brauchen, sind Kat und Lucien."

„Dann lass uns gehen."

„DAS IST DER MOTORRADLADEN", sagte Lucien.

Ich warf einen Blick auf die Adresse, die Maximus uns gegeben hatte. „Es ist gleich nebenan."

„Das Wohnhaus?", fragte Kat.

„Ja." Wir vier – Bea, Kat, Lucien und ich – stiegen aus Luciens Jeep. Wir hatten Lailah bei Bea zurückgelassen, um sich zu erholen. „Die Wohnung ist auf der Rückseite."

Wir gingen am Motorradladen vorbei und durch das Tor zum Haus. Nachdem wir drei Treppen hochgestiegen waren, blieben wir auf seinem Treppenabsatz stehen. Ich klopfte zweimal, und Bea klingelte dreimal. Keine Antwort.

Ich legte meine Hand an seine Tür und schickte meine emotionale Energie hinein. Nichts. Niemand war da, soweit ich das beurteilen konnte. „Verdammt. Was hat Maximus gesagt? Ich dachte, er würde das Treffen arrangieren."

„Das hat er." Bea runzelte die Stirn. „Ich habe neben ihm gesessen, als er angerufen hat."

„Lasst uns im Auto warten", sagte ich. Es hatte keinen Sinn, sich in einem engen Treppenhaus aufzuhalten. Wir gingen wieder nach unten und hatten den Hof fast verlassen, als ein Schatten meine Aufmerksamkeit erregte und mir etwas Kühles in die Hand gedrückt wurde. Ich zuckte zusammen und dachte, ich hätte einen großen Mann mit dunklem Haar gesehen, doch er war weg, bevor ich ihn richtig sehen konnte.

„Whoa." Ich hob meine Hand und starrte auf einen weißen Zettel. „Habt ihr das gesehen?"

„Was?", fragte Bea und sah sich um. „Ich habe niemanden gesehen."

„Nun, jemand war hier." Ich öffnete das gefaltete Papier und fand eine Adresse, die in sauberer Handschrift geschrieben war. „Das ist auf der anderen Seite der Stadt."

Bea nahm mir den Zettel sanft aus der Hand. „Sieht so aus, als ob Vaughn sich an einem etwas privateren Ort treffen möchte."

Toll. Ich war mir ziemlich sicher, dass der Mann, den ich gesehen hatte, Vaughn war, und er war im Schatten gewandelt. Ich versuchte, nicht finster dreinzublicken, doch die Zeit wurde knapp. Lucien wurde schwächer. Die schwarze Magie kroch wieder über ihn. Ich hatte Angst, wenn wir keine Antwort für ihn finden würden, würden wir ihn verlieren. Und obwohl Kat nicht sehen konnte, was ich sah, war es für mich offensichtlich, dass sie wusste, dass er in Gefahr war. Meine weiße Magie von zuvor hatte nicht sehr lange gereicht.

Ich fuhr Luciens Jeep. Bea saß auf dem Beifahrersitz, und Kat und Lucien saßen hinten. Ich blickte immer wieder in den Rückspiegel, hatte Angst, dass Kat ihn umarmen oder seine Hand halten würde, doch sie schien sich damit abgefunden zu haben, dass es nicht in Frage kam, ihn zu berühren. Stattdessen saßen sie einander zugewandt und unterhielten sich leise. Ich warf Bea einen Blick zu und flüsterte: „Uns läuft die Zeit davon."

Sie gab meinem Knie einen beruhigenden Klaps. „Wir werden es schaffen."

Ich wünschte, ich könnte mir so sicher sein.

Wir fuhren die Canal Street hinauf, bis wir in Lakeview ankamen. Die meisten Häuser dieses Viertels waren neu oder nach Hurricane Katrina komplett renoviert worden, und im Gegensatz zum Rest der Stadt hatte es eine sehr vorstädtische Atmosphäre.

„Du musst rechts abbiegen", sagte Bea. Ein paar Straßen weiter parkten wir vor einer Art modernem Bauernhaus in der Stadt. Die Grundstücke auf beiden Seiten waren leer. Und am Haus gegenüber war ein Bauschild.

„Immer noch am Wiederaufbau", sagte Kat zu niemand Bestimmtem.

„Sieht so aus", sagte ich.

Wir stiegen wieder aus dem Jeep und gingen zur Haustür.

Als wir klingelten, öffnete Vaughn die Haustür. Sein Haar war nass, als wäre er gerade aus der Dusche gekommen, und er trug nur Jeans. Kein Hemd, keine Socken, keine Schuhe. Und gottverdammt, er war heiß. Ich widerstand dem Drang, mir Luft zuzufächeln. „Mr. Paxton? Ich glaube, Sie erwarten uns."

Er setzte ein sexy-träges Lächeln auf. „Miss Calhoun. Es ist schön, Sie zu sehen. Unser letztes Treffen war ein wenig unangenehm. Ich bin froh, dass der Orden die Situation in den Griff bekommen hat."

Lucien runzelte die Stirn. „In den Griff? Du bist derjenige, der mich dahin gebracht hat."

Seine Lippen bildeten eine dünne Linie. „Ich entschuldige mich bei Ihnen, Mr. Boulard. Ich habe nur meinen Job gemacht. Ich kann Ihnen versichern, sobald ich die Lage eingeschätzt habe, habe ich den Orden angerufen." Er öffnete die Tür weiter. „Bitte, kommen Sie rein, damit wir reden können."

Ich blickte zurück auf die Straße. Niemand schien uns zu beachten. Ich fragte mich dennoch, was dieses Hin und Her durch die Stadt sollte. „Nichts für ungut, aber Ihnen ist schon klar, dass uns jemand beobachten könnte, oder? Ich meine, jeder, der Ihre Wohnung observiert, hätte uns einfach folgen können."

Er lachte. Es war leise, sexy und verdammt verführerisch. Meine Güte. Auf jeden Fall ein Incubus. Warum arbeitete er nicht für den Orden? „Das ist durchaus möglich, aber warum sollten sie? Soweit sie wissen, sind Sie zu meiner Wohnung gekommen, haben gemerkt, dass ich nicht zu Hause war, und sind gegangen. Außerdem liegt ein Zauber auf dem Haus. Nur geladene Gäste können es sehen. Hier sind wir sicher. Machen Sie sich keine Sorgen. Nehmen Sie Platz."

„Was ist mit dem Auto?", fragte ich.

„Das können sie auch nicht sehen", sagte Vaughn und begann, ungeduldig zu klingen.

Alles klar. Das Haus war spärlich eingerichtet. An einer Wand stand ein Ledersofa, zwei zueinander passende Fernsehsessel, vor einem riesigen Flachbildschirm an der anderen. Doch sonst gab es nichts. Nicht einmal einen Kunstdruck an der Wand. Bea und ich setzten uns an das eine Ende des Sofas. Lucien und Kat blieben stehen, offensichtlich immer noch skeptisch.

Ich stellte Kat und Bea vor, und dann kamen wir zur Sache. „Ich bin aus zwei Gründen hier. Sie sind beide gleich wichtig, doch eine Sache ist dringender." Ich gestikulierte in Luciens Richtung. „Er wurde mit einem Fluch belegt. Ein schwarzer Herzfluch. Jemand ist bereits gestorben. Und jetzt ist einer von ihnen der Nächste" – ich deutete auf Lucien und Kat und nickte ihnen zu.

„Ein schwarzer Herzfluch?" Mit zusammengekniffenen Augen betrachtete er Lucien. „Ich verstehe."

„Wir wissen, wer ihn verflucht hat", sagte ich. „Wir brauchen denjenigen, um den Fluch aufzuheben."

Vaughn drehte sich um, um meinem Blick zu begegnen. „Und wie kann ich helfen?"

„Es ist Ihr Bruder, Mitch. Können Sie uns helfen, ihn zu finden?"

Vaughn stand auf und ging im Raum auf und ab. „Sind Sie sicher, dass er es war?" Er schien nicht allzu überrascht zu sein. Eher enttäuscht.

„Ich bin überzeugt", sagte Lucien. „Wir waren damals Bekannte. Er war dabei, als es passiert ist, und heute hat er es mir gegenüber zugegeben."

„Fuck." Vaughn fuhr sich mit der Hand durch sein üppiges schwarzes Haar. „Das wird unangenehm."

„Das fürchte ich auch", sagte ich. „Und da der Orden ihn

nicht erledigt hat, nehme ich an, dass er auf der Flucht oder in einem Safehouse ist, bis das alles vorbei ist."

Er setzte sich wieder. „Wahrscheinlich kann ich Sie zu ihm führen."

Bea sah ihn mit einem grimmigen Lächeln an. „Sind Sie sich da sicher? Sie werden in Kürze die Sterbeurkunde Ihres Bruders unterschreiben."

Vaughn begegnete ihrem Blick mit kalten, harten Augen. „Miss Kelton, ich bin ein Kopfgeldjäger für den Hexenrat. Es ist meine Aufgabe, diejenigen zur Strecke zu bringen, die mit dem Teufel Geschäfte machen."

Sie betrachtete ihn eine Minute lang und nickte dann. „Verstanden."

Vaughn wandte seine Aufmerksamkeit mir zu. „Was ist der zweite Grund Ihres Besuchs?"

„Es ist Matisse."

Vaughns Verhalten änderte sich sofort. Er setzte sich gerader hin, und während er zuvor kalt und distanziert gewesen war, leuchtete jetzt etwas anderes in seinen Augen. Er war gut darin, seine Gefühle zu verbergen, doch ich vermutete, dass es Schmerz war.

„Sie ist in einer leeren Welt gefangen, und wir brauchen Sie, um ihr zu helfen, wieder zurückzukommen." Ich beobachtete ihn aufmerksam.

Seine Miene änderte sich nicht, doch hinter seinen intensiven Augen brodelten mit Sicherheit die Emotionen. „Gefangen?"

„Ja, und sie wird in Nichts verschwinden, wenn wir sie nicht bald da herausholen."

„Und wozu brauchen Sie mich?" Sein Ton war emotionslos, doch er hatte seine linke Hand zur Faust geballt, und seine Fingerknöchel wurden weiß.

„Dayla sagt, du hättest ihr etwas genommen. Und damit sie zurückkommen kann, braucht sie es."

„Was?" Vaughn stand empört auf. „Genommen? Ich habe ihr nichts genommen."

Ich schenkte ihm ein mitfühlendes Lächeln. „Doch, das haben Sie. Wissen Sie, was für eine Hexe sie ist?"

„Ja."

Ich beugte mich vor und senkte meine Stimme. „Wussten Sie, dass sie nach dem letzten Mal, als Sie sie gesehen haben, einen Monat gebraucht hat, um sich zu erholen?"

Es dauerte einen Moment, doch dann dämmerte die Erkenntnis in diesen umwerfenden Augen, und er sah geschockt aus.

Kat warf mir einen fragenden Blick zu, doch ich wollte nicht antworten. Es ging niemanden etwas an, dass Matisse den Incubus in ihm geweckt hatte.

Er sah aus, als wollte er mir weitere Fragen stellen, doch ein Blick auf unser Publikum, und er stand wieder auf. „Ich werde alles Notwendige tun. Wenn Sie mich jetzt entschuldigen würden, ich muss mich anziehen." Er ging zu einem Schlafzimmer und rief über seine Schulter: „Wir gehen in fünf Minuten. Seien Sie vorbereitet."

# KAPITEL VIERUNDZWANZIG

„Wie willst du das angehen?", fragte Vaughn mich. Wir hatten ein paar Häuser weiter von einem geparkt, das dem Gebäude gegenüber dem Messegelände sehr ähnlich sah.

Ich warf einen Blick auf seine muskulösen Arme und die Kopfgeldjägerausrüstung auf seinem Rücksitz. „Kannst du reingehen und ihn außer Gefecht setzen, bevor der Rest von uns reinkommt?"

„Wahrscheinlich."

„Gibt es ein Signal?"

„Ja", sagte er, als er aus dem Auto stieg. „Ich werde das Licht ein- und ausschalten. Gib mir zehn Minuten. Wenn du kein Signal siehst, bedeutet das, dass der Plan in die Hose gegangen ist, und ich würde es zu schätzen wissen, wenn du einspringen und mir helfen würdest."

Vaughn öffnete die Hintertür seines Geländewagens, nahm ein paar Kabelbinder, steckte einen Elektroschocker in seine Tasche und joggte dann hinunter zum dunklen Haus.

Ich wartete, bis er im Inneren verschwunden war, um aus

seinem Geländewagen auszusteigen. Einen Moment später stieg ich hinten in Luciens Jeep, wo meine Freunde warteten. Mit etwas Glück würde Vaughn Mitch außer Gefecht setzen, und wir könnten das so schnell wie möglich hinter uns bringen.

Doch als die Minuten verstrichen, wurde ich nervös. Acht Minuten. Kein Licht. Neun Minuten. Und dann, als der Minutenzeiger zehn Minuten anzeigte, öffnete Bea ihre Tür. „Wir gehen rein. Kat, du bleibst am besten hier."

„Aber –"

„Nein", sagte Bea, und ich war dankbar, dass diesmal nicht ich diejenige war, die sie bat, zurückzubleiben. Sie war fertig damit, mir zuzuhören. „Es ist zu gefährlich."

Kat verzog das Gesicht, widersprach aber nicht weiter.

Lucien schenkte ihr ein dankbares Lächeln, und dann folgten wir Bea. Doch ich musste mich zwingen, einen Fuß vor den anderen zu setzen. Es war nicht so, dass ich Angst hatte. Jedenfalls nicht um mich. Doch obwohl Beas Hexengebräu enorm geholfen hatte, war ich immer noch nicht hundertprozentig, und ich hatte keine Ahnung, ob ich den Zauber wirken konnte, um den Fluch umzukehren. Ich betete zur Göttin, dass wir das nicht total vermasseln würden.

Ich holte tief Luft und griff nach Luciens Hand, mehr, um mich selbst zu beruhigen als ihn. „Wir werden das hinbekommen."

Er nickte, doch es war schwer zu sagen, ob er überhaupt noch Vertrauen hatte.

Wir machten uns nicht die Mühe, uns anzuschleichen. Es hatte vorher nicht funktioniert. Bea hob die Hände, und eine plötzliche Explosion sprengte die Haustür. Die kaputte Tür hing schräg an einem Scharnier. Ich stand wie gebannt da und konnte nur daran denken, dass sie bald fallen würde.

„Jade. Reiß dich zusammen!", forderte Bea. Sie stieg über

die Trümmer, während ihre Magie von ihren Händen sprühte. Wenn Mitch sie angreifen würde, würde er wahrscheinlich in weniger als drei Sekunden erledigt sein.

Meine eigene Magie war bei der Explosion zum Leben erwacht und pulsierte durch meine Glieder, bereit, beim ersten Anzeichen von Ärger entfesselt zu werden. Doch das Haus war leer. Zumindest schien es so. Scheiße! Hatte Vaughn uns verarscht? Arbeitete er mit Mitch zusammen?

Ich drehte mich um, um Luciens Einschätzung der Situation zu bekommen, doch sobald ich das tat, schoss ein schwarzer Feuerstoß direkt auf ihn zu. Ich sprang ihm in den Weg und ließ meine eigene Magie fliegen. Die beiden Ströme kollidierten. Feuer hüllte meine Hände ein und brannte so heiß, dass ich dachte, ich würde ohnmächtig werden. Ein Schrei absoluten Entsetzens entrang sich meiner Kehle, als das Feuer anfing, meine Handgelenke und Unterarme hinaufzukriechen. Ich fiel auf die Knie, konnte mich nicht aufrecht halten und konzentrierte mich auf die Magie in mir. Ich konnte dagegen ankämpfen. Ich musste.

Doch dann traf ein dritter Strom die Verbindung. Beas kühlende blaue Magie verband sich mit meiner und beruhigte sofort meine brennenden Hände, und langsam, ganz langsam, begann das Feuer zu verblassen. Ich konnte meine Finger kaum spüren. Beas Zauber hatte sie so gut wie betäubt. Und danke der Göttin dafür, denn die Blasen, die sich bildeten, waren schrecklich.

Mit Beas Kraft zwangen wir die schwarze Magie schnell zurück, und als die Verbindung der drei Ströme Mitch erreichte, bereitete es mir ein perverses Vergnügen, ihn sich vor Schmerzen winden zu sehen. Sein eigener Zauber würde seine Haut zum Schmelzen bringen.

„Halt!" rief Lucien. „Ihr werdet ihn töten."

In diesem Moment kümmerte es mich kaum. Der Bastard

hatte versucht, fast alle meine Freunde zu töten und Lucien bei lebendigem Leib zu verbrennen.

Doch Bea zog ihre Magie zurück, und der Schock darüber erschreckte mich so sehr, dass ich auch meine zurücknahm. Doch es war egal. Mitch lag zusammengekauert in der Ecke am Boden.

Lucien ging durch den Raum und trat dabei Trümmern aus dem Weg. Er kniete nieder und berührte den Hals des Hexenmeisters. „Er lebt noch. Aber nur gerade so."

Ich bemühte mich, auf die Füße zu kommen, unfähig, meine verbrannten Hände zu benutzen. „Wo ist Vaughn?" Ich war mir nicht sicher, ob wir Angst *um* ihn oder Angst *vor* ihm haben sollten. Wenn er mit Mitch zusammenarbeitete, könnte er darauf warten, uns erneut zu überfallen. Scheiße. Wie hatte ich ihm so einfach vertrauen können, nach allem, was bereits passiert war? Dass Bea ihm auch vertraut hatte, tröstete mich nur wenig.

„Jade, benutze deine Magie", sagte Bea.

„Ich bin mir nicht sicher, ob ich noch etwas habe."

„Deine Empathengabe, Liebes. Sieh, wo Vaughn ist."

„Oh ja." So erschöpft ich auch war, hätte ich gedacht, ich hatte überhaupt keine Barrieren mehr. Doch etwas war da, denn es fiel mir schwer, Lucien und Bea zu lesen. Ich schüttelte den Kopf und versuchte es erneut. Dann runzelte ich die Stirn. „Ich kann niemanden hier lesen." Ich warf Mitch einen Blick zu. Ich war nie in der Lage gewesen, seine Gefühle zu lesen. Und jetzt schien dieses alte Haus alles zu blockieren. War es ein Zauber? Gut möglich.

Pfeif drauf. „Vaughn?", rief ich. „Wo bist du, verdammt nochmal?"

Aus dem Nebenzimmer kam ein Grunzen.

Ich folgte dem Geräusch, und als ich die Tür mit meiner Hüfte aufstieß, hätte ich fast gelacht. Da war Vaughn, mit seinen eigenen Kabelbindern an einen schweren Schrank gefesselt. „Was ist passiert?"

„Der Bastard hat mich angegriffen. Bruder, dass ich nicht lache. Er gibt mir die Schuld für das, was vorhin passiert ist. Er hat herausgefunden, dass ich es war, der die Dämonenjäger geschickt hat. Hast du ihn in Staub verwandelt?", fragte er und beäugte meine Hände.

„Erstens ist er kein Vampir. Und zweitens, nein. Wir brauchen ihn, um Luciens Fluch aufzuheben."

Bea trat hinter mich und löste Vaughns Kabelbinder mit einem Zauber.

Er rieb sich die Handgelenke. „Danke, dass ihr meinen Arsch gerettet habt."

„Eines Tages wirst du dich revanchieren", sagte sie. „Jetzt kümmern wir uns um Luciens Herz."

Wir gingen alle zurück ins Wohnzimmer.

Ich wandte mich Bea zu. „Wie soll das funktionieren?"

Sie zog einen Holzstuhl heran und setzte sich ein paar Meter von Mitch entfernt. „Erinnerst du dich an den Zauber, den wir gemacht haben, als du Kat den Fluch entzogen und Lucien wieder aufgezwungen hast?"

Stirnrunzelnd nickte ich.

„Das werden wir hier tun. Du wirst ihn Lucien nehmen und in Mitch zurückzwingen."

Ich öffnete meinen Mund, schloss ihn aber, als mir klar wurde, dass ich keine Ahnung hatte, was ich darauf sagen sollte. Kat zu heilen war schwer gewesen. Verdammt schwer. Aber ich hatte alle, die ich liebte, um mich herum zur Unterstützung gehabt. Und den ganzen Fluch von Lucien auf jemand anderen zu übertragen, klang höllisch gefährlich. Doch als ich an Kat und die Hoffnung dachte, die in ihren haselnussbraunen Augen geleuchtet hatte, konnte ich nicht nein sagen. Sie war seit mehr als zwölf Jahren meine beste

Freundin. Sie war immer für mich da gewesen, egal was passierte, und nach all der Zeit hatte sie endlich jemanden gefunden, den sie lieben konnte. Wenn ich das nicht täte, was würde mit ihm passieren? Oder ihr?

Nein sagen war keine Option. Ich schloss meine Augen und wünschte von ganzem Herzen, Kane wäre hier. Er gab mir Kraft wie kein anderer. Nicht, dass er mich mächtiger gemacht hätte oder so. Jedenfalls nicht, dass ich wüsste. Doch seine emotionale Unterstützung, die Liebe zwischen uns, das gab mir immer etwas, an dem ich mich festhalten konnte, und machte mich stärker.

Ich seufzte, denn plötzlich wusste ich, was ich tun musste. Der Gedanke hatte mich auf eine Idee gebracht. Es war kein Geheimnis, dass Kat einer meiner großen Stabilisatoren war. Wenn sie es für mich tun konnte, warum nicht auch für Lucien?

Nachdem ich Kat aus dem Jeep geholt hatte, setzte ich mich auf den schmutzigen Parkettboden und bedeutete Lucien und Kat, sich mir anzuschließen.

Kat machte einen Schritt auf mich zu, aber Lucien sagte: „Warte. Vielleicht sollte Kat da drüben bleiben. Weißt du, weg von dem Zauber, nur für den Fall."

Ich schüttelte den Kopf. „Nein. Sie wird hier nützlich sein. Komm." Mein Ton war gebieterisch, und alle Spuren von Sorge hatten mich verlassen. Ich hatte einen Plan.

Kat bewegte sich als Erste, und Lucien folgte widerwillig.

„Lucien, setz dich neben mich." Ich deutete auf meine andere Seite, die, auf der Mitch nicht saß. „Und Kat, du sitzt neben Lucien. Dann nimm seine Hand."

„Nein", sagte Lucien. „Nicht, bis der Zauber weg ist."

Wir hatten darauf geachtet, dass er sie nicht infizierte, weil sie die Magie nicht abwehren konnte, also hatte er recht. Doch wenn das funktionieren sollte, mussten wir einige

Risiken eingehen. „Okay. Ja. Warten wir einen Moment damit. Doch ich brauche sie noch. Setz dich wenigstens neben ihn."

Kat nickte und setzte sich im Schneidersitz neben Lucien. Sie würde alles tun, worum ich sie bat. Ich lächelte ihr dankbar zu.

„Jade", fragte Bea mit neugierigen Augen, „was hast du vor?"

Ich atmete beruhigend ein. Das würde nicht leicht werden. „Ich brauche einen Weg, um zu wissen, wann Lucien von dem Fluch befreit ist. Diese Arten von Zaubersprüchen sind hartnäckig, nicht wahr?"

Bea nickte. „Ja."

„Okay, also Kat hat die Fähigkeit, meine Energie zu stabilisieren. Sie hat es viele, viele Male im Laufe der Jahre getan. Und ich bin mir ziemlich sicher, dass sie es aufgrund ihrer Beziehung zu Lucien für ihn tun kann. Ich mache mir hauptsächlich Sorgen darum, was es mit ihm anstellen wird, wenn ich ihm den Fluch entziehe." Und mit mir, doch das sagte ich nicht. Ich war die mächtige weiße Hexe, richtig? „Sobald ich ihn ihm entzogen habe, möchte ich, dass sie da ist, um ihm zu helfen, sich zu stabilisieren."

„Er trägt ihn schon so lange mit sich herum. Du hast wahrscheinlich recht." Bea warf Kat einen Blick zu. „Bist du damit einverstanden?"

„Ja", sagte sie, ohne zu zögern.

„Kat", protestierte Lucien leise.

Doch sie hob eine Hand. „Ich liebe dich. Und wenn es irgendetwas gibt, das ich tun kann, wirst du mich lassen."

Der zärtliche Blick in seinen Augen, als er sie ansah, ließ mich fast zusammenbrechen. Ich musste wegsehen. Ich schluckte die Emotionen herunter, die mir die Kehle zuschnürten, und sagte zu Bea: „Du musst ihm zuerst seine Magie zurückgeben."

„Gut." Sie wartete, bis Lucien seinen Blick in ihre Richtung richtete, dann stand sie auf. „Bitte steh auf."

Als er vor ihr stand, nahm sie seine Hände und schloss die Augen. „Bei der Macht des Zirkels von New Orleans stelle ich hiermit deine Magie wieder her." Ihre Finger glühten dort, wo sie einander berührten, zunächst schwach. Dann gab es einen kurzen, gleißenden Blitz, und Luciens Körper versteifte sich. Er trat einen Schritt zurück und öffnete seinen Mund, um zu sprechen, doch bevor er etwas herausbringen konnte, wurden seine Augen pechschwarz, und die dunkle Magie begann, über seine Haut zu kriechen.

„Nein!", rief ich, sicher, dass ich die Einzige war, die es sehen konnte. Bea und Kat standen nur da und beobachteten ihn. Ich nahm seine Hand und zog ihn herunter. Mit meiner anderen Hand umklammerte ich Mitchs schlaffe und ließ meine Magie kraftvoll in meiner Brust aufbauen. Und dann rief ich den Zauber, den Bea vor nicht allzu langer Zeit benutzt hatte, als wir Kat gerettet hatten. „Göttin der Lebenden, höre meinen Ruf! Wir bitten um deine Hilfe, oder dein sterblicher Sohn wird fallen."

Luciens schwarze Magie kroch über meine Hände und kehrte die betäubende Wirkung von Beas Magie um. Meine Finger brannten wieder, ich wollte vor Schmerz schreien. Doch ich konnte nichts tun. Wenn ich losließe, wäre Lucien für immer verloren. Und ein Blick auf Kat stärkte meine Entschlossenheit.

„Kehre das Gift um, das sein Blut beschmutzt. Bring ihn zurück zu denen, die er liebt." Die Worte kamen als ersticktes Flüstern heraus. Das Feuer, das meine Hand verzehrte, war fast unerträglich. Tränen strömten über mein Gesicht, doch ich klammerte mich fester, unwillig loszulassen.

„Sie ist da, Jade", sagte Bea und drang durch den Schleier

der Schmerzen. „Die Kugel, die du brauchst. Schicke sie nur in die richtige Richtung."

Ich blinzelte durch meine Tränen und sah die Kugel silberner Magie, die ich heraufbeschworen hatte. Ich konzentrierte mich darauf und befahl: „Finde Luciens Herz!"

Die Kugel schwebte vor uns und wurde heller, als sie direkt auf Luciens Brust zuschoss. Er stieß ein lautes Keuchen aus, und sein Körper sackte nach vorn. Ich fühlte nichts von ihm.

Panik breitete sich in mir aus. Hatte sein Herz aufgehört zu schlagen? Bitte, Göttin, nimm ihn nicht. Kat braucht ihn. Ich rang nach Luft. Was hatte ich gerade getan?

Lucien stieß einen gequälten Laut aus, und das war alles, was ich hören musste. Er war am Leben. Nichts anderes zählte in diesem Moment. Ich entfesselte meine Magie, schüttete sie in Lucien aus und zwang sie, sich mit dem schwarzen Fluch zu mischen. In meinem Kopf drehte sich alles, und bevor ich ohnmächtig wurde, nutzte ich jedes letzte bisschen Kraft, das ich hatte, und zog sie von ihm zurück.

Meine Adern verengten sich und hielten instinktiv die hässliche, verdorbene Magie davon ab, in meinen Körper einzudringen. Mein Magen rebellierte. Mein Körper zitterte unkontrolliert. Jede Verteidigung, die ich hatte, versuchte, das Gift abzuwehren, das mich sicherlich töten würde, wenn ich es nicht kontrollieren konnte.

Die Qual war so groß, dass meine Gedanken verworren waren. Ich konnte überhaupt nicht mehr denken. Meine Welt war auf glühende, quälende Schmerzen reduziert, die von meiner rechten Hand direkt durch meine Brust und meinen linken Arm hinunterliefen.

Der schwarze Fluch sammelte sich an den Fingerspitzen meiner linken Hand und pulsierte vor Dunkelheit und Bösem, so stark, dass er drohte, mich zu vergiften. Er wollte bei mir bleiben. Wollte in meinem Herzen wohnen. Versprach Macht jenseits aller, die ich je gekannt hatte.

„Jade!" Ich hörte Beas scharfe Ermahnung, konnte sie aber nicht sehen. Da war nichts als Schmerz und Höllenfeuer. Es lockte mich. Ich war bereit, es anzunehmen. Mich davon überwältigen zu lassen. Mich der süßen Erleichterung hinzugeben, den Kampf aufzugeben.

Kanes Gesicht verschwamm vor meinem inneren Auge. Er schien zu weit weg zu sein, so weit außer Reichweite. Ich wollte meine Arme um ihn schlingen, wollte ihn ein letztes Mal berühren. *Wenn du den Kampf aufgibst, wirst du ihn bald sehen*, erklang eine Stimme in meinem Kopf. *Lass einfach los, Jade. Komm zu mir.*

„Nein. Ich werde dich nicht gehen lassen!" Zwei kühle Hände packten mich an den Schultern und hielten mich fest. Kühle, saubere Energie sickerte in mich hinein und bekämpfte die Dunkelheit.

Meine Augen flogen auf, und ich starrte in die wilden Augen meiner besten Freundin.

„Lass nicht zu, dass er von dir Besitz ergreift. Nicht jetzt. Niemals." Kat starrte mich mit entschlossener Miene an.

Tränen begannen wieder zu fließen, die Spuren hinterließen ein Prickeln auf meiner Haut.

„Hörst du mich, Jade?"

Ich nickte.

„Sag es. Sag, dass du mich hörst."

„Ich höre dich", brachte ich mit kaum hörbarer Stimme hervor.

„Sag, dass du kämpfst", befahl Kat erneut.

Ich nickte noch einmal. „Ich werde kämpfen."

Luciens Hand verkrampfte sich um meine, verbrannte sie, und ich wurde vor Schmerz fast ohnmächtig. Ich stöhnte und zwang mich, Blickkontakt mit Kat zu halten. Sie hielt mich im Hier und Jetzt fest.

„Konzentrier dich jetzt", sagte sie in sanftem Ton. „Zwing ihn, es aufzunehmen. Entfessle den Fluch auf Mitch. Tu es! Jetzt!" Ihre kühle Hand bewegte sich und legte sich über die, die Lucien hielt. Das Feuer wurde schwächer, und wohltuende Erleichterung strömte meinen linken Arm hinauf und legte sich um mein Herz. Mein Kopf schoss hoch, und der Damm brach. Die schwarze Magie konzentrierte sich auf meine rechte Hand und überflutete Mitch.

Sein Körper zuckte und verkrampfte sich unter der Invasion. Ich hielt ihn fester und konzentrierte mich auf die saubere Energie, die von Lucien und Kat in mich strömte, bis jeder letzte Tropfen Schmerz und Qual verschwunden war, aus meinem Körper gedrängt und in den gebrochenen Hexenmeister, der bewusstlos neben mir lag.

Ich sackte gegen die Wand hinter mir und konnte kaum noch meinen Kopf hochhalten. Der Raum war völlig still. Ich hob meinen Kopf und sah Lucien und Kat, die neben mir saßen, beide starrten mich direkt an und wirkten genauso erschöpft wie ich. Ich sah Kat in die Augen und formte mit den Lippen ein lautloses *Danke*.

Tränen füllten ihre Augen, als sie ihren Kopf schüttelte, um mir zu sagen, dass es nichts zu danken gab. Lucien hielt ihre Hand fest. Sein dankbarer Blick sagte mir alles, was ich wissen musste. Wir würden später über alles reden. Er würde sich erholen. Wir alle würden das.

Dann hörte ich, wie sich jemand räusperte und Vaughn sagte: „Jemand ruft jetzt besser den Hexenrat an."

„Natürlich", sagte Bea leise.

Magie umfloss mich mit einem leisen Flüstern, und einen Moment später veränderte sich die Luft und wurde kühler.

Aus dem Nichts tauchte eine ältere Hexe in einem Leinenanzug auf. „Was haben wir hier?", fragte sie mit überraschend starker Stimme.

„Einen von schwarzer Magie verzehrten Hexenmeister. Er sorgt schon seit einiger Zeit für Ärger. Du bringst ihn besser zu dir", sagte Bea.

Die Hexe vom Rat schien nicht daran interessiert zu sein, mit jemandem außer Bea zu sprechen. Und das störte mich nicht. Jemand anderes konnte gerne von hier aus übernehmen.

Ein paar Augenblicke später schnippte die Hexe des Rates mit den Fingern, und sie und Mitch waren verschwunden.

Ich blinzelte. „Verdammt. Das war einfach."

Kat stieß ein ersticktes Lachen aus.

Ich schenkte ihr ein entschuldigendes Lächeln. „Tut mir leid. Ich meinte, Mitch loszuwerden." Ich verzog das Gesicht und fing Vaughns Blick auf. „Tut mir leid", sagte ich noch einmal. „Ich weiß, dass er dein Bruder ist."

Seine Augen verdunkelten sich. „Stiefbruder. Und er hat bekommen, was er verdient hat."

Bea streckte ihre Hand aus, drei Heilkräuterpillen lagen darin. „Ich will, dass jeder von euch eine nimmt. Das wird euch helfen."

„Hier", sagte Kat und nahm sie. Sie reichte Lucien eine und hielt mir eine an den Mund. „Schluck sie."

Ich zögerte nicht. Es hatte einmal eine Zeit gegeben, in der ich mich gewehrt hätte. Doch nicht mehr. Ich schluckte die Pille herunter und schloss dann die Augen und wartete darauf, dass sich ihre Magie entfaltete.

„Jade?", sagte Bea.

Ich öffnete die Augen. „Hmm?"

„Wir müssen etwas wegen deiner Hände unternehmen."

Ich senkte den Blick und schnappte nach Luft, als mein Körper vor Schock zu zittern begann. „Oh mein Gott." Sie sahen schlimm aus. Viel schlimmer als ich dachte. Sie waren feuerrot und von dicken, wassergefüllten Blasen bedeckt.

„Wir müssen dich zu mir bringen. Ich habe einen Umschlag, der das so gut wie beseitigen wird." Beas Gesichtsausdruck war zuversichtlich, und ich betete, dass sie recht hatte.

Vaughn kam zu mir herüber, die Hände in seinen Hosentaschen vergraben.

„Hast du morgen Zeit? Ich muss mich erholen, bevor wir uns um Matisse kümmern. Wenn du noch willst, heißt das", sagte ich.

„Natürlich", sagte er mit ausdrucksloser Miene, als er zur Tür ging.

„Dann sehe ich dich morgen früh?"

Er nickte und verschwand.

Erschöpfung holte mich ein. Meine Glieder waren wie Blei, und ich fragte mich, wie es sich anfühlte, ein normaler Mensch zu sein. Ich würde es nie erfahren. Aber ich konnte träumen. Ganz die erwachsene Hexe, die ich war, kniff ich die Augen zu und dachte an nichts als Welpen und Schokolade. Und vielleicht ein Guinness. Denn bei der Göttin, wenn es etwas gab, das ich gerade brauchte, war es ein Drink. Oder zwei.

# KAPITEL FÜNFUNDZWANZIG

*J*ch musste auf dem Rückweg zu Bea das Bewusstsein verloren haben, denn das Nächste, woran ich mich erinnerte, war, dass ich mit Kat neben mir in ihrem Gästezimmer lag. Sie bürstete sanft mein Haar, während sie Lucien etwas zuflüsterte, das ich nicht verstehen konnte.

„Hey", sagte ich mit schwacher Stimme. „Wie lange war ich weg?"

„Auch hey." Sie lächelte auf mich herab. „Ungefähr eine Stunde oder so."

Ich hob meine Hand, um mir eine Haarsträhne aus den Augen zu streichen, hielt aber inne, als ich den Verband um meine Hand sah. Meine andere Hand war auch eingewickelt. Ich hob sie und betrachtete sie. Meine Hände und Handgelenke waren vollständig eingewickelt. „Wie schlimm ist es?"

Kat rümpfte die Nase. „Es war schlimm. Ich meine wirklich schlimm. Du hast sie gesehen."

Ich stöhnte.

„Ich sagte *war*." Kat lächelte. „Mädchen, ich kann nicht

glauben, wie großartig Bea ist. Sie hat diesen Umschlag daraufgelegt, und die Blasen sind fast sofort zurückgegangen. Sie sagte, in ein paar Stunden würden sie ganz weg sein."

Erleichtert atmete ich auf. Wenn ich nie wieder eine Blase sehen würde, wäre es noch zu früh. Dann stützte ich mich auf meine Ellbogen, um mich aufzusetzen. Der Raum drehte sich, und ich hob meine bandagierten Hände, um meinen Kopf zu halten.

„Was ist, Jade?", fragte Lucien.

„Nur schwindelig. Wird schon wieder."

Lucien stand von seinem Sessel auf und kam um das Bett herum, um sich Kat gegenüber zu setzen.

Ich blinzelte und wollte seine Hand berühren, begnügte mich aber damit, ihn anzulächeln. „Wie geht's dir?"

„Perfekt. Erschöpft. Aber perfekt."

„Und deine Magie …?" Ich konnte mich nicht überwinden, den Rest der Frage auszusprechen. Ich wollte wissen, ob er wieder der Hexenmeister war, der er gewesen war. Ob seine Magie sicher war. Doch ich war mir nicht sicher, ob jetzt der richtige Zeitpunkt war, darüber zu sprechen.

„Meine Magie ist in Ordnung. Reiner als je zuvor, dank dir." Er berührte meinen Arm. „Ich schulde dir mein Leben."

Ich schüttelte energisch den Kopf und bedauerte es, als mir wieder schwindelig wurde. Hatte ich eine Gehirnerschütterung? Einen magischen Kater mit Sicherheit. Ich wappnete mich und begegnete Luciens Blick. „Nein. Du schuldest mir nichts als Freundschaft. Wir sind immer füreinander da, oder?"

„Ja", sagte Kat leise und lächelte uns beide an.

„Natürlich, aber …"

„Kein Aber", sagte ich sanft. „Im Ernst, keiner von uns wäre hier ohne die anderen. Ich habe mich auf dich verlassen. Du hast dich auf mich verlassen. Und so werden wir weitermachen. Wir gehören einem Zirkel an, doch was noch wichtiger ist, wir sind Freunde, und ich weiß, dass du dein Leben für jeden von uns geben würdest."

„Das würdest du auch." Seine grünen Augen blitzten vor Emotion.

Ich blinzelte die drohenden Tränen zurück. „Tu das nicht", sagte ich lachend. „Ich habe heute schon genug geweint."

Lucien beugte sich vor und gab mir einen sanften Kuss auf die Wange. Bevor er sich zurückzog, flüsterte er: „Ich kümmere mich um sie. Versprochen."

Ich nickte und schlug ihm auf sein Bein.

„Autsch. Wofür war das?"

Ich wischte die einsame Träne mit meiner verbundenen Hand weg und schüttelte den Kopf. „Ich habe dir gesagt, du sollst mich nicht zum Weinen bringen. Jetzt raus aus dem Bett. Wir müssen runtergehen. Ich brauche was zu essen."

Sie standen beide auf, und Kat streckte mir die Hand entgegen.

Ich winkte ab. „Ich schaff das schon." Doch als ich meine Beine aus dem Bett schwingen wollte, verfing sich mein linker Fuß im Laken, und ich fiel aufs Bett.

Lachend fing Kat mich auf. „Oh ja, das sehe ich."

Ich streckte ihr die Zunge heraus und grinste, während mein Herz anschwoll. Sie schüttelte den Kopf und streckte wieder ihren Arm aus. Diesmal lehnte ich mich gegen sie und schaffte es aufzustehen, ohne um mich zu schlagen oder umzufallen.

Zu dritt gingen wir, angeschlagen, verschrammt und erschöpft, Arm in Arm den Flur hinunter, bis wir die Treppe erreichten.

„Denkst du, du schaffst das?", neckte Kat.

„Lasst mich besser als Letzte gehen, falls ich stolpere. Dann habe ich euch beide, um den Sturz abzufedern."

„Vergiss es", sagte Kat. „Du zuerst."

Kat und ich setzten die gespielte Zankerei fort, bis Lucien den Kopf schüttelte und an uns beiden vorbeifegte. Wir brachen in Gelächter aus und folgten ihm gemeinsam.

Bea saß an ihrem Küchentisch und studierte eines ihrer Zauberbücher. Sie winkte uns, Platz zu nehmen, während sie aufstand und frische Tassen Hexengebräu einschenkte.

„Wo ist Lailah?", fragte ich. Ich war im Gästezimmer. Wenn sie sich nicht in Beas Zimmer versteckte, war sie nicht hier.

„Jonathon ist gekommen und hat sie abgeholt", sagte Bea.

„Warte, was? Jonathon Goodwin?", fragte ich geschockt. Er war Lailahs Ex-Gefährte. Sie hatten Schwierigkeiten, sich über den Ex-Teil zu einigen. Er war nicht davon überzeugt, dass ihre Beziehung vorbei war, obwohl sie in einen anderen verliebt war.

„Ja, Goodwin." Bea holte drei Tassen aus ihrem Schrank. „Er hat gesagt, er hat das Gefühl, dass sie in Gefahr ist, und ist deshalb gekommen."

„Wirklich?" Kats Augen wurden groß. „Das würde darauf hindeuten, dass sie vielleicht doch Gefährten sind."

Bea nickte. „Scheint so."

Whoa. Das war interessant. Und beunruhigend. Goodwin war nicht mein Lieblingsmensch auf diesem Planeten. Er war ein ehemaliger Evangelist, der versucht hatte, mich zu benutzen, um seine Gemeinde aufzuwiegeln, und hatte dadurch mich und den Rest des Zirkels in Gefahr gebracht. Doch er war ein Engel, und wahrscheinlich würde er sich um Lailah kümmern. Die Tatsache, dass sie bei ihm war, war also nicht unbedingt etwas Schlechtes.

Bea stellte eine Tasse und ein Sandwich vor mich, und ich lächelte sie an. „Danke. Für alles", sagte ich.

Sie drückte meine Schulter. „Du musst mir nie für etwas danken."

Lucien schmunzelte. „Das ist ziemlich genau dasselbe, was sie oben zu mir gesagt hat."

„Ja", sagte Kat. „Ich habe es gehört."

„Oh, hör auf." Ich verdrehte die Augen und lachte. „Jeder will sich geschätzt fühlen."

Ich aß schweigend mein Sandwich, während ich dem Geschwätz meiner Freunde zuhörte. Als ich fertig war, legte ich meine Hand auf Luciens Arm. „Lucien?"

Er riss seine Aufmerksamkeit von Kat los. „Ja?"

„Kannst du mich nach Hause bringen?"

ICH WUSSTE, dass Kane zu Hause war, bevor ich überhaupt eingetreten war. Es brannte kein Licht, doch ich spürte seine Gegenwart tief in meinem Herzen. Erleichterung durchflutete mich. Auch als Incubus war er mir nicht verborgen. Ich wollte nichts mehr, als seine starken Arme um mich zu spüren.

Weil meine Hände immer noch bandagiert waren, hatte Lucien mich zur Tür begleitet. Er sah mich an. „Hast du einen Schlüssel?"

„Nicht bei mir." Alles war noch im Hotel.

Er nickte und legte seine Hand auf das Schloss. Einen Moment später stieß er die Tür auf.

„Danke." Ich drehte mich um und winkte Kat zu, die in seinem Jeep auf mich wartete. Sie lächelte und winkte zurück. „Schönen Abend noch", sagte ich zu Lucien.

Ein verlegenes Grinsen breitete sich auf seinem Gesicht aus, und ich konnte nicht anders, als zu lachen.

Dann wurde ich ernst. „Keine Magie, bis Bea ein paar Tests durchgeführt hat."

„Keine Magie", nickte er. Er drehte sich um, um zu gehen, doch ich legte eine Hand an seinen Arm, um ihn aufzuhalten, dann ließ ich meine Sicht wechseln. Die Dunkelheit, die ihn zuvor umklammert hatte, war vollständig verschwunden. „Was ist, Jade?"

Ich schüttelte den Kopf und schenkte ihm ein kleines Lächeln. „Gar nichts. Absolut nichts. Geh. Kat wartet."

Er lächelte und ging davon, Glück ging von ihm aus wie ein Sonnenstrahl. Endlich bekamen sie ihr Happy End.

„Hey, hübsche Hexe", sagte eine willkommene Stimme hinter mir.

Ich wirbelte herum und sah Kane, der nur eine tief sitzende Jeans trug, und warf mich in seine Arme.

„Wow." Er schloss seine Arme fester um mich und flüsterte: „Was ist passiert?"

Ich vergrub mein Gesicht an seiner nackten Schulter und atmete tief und beruhigend ein. „Alles."

„Klingt vertraut. Komm, lass uns reingehen." Er zog mich durch die Tür und trat sie mit einem Fuß zu.

„Kane?"

„Ja?"

„Was ist mit dir passiert?" Ich strich mit meinen Lippen über ein wütendes Mal auf seiner Brust und zog mich dann zurück, um seinen nackten Oberkörper zu betrachten. Es gab drei weitere Striemen, und er hatte einen blauen Fleck auf seinem linken Wangenknochen.

„Dämonen." Er zog mich sanft von sich und hielt meine Arme hoch, inspizierte meine bandagierten Hände. „Was ist mit *dir* passiert?"

„Hexenmeister, der mit schwarzer Magie gespielt hat." Ich bewegte meine Finger, erfreut, dass ich keine Schmerzen hatte. „Ich denke, der Verband kann jetzt runter."

„Komm mit mir." Mit einer Hand auf meinem unteren Rücken führte er mich in unser Schlafzimmer.

Ich setzte mich aufs Bett und wartete, während er im

Badezimmer verschwand. Er tauchte mit einer Schere und einem feuchten Handtuch wieder auf.

„Streck die Hände aus", befahl er.

Ich reichte ihm meine rechte Hand. „Eine nach der anderen."

„Richtig."

Ich saß da, während er sich Zeit nahm, das Klebeband durchzuschneiden, und dann den Verband behutsam entfernte. Als er die letzte Schicht erreichte, kniff ich die Augen zu, voller Angst vor dem, was er finden würde. Wenn es auch nur eine Blase gab, würde ich mich wahrscheinlich übergeben müssen. Die kühle Luft streichelte meine Haut, und einen Moment später spürte ich Kanes Lippen auf meiner Hand. Er wanderte von Finger zu Finger und küsste jeden zärtlich.

„Wie schlimm ist es?", fragte ich und öffnete ein Auge.

„Abscheulich." Er verteilte weiter seine Küsse und ließ meine ganze Hand prickeln.

Ich öffnete das andere Auge und spähte auf meine Hand. Sie war gerötet, aber nicht mehr feuerrot. Und es war keine Blase zu sehen. Ich stieß einen Seufzer der Erleichterung aus und streichelte Kanes Wange mit meinem Daumen.

Er blickte zu mir auf, Verlangen schwamm in seinen Augen. Dieser eine Blick setzte meinen Körper in Brand. Ich wollte ihn in meinen Armen, musste ihm so nah wie möglich sein.

„Kane", sagte ich mit heiserer Stimme.

Er stieß ein leises Stöhnen aus und lehnte sich zurück. „Andere Hand."

„Was?"

Er nahm sanft meinen anderen Arm und wickelte den Verband ab.

„Oh", hauchte ich. Mit jeder neuen Liebkosung seiner Finger über meiner Haut schoss ein Prickeln durch meinen

Körper. Die Verbindung war intensiv und überwältigend, und wir hatten uns kaum berührt. Es war diese Incubus-Sache. Es musste so sein. Jedes Gefühl wurde tausendfach verstärkt. Und dazu kam, dass wir beide gegen den Tod gekämpft und ihn besiegt hatten, also war unser Bedürfnis nach einander überwältigend.

Sobald meine zweite Hand frei war, zog Kane mich auf die Füße und legte beide Hände auf meine Wangen und beugte sich vor. Unsere Lippen trafen sich in einer hitzigen Raserei, unsere Zungen streichelten und kämpften vor Verzweiflung und purem Verlangen. Licht begann um uns herum zu schimmern, und ich war an ihn verloren. Verloren in ihm.

Meine Finger vergruben sich in sein dunkles Haar, und ich drängte, schmiegte mich an ihn. Er löste seine Lippen von meinen und wandte sich meinem Hals zu, küsste und knabberte, bis ich vor purer Ekstase zitterte. „Mehr", verlangte ich und bewegte meine Hände zu seinen Schultern und seinen Rücken hinunter.

Ich legte meinen Kopf in den Nacken, um ihm besseren Zugang zu gewähren, und setzte meine Untersuchung der muskulösen Fläche seines Rückens fort. Meine Finger trafen auf eine ausgefranste Wunde heißen, wütenden Fleisches, und ich erstarrte. „Kane?"

„Hmm?"

„Was ist das?" Ich zog mich zurück und duckte mich unter seinen Arm, um die Wunde zu inspizieren.

„Das ist nur ein Kratzer."

Mein Atem stockte, als ich ein Keuchen unterdrückte. Die Wunde begann unten an seinem linken Schulterblatt und zog sich diagonal bis zu seiner Hüfte. Ich fuhr mit einem Finger am Rand entlang, und als ich an seiner Wirbelsäule ankam, zuckte er zusammen. „Verdammt, es ist ein bisschen mehr als nur ein Kratzer. Hast du die Wunde schon sauber gemacht?"

„Ich habe geduscht."

Ich richtete mich auf und stemmte meine Hände in die Hüften. „Hol das Antiseptikum."

Er blickte auf mich herab, und in seinen Augen tanzte der Schalk. „Du bist umwerfend, wenn du herrisch bist."

Ich schüttelte den Kopf und ging ins Badezimmer. Als ich zurückkam, deutete ich auf das Bett. „Hinlegen."

Er schenkte mir ein diabolisches Grinsen und legte sich auf den Rücken, doch er zuckte zusammen, als die Wunde die Decke berührte.

Ich setzte mich neben ihn und küsste ihn sanft. Mit meinen Lippen immer noch auf seinen, sagte ich: „Hör auf, den Lässigen zu spielen. Ich weiß, dass das wehtun muss. Lass mich was dagegen tun."

„Das hilft schon." Er legte einen Arm um mich und küsste mich erneut, nur langsam und intensiver, auf die Weise, die dazu bestimmt war, meinen Körper in Brand zu setzen.

Ich zog mich zurück und schüttelte den Kopf. „Nicht, bis ich dich repariert habe."

„Etwas braucht keine Reparatur." Er warf einen Blick auf seine Hose.

„Da gehe ich jede Wette." Ich ließ meinen Blick für einen Moment seinem folgen. Meine Wangen wurden heiß, und er lachte. Ich schraubte den Verschluss der antibakteriellen Creme ab und konzentrierte mich auf die Schnittwunden und Schrammen an seinem Oberkörper. Die Angst um ihn hatte meine Stimmung verdorben. „Das waren alles Dämonen?"

„Ja", sagte er zögernd. „Aber mir wurde gesagt, dass es schnell heilen wird."

Ich hob eine Augenbraue. Ich war mir sicher, dass sie es mit ein bisschen Kraft tun würden. „Bist du deshalb so erpicht darauf, mich ins Bett zu bekommen?"

„Was?" Er setzte sich auf und blickte vor Schmerz finster

drein. „Teufel, nein. Ich will dich im Bett haben, weil ich dich will. Ich will dich immer, und heute war ein beschissener Tag und das Einzige, was mir einfällt, um ihn besser zu machen, ist, dich in meinen Armen zu haben."

Der Ausdruck purer Empörung, kombiniert mit der Liebe, die von ihm ausging, ließ mich dahinschmelzen. Ich wollte dasselbe. Es war einfach seltsam, dass seine neue Gabe meine körperlichen Reaktionen beeinflusste. Es würde etwas dauern, mich daran zu gewöhnen, und ich war mir sicher, dass es ihm genauso ging. „Ich weiß", gab ich nach. „Tut mir leid. Ich will dich auch. Aber jetzt lehn dich zurück und lass mich das machen."

Er strich sanft mit seinen Lippen über meine und lehnte sich dann zurück in die Kissen, während ich mit vorsichtigen Fingern über seine Wunden strich und ein kleines bisschen Magie in das Antiseptikum mischte.

„Das fühlt sich besser an", sagte er, als ich das letzte Mal auf seiner Brust behandelte.

„Gut. Jetzt dreh dich um."

Sein Rücken war ein Meer aus blauen Flecken und Schürfwunden. Nichts allzu Ernstes, abgesehen von der langen Wunde, die quer über seine Wirbelsäule lief. Ich ließ mir Zeit, die mit Magie angereicherte Creme aufzutragen. Er zuckte und wand sich dabei, doch als ich fertig war, war das Rot zu Rosa verblasst, und er atmete leichter.

„Okay. Fertig", sagte ich.

Er drehte sich um und schaffte es, diesmal nicht zusammenzuzucken. „Das war unglaublich. In solchen Situationen ist es praktisch, dich in der Nähe zu haben."

Ich starrte auf die Zimtflecken in seinen dunklen Augen und spürte, wie sich tief in meinem Herzen eine Woge der Liebe manifestierte. „Kane?"

Er verschränkte die Hände hinter dem Kopf. „Ja, hübsche Hexe?"

„Ich will, dass du Liebe mit mir machst."

Seine Augen schmolzen. „Mit Vergnügen. Komm her."

Ich schmiegte mich an ihn und strich mit meinen Fingern über sein Kinn, seinen Hals hinunter und wieder zurück.

Er kniete vor mir nieder und zog mir meine Kleider ganz langsam ein Stück nach dem anderen aus, bis ich nackt vor ihm lag, von Verlangen nach ihm verzehrt.

„Hose", sagte ich und strich mit meiner Hand über seinen Bauch. Er erschauerte unter meiner Berührung, als er seine Jeans auszog und in all seiner nackten Pracht vor mir stand. „Du bist unglaublich."

Er kletterte über meinen Körper und hinterließ einen Pfad aus Küssen von meiner Hüfte zu meiner Brust. Seine Lippen schwebten über meiner erigierten Brustwarze, als er meinem Blick begegnete. „Du auch, Jade. So verdammt unglaublich." Dann war sein Mund auf mir, und ein Gefühl prickelte tief in meinem Inneren direkt in meiner Mitte. In wenigen Augenblicken wand ich mich unter ihm, verzweifelt danach, ihn in mir zu spüren.

„Kane", sagte ich keuchend. „Ich bin soweit."

Seine Hand, die über meine Hüfte gestrichen hatte, erstarrte, und er unterbrach seine Erkundung meiner Brust, um mir in die Augen zu blicken. „Bist du sicher?"

„Ganz sicher." Ich spreizte meine Beine und nahm seine Hand, um ihm zu zeigen, wie bereit ich war, und als seine Finger über meine glatte Haut strichen, stöhnte ich tief in meiner Kehle.

„So verdammt heiß", murmelte er. Dann legte er seine Hand wieder auf meine Hüfte und drang mit seiner dicken Länge in mich ein. Unsere Blicke begegneten einander, und wir hielten beide inne, ließen den Moment auf uns wirken. Und als Kane sich zu bewegen begann, war es langsam und perfekt, als sich meine Magie wieder über uns beide ausbreitete und eine Intensität aufbaute, die alles andere ausblendete, bis nur noch wir, unsere Liebe und die Magie, die unsere beiden Körper heilte, übrig war.

# KAPITEL SECHSUNDZWANZIG

*A*m nächsten Morgen erwachte ich in Kanes Armen, völlig erschöpft, aber unendlich zufrieden. Ich lächelte und streckte mich im fahlen Licht der Morgendämmerung.

Kane bewegte sich, und seine Augen öffneten sich flatternd.

„Guten Morgen, Liebes."

„Morgen", sagte ich verschlafen.

Er setzte sich auf, und als erstes bemerkte ich, dass alle seine Wunden verheilt waren. Ich betrachtete meine Hände. Sie waren immer noch genauso rot wie am Abend, als Kane meine Bandagen entfernt hatte. Okay, wenigstens hatte meine Magie einem von uns geholfen.

„Du bist erschöpft", sagte Kane und starrte auf mich herunter.

„Nur müde."

Er schüttelte den Kopf. „Nein. Das ist nicht alles." Er ließ sich wieder neben mir nieder und legte seine Hand auf mein Herz. „Ich habe letzte Nacht zu viel von deiner Magie genommen."

„Du hast es mehr gebraucht als ich." Ich hatte genau gewusst, wie viel Magie ich in der Nacht zuvor gegeben hatte. Ich hätte mich zurückhalten können, doch instinktiv hatte ich verstanden, dass er mehr brauchte, um seine Wunden zu heilen.

Kane schüttelte verzweifelt den Kopf. „Das kannst du nicht auf Dauer so machen."

„Ich weiß. Aber letzte Nacht war anders. Ich wollte es. Ich musste sicher sein, dass es dir gut geht nach dem schrecklichen Tag, den ich hatte. Kannst du das verstehen?"

Er starrte mir mit solcher Intensität in die Augen an, dass ich mich fragte, wonach genau er suchte. Doch dann wanderte sein Blick zu meinen Lippen, und er küsste mich erneut, entzündete den Funken mit nur einer Berührung seiner Lippen. Diese Incubus-Sache hatte ihre Vorteile.

Eine Stunde später lagen wir nebeneinander, träge und entspannt, und meine Hände waren vollständig geheilt.

Es war sehr früh am Morgen, und die Bourbon Street war abgesehen von der Straßenreinigung menschenleer. Ich spähte durch die Fenster von *The Grind* und entdeckte Pyper hinter der Theke. Sie war allein, kein Angestellter oder Kunde in Sicht. Sobald wir hineingingen, fuhr Pypers Kopf hoch. Ihr müder Blick fiel auf Kane, und sie rannte um die Theke herum und warf ihre Arme um ihn. „Mach das nie wieder!"

Er stieß ein leises Glucksen aus. „Welchen Teil meinst du?"

„Den Teil, in dem du dich in ein übernatürliches Wesen verwandelst und am Ende zwei Tage damit verbringst, gegen das Böse zu kämpfen. Als ob das nicht schlimm genug wäre, hast du mir nicht einmal eine Nummer hinterlassen, unter der ich dich hätte erreichen können." In ihrer Stimme waren Tränen.

Kane strich mit der Hand über ihr dunkles Haar. „Es ist okay. Mir geht's gut. Jade geht's gut. Kein Grund zur Sorge."

Ich sank auf einen Stuhl, erschrocken über ihre Reaktion. Pyper war meine toughe Freundin. Ich glaube, ich hatte sie bisher nur zweimal weinen sehen, und eines davon war, nachdem ein Geist sie misshandelt hatte. Ich wusste, dass sie sich Sorgen um Kane machte, aber ich hatte nicht bemerkt, dass sie so aufgewühlt war.

Sie löste sich von ihm und wischte sich mit dem Handrücken über die Augen. „Das ist verdammt noch mal besser." Dann ging sie zurück hinter die Theke und begann, einen Latte und einen Soja-Chai zuzubereiten.

Kane und ich tauschten einen Blick aus, und dann schlüpften wir beide hinter die Theke und halfen ihr, den Laden für einen der geschäftigsten Tage des Jahres vorzubereiten.

Pünktlich um acht standen Kane und ich vor dem *Wicked* und warteten auf Vaughn. Lucien hatte ihm in der Nacht zuvor eine SMS mit Zeit und Ort geschickt. Hoffentlich hatte er seine Meinung nicht geändert. Gegen zehn nach acht scharrte ich mit den Füßen.

„Komm." Kane zog seinen Schlüssel heraus und schloss die Tür auf. „Es wird gleich regnen. Wir warten drinnen."

Widerstrebend folgte ich ihm in den stillen Club. Charlie war noch nicht einmal da. Kane schaltete das Licht ein, und aus dem Augenwinkel nahm ich eine Bewegung wahr. Ich zuckte zusammen und klammerte mich an Kanes Rücken. „Heilige Scheiße. Wer ist das?"

Vaughn trat aus der Dunkelheit und schenkte mir ein entschuldigendes Lächeln. „Tut mir leid. Ich war im Schatten und habe mich verkalkuliert und bin drinnen anstatt draußen gelandet."

„Du kannst einfach auftauchen, wo du willst?"

„Nicht überall." Er ging zu Kane hinüber und streckte seine Hand aus. „Vaughn Paxton. Du musst Kane sein?"

„Kane Rouquette." Sie schüttelten die Hände und musterten einander.

„Du bist neu, nicht wahr?", fragte Vaughn ihn.

„Neu?" Kane lachte. „Ich denke, das hängt davon ab, was du meinst. Neu in der Bruderschaft, aber nicht so sehr, wenn wir vom Umgang mit Dämonen und anderem paranormalen Scheiß reden."

Vaughn nickte. „Ja, bis sie einen von uns bemerken, haben wir normalerweise schon die eine oder andere Schlacht hinter uns." Dann drehte er sich zu mir um. „Wie sieht der Plan aus?"

„Kein richtiger Plan. Es gibt ein Portal. Wenn das, was Dayla sagt, wahr ist, solltest du als Schattenwandler und Nachkomme eines Dämons keine Probleme haben, hindurchzugehen. Bereit?"

Er nickte. „Immer."

„Alles klar." Ich ergriff Kanes Hand, und mit einem Blinzeln erschien das Portal genauso wie an den beiden Tagen zuvor. „Siehst du es?"

„Ja", sagte Vaughn und drehte sich zu mir um.

So weit, so gut. Wir waren alle zusammen im Schatten. „Kane, kommst du mit?"

„Ich werde es versuchen."

„Gut." Ich sah wieder Vaughn an. „Lasst uns zusammen springen." Das Portal war auf jeden Fall groß genug.

„Dann auf drei", sagte er.

Ich nickte, und mit Kanes Hand in meiner zählte ich. Dann

fiel ich durch den wirbelnden Dunst, und als wir auf festen Boden trafen, landete ich wieder auf meinem Hintern. „Verdammt … werde ich jemals lernen, das richtig zu machen?"

Jemand kicherte, und ich blickte durch den Nebel auf und sah Kane und Vaughn grinsen. Beide waren auf ihren Füßen gelandet. Der Nebel war nicht mehr so dicht wie zuvor. Etwas hatte sich verändert.

„Verdammt. Wie habt ihr das gemacht?" Ich rappelte mich auf und rieb mir den Hintern.

„Können?" Kane zog eine Augenbraue hoch.

„Halt die Klappe."

Er grinste und legte seinen Arm um mich. Er zog mich an sich und presste seine Lippen auf meine Stirn.

Vaughn stand ein paar Meter entfernt, seine Stirn verwirrt gerunzelt. „Was hast du nochmal gesagt, wo wir sind?"

„Ich weiß es nicht genau", sagte ich. „Es ist eine leere Welt zwischen der Hölle und unserer. Nichts existiert hier wirklich. Und es scheint jedem das Leben auszusaugen, der zu lange bleibt."

„Und Matisse ist hier?"

Ich nickte. „Gestern Morgen war sie noch hier. Gib mir einen Moment." Ich schloss meine Augen und schickte meine emotionale Energie auf der Suche nach ihr aus. Vertraute Energie zerrte an mir. Ich runzelte die Stirn. Es fühlte sich an wie … na ja, meine eigene. Das war seltsam. Ich tastete weiter und die emotionale Signatur, die ich für meine hielt, wurde stärker, doch sie war auch mit der von jemand anderem vermischt. Matisse? Ich war mir nicht sicher.

*Matisse*, rief ich mit meinen Gedanken. *Führe mich zu dir!*

Das schwache Ziehen zog mich vorwärts. Zwei Schritte. Drei. Dann brach ein Damm und alles, was ich fühlen konnte, war Matisse' Herzschmerz. Tränen liefen mir übers Gesicht, als sich mein Herz zusammenzog und brach. Das leere, hohle

Gefühl, im Stich gelassen zu werden, berührte meine Seele, und ich musste mich gegen den Impuls wehren, mich zusammenzurollen und vor lauter Enttäuschung und Hoffnungslosigkeit zu schreien. Sie hatte etwas Kostbares für den Mann aufgegeben, den sie geliebt hatte. Und er hatte sie verraten.

Das Bild eines dunkelhaarigen Mannes, der mit ihr am Ufer des Mississippi stand, als er sich von ihr verabschiedete, blitzte in meinem Kopf auf. Es war Vaughn. Er sagte ihr, dass er nicht Teil ihres Lebens sein konnte. Dass er sie nicht liebte. Das hatte er sie nie geliebt hatte. Und dann ging er weg, blickte kein einziges Mal zurück, während sie auf den Felsen stand, die kalte Luft ihr jede Wärme nahm, während ihr Herz in ihrer Brust hart wurde.

Ihr war gerade gesagt worden, dass sie nicht gut genug für den Mann war, den sie liebte.

Ich riss meine Augen auf und funkelte Vaughn an, mein Körper bebte vor rechtschaffener Empörung. *Sie war nicht gut genug für ihn?*

„Jade?", fragte Kane mit besorgter Stimme. „Stimmt was nicht?"

Ich zeigte wütend mit dem Finger auf Vaughn. „Ja, mit ihm! Er hat sie benutzt und sie dann verlassen."

Vaughn runzelte die Stirn und kniff die Augen zusammen, als er mich ansah. „Ich habe sie nicht benutzt."

„Das denkt sie allerdings."

Kane legte mir beruhigend die Hand auf die Schulter, und Matisse' emotionale Energie verschwand, ersetzt durch Kanes Sorge.

Ich schüttelte den Kopf und blinzelte. „Wow." So eine Vision hatte ich noch nie gehabt. War es eine Erinnerung? Oder eine Art beschworener Traumzustand?

„Wo ist sie?", fragte Vaughn leise, sein Gesicht jetzt ausdruckslos.

Stirnrunzelnd führte ich einen inneren Krieg mit mir selbst. Matisse litt genug emotionale Schmerzen. Seine Anwesenheit würde alles nur noch schlimmer machen. Doch was, wenn er ihre einzige Chance war, nach Hause zu kommen? Egal, was zwischen ihnen passiert war oder nicht, wir mussten es versuchen. Wir hatten keine andere Möglichkeit.

„Hier entlang."

Ich folgte der immer stärker werdenden Spur von Matisse' Energie. Der Nebel begann sich zu lichten, als der Fluss und der gepflasterte Weg vor uns auftauchten. Dann blieb ich mitten im Schritt stehen und schnappte nach Luft.

Matisse stand auf den Felsen, die Arme zum Fluss ausgestreckt, und ihr Haar wehte im nicht vorhandenen Wind, während ihr Tränen über die Wangen liefen. Qualvoller Schmerz stand ihr ins Gesicht geschrieben. Um sie herum schlug Kraft Funken, eine turbulente Sturmwolke, die bereit war zu platzen. Und an ihrer Brust hing mein Anhänger, der nach mir rief. Er *hatte* uns verbunden. War sie deshalb in den letzten vierundzwanzig Stunden nicht schwächer geworden? Vielleicht hatte mein Talisman sie beschützt.

Die gebrochene Hexe mit nicht mehr als einem Hauch von Kraft war verschwunden, ersetzt durch eine gefährliche, mächtige Sexhexe. Was gab ihr Kraft? Der Talisman? Nein, der konnte nicht stark genug sein. Mein Blick fiel auf Vaughn. Seine Haut glühte vor Magie. Er war es. Die Tatsache, dass er in ihrer Nähe war, gab ihr die Kraft, ihre Magie anzuzapfen.

Doch sie schien uns nicht einmal wahrzunehmen, geschweige denn die Welt um sie herum. Wenn ich raten müsste, würde ich sagen, dass sie die Erinnerung an den Tag, an dem sie und Vaughn sich getrennt hatten, noch einmal durchlebte, und das war der Grund, warum ich es miterlebt hatte.

„Matisse?", sagte ich leise, da ich sie nicht erschrecken wollte.

Ein Blitz zuckte vom Himmel durch das Grau und schlug in das Wasser ein.

Kane hielt mich fester und zog mich zurück.

„Nein", sagte ich. „Sie muss aus diesem Zustand raus." Ich berührte den magischen Funken in meiner Brust und ließ ihn an meinen Fingerspitzen zusammenfließen. Ich wollte sie nicht mit einem Zauber belegen, doch ich würde es tun, wenn ich mich oder Kane schützen müsste. Nach der Vision hatte ich nicht das Bedürfnis, Vaughn zu verteidigen.

„Matisse", sagte ich energisch und legte ein kleines bisschen Magie dahinter.

Ihr Kopf schoss herum, und sie starrte mir direkt in die Augen.

„Du bist okay." Ich senkte meinen Arm und ging ganz langsam in ihre Richtung. „Wir sind gekommen, um dich nach Hause zu bringen."

„Ich habe kein Zuhause", sagte sie mit großen Onyxaugen. „Er hat es gestohlen."

„Wer? Vaughn?"

Sie lachte humorlos. „Das könnte man sagen."

„Mati", sagte Vaughn, Sexappeal strahlte durch seine tiefe Stimme, als er neben sie trat.

Die Sexhexe versteifte sich, und ihre Macht wuchs zu einer Kraft aus violettem Licht. Sie konzentrierte sich auf ihn, und ihre Tränen verschwanden. „Du bist hier nicht willkommen." Die Worte sollten hart sein, doch ihr Ton war sanft.

Langsam senkte sie ihre Arme, doch das violette Leuchten wuchs durch ihren Aufruhr der Gefühle.

Liebe, Verrat und Verzweiflung vermischten sich, und sie

konnte es nicht kontrollieren. „Warum bist du gekommen?", fragte sie, wieder wütend.

„Um das wiederherzustellen, was ich dir genommen habe."

Seine Worte schienen sie nur weiter aufzuregen. Magie sprühte aus ihren Fingerspitzen und schickte einen Energiestrom in den Felsen unter ihr.

Es krachte, und der große Felsen barst in zwei Teile. Ein weiterer zersplitterte.

Vaughn streckte ihr in einem stillen Angebot seine Hand entgegen. Seine Emotionen wurden stärker und schwappten über, als er ihr wunderschönes Gesicht betrachtete. Sehnsucht verzehrte ihn, vermischt mit Reue und bitterem Groll. Zum ersten Mal, seit wir uns kennengelernt hatten, waren seine Gefühle unverhüllt, und ich hatte keine Probleme, ihn zu lesen. „Komm von dort zurück, Mati. Lass nicht zu, dass es dich nimmt."

Ihre Augen verließen ihn nicht, und je länger sie ihn anstarrte, desto ruhiger wurde sie. Ihre Magie kam weiterhin in kleinen Ausbrüchen, doch der unkontrollierbare Wirbelsturm der Macht ließ nach. Und als sie einen Schritt auf ihn zu machte, verschwanden die Funken. Sie schien fast in Trance zu sein, auf seltsame Weise von ihm angezogen.

Er hielt weiter seine Hand ausgestreckt, während sie sich langsam auf ihn zubewegte. Als sie schließlich zusammenkamen, legte Vaughn seine Arme um sie. Sie starrten einander an, Leidenschaft brannte zwischen ihnen. Selbst wenn ich kein Empath gewesen wäre, sprachen ihre Blicke Bände, und die Elektrizität war greifbar.

Vaughns Blick wurde zärtlich, als er ihre sanften Züge betrachtete. Sie starrte zurück, und als sie ihre Hand in seinen Nacken legte, zischte Hitze zwischen ihnen und funkelte in ihren beiden Augen.

„Ich wusste es nicht", sagte er. „Ich hätte nicht …"

Sie legte ihren Finger an seine Lippen und brachte ihn zum Schweigen.

Er küsste sanft ihre Hand, zog sie dann abrupt zu sich und schlang seine Arme beschützend um sie.

Sie senkte ihren Kopf an seine Schulter und hielt sich mit aller Kraft fest. Das verzweifelte emotionale Verlangen, das von beiden ausging, hätte mich fast zu Boden geschleudert. Diese beiden hatten intensive Gefühle füreinander. Was auch immer zwischen ihnen passiert war, war nicht von Dauer. Nicht, wenn sie den Mut hatten, es zu überwinden.

„Zeit zu gehen", flüsterte ich Kane zu.

„Was?", sagte er, kaum in der Lage, seine Augen von der Szene vor uns abzuwenden.

Doch ich antwortete nicht. Ich umklammerte einfach seinen Arm und stellte mir vor, wieder im Club zu sein. Die Welt kippte, und als sie sich wieder aufrichtete, befanden wir uns mitten im leeren Club, und ich lag in Kanes Armen.

Ich lachte. „Warum trägst du mich?"

Er lächelte auf mich herab. „Ich wollte nicht, dass du wieder auf deinem Allerwertesten landest. Dafür ist er zu sexy."

„Das ist sehr nett von dir." Ich schlang meine Arme um seinen Hals und gab ihm einen sanften Kuss, dankbar, dass wir zusammen waren, dankbar, dass die Veränderungen in unserem Leben uns nur näher zusammenzubringen schienen. Doch vor allem einfach dankbar, dass wir uns verstanden.

„Hey!", rief eine Stimme hinter uns.

Ich lächelte gegen Kanes Lippen als ich Pypers Stimme erkannte.

„Lass sie runter. Was denkst du, was das hier ist? Ein Bordell?"

„Das ist eine interessante Idee." Kane stellte mich auf die Füße.

Ich legte meine Hand in seine und zog ihn zur Bar, wo wir sitzen und auf Matisse und Vaughn warten konnten.

„Glaubst du, sie schaffen es zurück?", fragte Kane.

Ich nickte. „Zwischen den beiden ist so viel Kraft hin- und hergesprungen, dass sie sie nur ausbalancieren müssen. Und jetzt haben sie diese Chance."

„Warte, was?", fragte Pyper und schenkte eine Cola Light ein. Sie stellte das Glas vor mich, goss sich selbst eins ein und reichte Kane eine Flasche Wasser. Sie kannte uns gut. „Erzählt mir, was passiert ist."

Ich verbrachte die nächsten zwanzig Minuten damit zu erklären, was ich in meiner Vision gesehen hatte, und ging dann so wenig wie möglich auf den magischen Austausch zwischen einer Hexe und einem Incubus ein.

„Also", sagte sie mit einem verschmitzten Lächeln. „Ihr macht es, und die Magie wird tatsächlich zwischen euch geteilt. Das heißt, wenn einer von euch kommt, wird dann Magie ausgetauscht?"

Kane wurde tiefrot und räusperte sich.

Ich kicherte. „Ja, so in der Art."

„Und jetzt sind die beiden in einer alternativen Realität und machen es?"

Kane schüttelte den Kopf, doch ich zuckte mit den Schultern und sagte: „Ich hoffe es. Das wird es ihnen wahrscheinlich leichter machen, nach Hause zu kommen."

Pyper klatschte mit der Hand auf die Theke. „Heilige Scheiße! Warum kann mir sowas nicht passieren? Alles, was ich bekomme, sind Arschlochgeister, die mir folgen. Du? Du bekommst Geistersex, Traumwandel-Sex und jetzt Incubus-Sex. Mann! Das Leben ist einfach nicht fair." Sie schüttelte den Kopf und warf ein Handtuch unter die Theke.

„Ich hätte auf den Geistersex verzichten können." Kane drückte meine Hand.

„Aber der Traumsex war ziemlich gut." Ich grinste und beugte mich vor, um ihn sanft zu küssen.

„Ja. Ist er immer noch", stimmte er zu.

„Oh Gott! Bitte. Ich brauche nicht mehr zu hören. Ich habe schon das Bedürfnis, mir die Ohren mit Bleiche auszuwaschen." Doch sie lachte und warf ihr rosa gesträhntes Haar über die Schulter. „Okay. Themenwechsel. Eure Hochzeit. Wenn ihr beide mit eurer Mission fertig seid, was haltet ihr von einer Mardi Gras-Zeremonie?"

„Du meinst heute?", fragte ich überrascht.

„Ja."

Kane und ich tauschten Blicke aus. Dann verzogen sich seine Lippen zu einem langsamen Lächeln. „Ich bin dabei, wenn du es bist."

„Natürlich bin ich das." Ich warf einen Blick auf die Stelle im Club, von der ich wusste, dass das Portal versteckt war. „Aber was, wenn sie es nicht zurückschaffen?"

„Du hast gerade gesagt, dass du zuversichtlich bist, dass sie es tun würden", sagte Pyper. „Oder?"

„Sicher, aber ..." Verdammt, ich hoffte, dass sie es schaffen würden. Ich wandte mich wieder Pyper zu. „Ich dachte, du hättest heute Abend einen Bodypainting-Gig."

„Den habe ich. Aber ich kann ein oder zwei Stunden erübrigen, um euch unter die Haube zu bringen."

Ich biss mir auf die Lippe. „Es wird kein Essen für den Empfang geben."

Kane kicherte. „Suchst du nach einer Entschuldigung, es nicht zu tun?"

„Nein!" Ich stand auf und begann auf und ab zu gehen. „Ich denke nur an die Logistik. Da ist der Pastor, Essen, alle dorthin bringen, und Pyper hat diese Party seit Wochen geplant."

Pyper kam um den Tresen herum und setzte sich auf einen der Barhocker. „Nach dem Fiasko neulich habe ich

Alternativen gesucht, und ich denke, ich habe alles abgedeckt. Miss Bella hat einen Freund in Cypress Settlement, der bei der Gemeinde als Friedensrichter registriert ist. Er sagt, für den richtigen Preis kann er so ziemlich jederzeit verfügbar sein, wenn wir ihn brauchen."

„Für den richtigen Preis?", fragte Kane.

„Still." Sie schlug ihm auf den Arm. „Du kannst es dir leisten. Und was den Empfang angeht, wen interessiert das? Es ist Mardi Gras. Jeder kann zu der Party kommen, auf der ich arbeite. Der Gastgeber ist ein guter Kunde hier." Sie gestikulierte im Club herum. „Er hätte kein Problem damit, den Besitzer, seine neue Ehefrau und ein paar Freunde kommen zu lassen."

Kane schloss seine Hand fester um meine. „Es ist nicht genau das, was du dir vorgestellt hast. Aber es wäre heute."

Mein Herz setzte einen Schlag aus, und Schmetterlinge flatterten in meinem Bauch. Ja. Ich wollte ihn heiraten. Meine Familie war noch in der Stadt, und seine auch. Das war alles, was zählte, oder? Und sicherzustellen, dass Matisse und Vaughn es aus dem Nebel zurückschafften. Ich kannte meine Antwort. Ich musste nur bestätigen, dass unsere Mission abgeschlossen war.

Die Zeit schien stillzustehen, als ich mit meinem Blick ein Loch in den Clubboden brannte. Ich schüttelte den Kopf. „Ich würde es gerne tun. Du hast keine Ahnung, wie wunderbar das klingt, aber ..."

Plötzlich erhellte gleißendes Licht den gesamten Club, blendete mich kurzzeitig und verschwand genauso schnell wieder. Ich blinzelte und sprang dann auf.

Da waren sie. Matisse und Vaughn. Er hatte seinen Arm um ihre Schulter gelegt und drückte sie an sich. Beide wirkten verwundert und verwirrt, als sie versuchten, sich zu orientieren.

„Es hat funktioniert?", fragte Matisse. „Wir haben es zurückgeschafft!"

„Sieht so aus." Er zog sie in eine Umarmung, und die beiden hielten einander fest, als wollten sie nie wieder loslassen.

Mein Herz schlug einen kleinen Purzelbaum. Es hatte funktioniert.

Sie war gesund und munter zurück. Ihre Hand schloss sich um meinen Anhänger, als sie meinem Blick begegnete. „Der hat mich bei Kräften gehalten, als ich dort war."

Ich griff in meine Gesäßtasche und zog die Dose heraus. Als ich sie öffnete, hing eine kleine magische Kugel am Ohrstecker. „Sieht so aus, als hätte er auch versucht, mich zu beschützen." Ich hielt ihn ihr entgegen, doch Vaughn nahm ihn mir aus der Hand. Er strich ihr dunkles Haar zurück und befestigte ihn an ihrem Ohr, als hätte er das schon zahllose Male getan. Sie schienen so vertraut miteinander, dass es schwer war, die Vision, die ich hatte, mit diesem Eindruck in Einklang zu bringen.

„Danke", sagte Matisse und streckte die Hand aus, um die Kette zu öffnen.

Ich hob meine Hand, um ihn aufzuhalten. „Nein. Behalt sie. Bitte."

Sie schüttelte den Kopf. „Ich kann nicht. Das ist zu viel."

„Nein, ist es nicht", beharrte ich. „Aus irgendeinem Grund stärkt sie deine Magie, und ich will das nicht stören."

Sie starrte mich mit unsicheren Augen an.

„Oh, bitte. Behalt sie einfach", sagte Pyper leichthin. „Sie hat noch mindestens ein Dutzend mehr, da bin ich mir sicher. Du würdest es nicht glauben, wenn du ihren Perlenvorrat sehen könntest. Perlen überall. Im Ernst, wenn sie will, dass du sie behältst, solltest du sie einfach nehmen. Sonst wird sie sich mit dir darüber streiten."

Ich tat mein Bestes, nicht zu lachen. Pyper hatte nicht

unrecht. Ich hatte mehr, doch nicht alle waren wie diese mit Magie durchdrungen.

Schließlich nickte Matisse. „Danke."

„Gern geschehen." Ich warf Kane einen Blick zu. „Ich denke, das Letzte, was du tun musst, ist, Chessandra zu kontaktieren."

Matisse trat zurück und legte einen Arm um Vaughns Hüfte, ihr Gesichtsausdruck wurde hart vor Wut. „Oh, keine Sorge. Ich werde mich bei ihr melden." Sie hob ihren Kopf und sah Vaughn an. „Kannst du mich nach Hause bringen?"

„Natürlich." Mit einem Nicken in unsere Richtung machte Vaughn einen Schritt, und sie verschwanden in den Schatten.

„Das war cool", bemerkte Pyper.

Ich lachte und drehte mich dann zu Kane um. „Ich bin bereit. Lass uns heute heiraten."

Er richtete seinen Blick auf mich und strich mir eine Strähne hinters Ohr. „So soll es sein, hübsche Hexe."

## KAPITEL SIEBENUNDZWANZIG

*P*yper brachte uns zum Hotel, um unsere Sachen und Kanes Auto zu holen. Doch bevor wir zurück nach Cypress Settlement fuhren, hielten Kane und ich in Coven Pointe an. Wir hatten uns vorgenommen, Maximus bei Dayla zu treffen. Ich hatte ihm ein Versprechen gegeben und wollte es halten.

Wir drei standen auf Daylas Veranda. Ich drehte mich zu Maximus um und hielt ihm eine Karte entgegen.

„Was ist das?", fragte er.

„Sie haben gesagt, dass Sie sich mit dem ehemaligen Dämon Meri treffen wollen. Ich habe sie angerufen, und sie hat zugestimmt, mit Ihnen zu sprechen. Rufen Sie einfach an, um einen Termin zu vereinbaren."

„Sie stehen zu Ihrem Wort, Miss Calhoun." Er nickte Kane anerkennend zu.

Ich verdrehte die Augen und deutete auf die Tür. „Bereit?"

Er nickte.

„Das wäre auch besser", sagte ich und erinnerte mich an das

letzte Mal, als Kane und ich dort gewesen waren. Ich klopfte an.

Einen Moment später öffnete sich die Tür, und Matisse stand im Türrahmen.

„Hey", sagte ich. „Ich bin so froh, dass du es hierher zurückgeschafft hast."

„Ich auch." Sie lächelte. „Dank dir."

„Dank Vaughn", korrigierte ich. Ich hatte ihn nur davon überzeugt, ihr zu helfen.

Ihr Lächeln schwand, und ich konnte nicht umhin, mich zu fragen, was passiert war, nachdem sie den Club verlassen hatten. Doch es ging mich nichts an. Es war offensichtlich, dass sie beide intensive Gefühle füreinander hegten, doch ein Nachmittag konnte das nicht in Ordnung bringen, was zwischen ihnen passiert war. „Wollt ihr nicht reinkommen?", fragte sie.

Ich schüttelte den Kopf. „Nein. Danke. Aber wir haben jemanden mitgebracht, der gerne mit Dayla sprechen würde. Ist sie hier?"

Matisse richtete ihren Blick auf Maximus und betrachtete ihn mit offensichtlicher Skepsis. „Ja, aber ich weiß nicht, ob sie mit dir reden will."

„Fünf Minuten", sagte er.

„Ich werde fragen." Sie schloss die Tür.

„Willst du, dass wir bleiben?", fragte Kane ihn.

Er grinste. „Ich sage nur ungern ja, aber sie ist eine mächtige Hexe. Mir wäre lieber, wenn wir Zeugen hätten."

Kane lachte. Ich runzelte die Stirn, sagte aber nichts.

Die Tür schwang auf, und Dayla trat in den Rahmen, die Arme vor der Brust verschränkt. Ihr helles Haar war hoch auf ihrem Kopf aufgetürmt und wurde von einer Pentagramm-Haarspange gehalten. Interessant. „Was zum Teufel machst du hier?" Ihr Blick bohrte sich mit solcher Intensität in Maximus, dass ich überrascht war, dass sein Kopf nicht auf der Stelle explodierte.

Unbewusst trat ich einen Schritt zurück.

Maximus räusperte sich. „Dayla, auch schön, dich wiederzusehen. Ich habe nur eine Frage an dich."

„Was?"

„Wann genau wolltest du mir mein Kind vorstellen?" Seine Worte waren so kalt, dass mir tatsächlich ein Schauer über den Rücken lief. Sein Kind? Sprach er von Fiona? Hatte er es nicht gewusst?

Dayla zuckte nicht einmal zusammen. „Du hattest kein Recht auf sie. Du hast dir genommen, was du wolltest und bist gegangen. Genau wie alle Incubi."

Whoa. Diese Hexen hegten ernsthaften Hass auf die Dämonenjäger. Ich warf Kane einen Seitenblick zu. Würde ich es ihm nach einer Weile übel nehmen, dass er meine Magie nahm? Ich fand es schwer vorstellbar. Bisher hatte sich Kane mehr Sorgen wegen der magischen Übertragungen gemacht als ich. Solange er vorsichtig blieb, würden wir klarkommen.

„Ich wurde zum Orden berufen, Day. Du weißt das."

„Nenn mich nicht Day. Hörst du mich, Maximus? Ich gehöre nicht dir, und du tust viel zu vertraut."

Seine Nasenflügel blähten sich gereizt, und ich hatte das Gefühl, dass wir uns unauffällig zurückziehen sollten. Ich trat einen weiteren Schritt zurück, doch Kane legte seine Hand an meinen Arm und flüsterte: „Sie müssen zuerst ein paar Fragen für uns beantworten."

„Ich will nur eine Gelegenheit, meine Tochter kennenzulernen." Maximus zog eine Visitenkarte hervor. „Sie kann mich über diese Nummer oder die Adresse erreichen, wenn sie mich besuchen möchte. Bitte sorg dafür, dass sie sie bekommt."

„Einen Teufel werde ich tun." Dayla wollte die Karte

zerreißen, doch als sie es versuchte, gelang es ihr nicht. Sie versuchte es erneut und knurrte frustriert. Es wäre amüsant gewesen, wenn dabei nicht so viel Wut durch die Luft geflogen wäre.

„Nur derjenige, für den es bestimmt ist, kann das. Wenn du sie wegwirfst, findet sie einen Weg zurück in dein Haus." Er tippte sich an einen imaginären Hut und sagte: „Guten Tag, Mylady."

Dayla warf ihm die Karte hinterher, doch sie schwebte zurück in ihre Hand. „Verdammt nochmal. Warum hast du sie ihr nicht einfach selbst gegeben, du Narr?"

Er blickte zurück. „Weil ich wollte, dass sie von dir kommt." Er schenkte ihr ein selbstzufriedenes Lächeln und verschwand dann im Schatten.

„Das ist ein toller Trick", sagte ich.

Kane nickte. „Ja, ist es."

„Kannst du das auch?"

„Ja." Er wandte sich Dayla zu. „Guten Morgen."

Sie runzelte irritiert die Stirn. „Ich bin nicht sonderlich begeistert, dass du ihn hergebracht hast."

Kane zuckte mit den Schultern. „Ich bin nicht gerade erfreut, dass du mich ohne meine Zustimmung mit einem Zauber belegt hast."

Sie presste die Lippen aufeinander und sagte dann: „Was kann ich für dich tun, Kane?"

„Ich habe eine Frage. Es geht um diese Incubus-Sache. Ist sie von Dauer?", fragte Kane und überraschte mich damit. Er hatte den Eid geleistet.

„Ja."

„Obwohl du gesagt hast, du würdest den Zauber rückgängig machen, sobald wir Matisse gefunden haben?"

Sie kniff ihre Augen zusammen, und Frustration sickerte aus ihr heraus. War sie frustriert, weil wir diese Fragen stellten? Wir hatten ein Recht darauf, es zu erfahren. Sie strich ihren Pony zur Seite und betrachtete uns mit geheucheltem Mitgefühl. Es brachte mich dazu, einen Feuersturm der Magie auf sie loslassen zu wollen.

Sie öffnete den Mund und schloss ihn dann wieder. Nachdem sie sich geräuspert hatte, sagte sie: „Ich habe gelogen." Dann schlug sie die Tür zu.

„Ich schätze, das war's dann", sagte ich und hakte mich bei Kane unter, überhaupt nicht überrascht. Dayla schien mir der Typ zu sein, der bereit war, alles zu tun, um ihr Ziel zu erreichen, auch wenn das bedeutete, andere zu benutzen. Kein Wunder, dass sie und Bea nicht miteinander auskamen.

„War es das?", fragte Kane, als wir zu seinem Auto zurückgingen.

„Sicher. Ich meine, was können wir dagegen tun?"

„Ich weiß nicht." Er öffnete die Autotür für mich und ging dann um die Fahrerseite herum und stieg ein. Er drehte den Zündschlüssel im Schloss und ließ den Motor im Leerlauf laufen, während er seine Gedanken sammelte. „Aber wir – nun ja, ich – haben eine lebensverändernde Entscheidung getroffen, ohne uns die Zeit zu nehmen, über die Auswirkungen nachzudenken. Ich wollte unsere Optionen ausloten, falls wir welche hatten."

„Und wir haben keine", sagte ich und sprach nur das Offensichtliche aus.

„Das tut mir leid." Er führte meine Hand an seine Lippen und küsste meine Fingerknöchel.

„Es ist okay. Ich verstehe. Das tue ich wirklich." Ich drückte meine Hand an seine Wange. „Du bist ein guter Mann. Du wurdest vor eine unmögliche Entscheidung gestellt. Entweder Jäger werden oder dich zurücklehnen und zulassen, dass Seelen gestohlen werden. Wenn ich du wäre, hätte ich die gleiche Wahl getroffen."

„Ich weiß, dass du das getan hättest. Das ist wahrscheinlich einer der Gründe, warum ich nicht nein sagen konnte." Er zog mich in seine Arme und hielt mich fest. Und als wir uns voneinander lösten, grinste er. „Lass uns heiraten."

DIE SONNE STAND TIEF am Himmel und strömte durch die raumhohen Fenster von Summer House, als mein Stiefvater Marc und ich die letzten Stufen der großen Treppe hinabstiegen. Obwohl es in letzter Minute war, hatten alle unsere unmittelbaren Freunde einen Weg gefunden, teilzunehmen. Kat und Lucien, Lailah und – Gott steh mir bei – Jonathon, Pyper und Ian, Charlie und ihre Freundin, eine Handvoll Hexen des Zirkels von New Orleans, meine Mutter, Gwen und Kanes Eltern. Ein paar von Kanes Freunden waren auch da. Und sogar Maximus und Bea. Es war intim, aber perfekt.

Sie standen alle auf, als Marc mich den Gang entlang führte, und als ich Moms tränennassen Augen begegnete, verlor ich selbst fast die Fassung. Ich blieb stehen und drückte kurz ihre Hand. Letztes Jahr zu dieser Zeit hatte ich keine Hoffnung gehabt, sie je bei meiner Hochzeit zu haben. Auch meinen Stiefvater nicht. Mein Herz schwoll, und nichts auf dieser Welt hätte mich glücklicher machen können – außer der Liebe, die mich anstrahlte, als Marc mich Kane übergab.

„Du bist wunderschön", flüsterte Kane, als er sich vorbeugte, um mir einen Kuss auf die Wange zu drücken.

„Du auch." Ich ließ meinen Blick seinen Körper hinab schweifen und bemerkte seinen Smoking, der seine breiten Schultern und seine schmale Taille zur Geltung brachte. Ich erschauerte angesichts der Tatsache, dass dies wirklich geschah.

„Entspann dich", sagte Kane und drückte meine Hände. „Jetzt sind es nur noch du und ich."

„Für immer", sagte ich und verlor mich in seinem Blick.

Der Friedensrichter räusperte sich.

Kane und ich drehten uns zu ihm um und ein Lächeln breitete sich auf meinem Gesicht aus. Er konnte keinen Tag unter fünfundsiebzig gewesen sein. Er trug eine hellgrüne Golfhose, dazu ein Hemd mit Regenbogenstreifen, Argyle-Socken und Birkenstock-Sandalen. Er trug sogar eine Strickmütze, um die Ansammlung von Modesünden abzurunden.

Der Friedensrichter zwinkerte mir zu und wandte sich dann an unsere kleine Menge. „Wir sind heute hier versammelt, um diese Hexe und diesen Incubus im heiligen Stand der Ehe zu vereinen. Gibt es hier jemanden, der glaubt, dass das nach einer guten Idee klingt?"

Alle lachten.

„Ja. Ich auch nicht. Aber sie sehen aus, als ob sie sich mögen, also wer sind wir, uns ein Urteil zu erlauben?"

Kane schmunzelte, und als er mich anlächelte, verschwand alles andere.

Als unser schrulliger Friedensrichter zu den Gelübden kam, hatten unsere Gäste Tränen in den Augen vor Lachen, und ich konnte mir keine bessere Art vorstellen, um unsere Hochzeit zu feiern.

„Liebst du, Kane, diese Frau?"

„Ja, das tue ich", sagte Kane, und Humor leuchtete in seinen Augen auf.

„Versprichst du, ihr nicht all ihre Macht zu stehlen?"

„Ja, das tue ich."

„Und versprichst du, sie mindestens einmal pro Woche mit Käsekuchen im Bett zu füttern?"

Er lachte. „Ja, das tue ich."

„Gut. Und du, Jade, liebst du diesen Mann?"

„Ja", sagte ich unter Freudentränen.

„Versprichst du, sie aufzugeben, wenn er deine Kraft braucht?"

Ich keuchte und schnaubte vor Lachen. „Ja, das tue ich."

„Und versprichst du, daran zu denken, den Kühlschrank mit Bier zu füllen, besonders während der Footballsaison?"

„Absolut."

„Gut, dann sind wir uns einig. Die Perlen bitte?" Er streckte seine Hände aus, und Shelia rannte zu dem provisorischen Altar, auf dem zwei Stränge herzförmiger Plastikperlen lagen. Der Friedensrichter grinste uns an. „Ohne Perlenstränge ist es keine Mardi Gras-Hochzeit."

„Das können Sie laut sagen", sagte ich und nickte in Shelias Richtung. Sie prostete mir mit einem großen Hurricane-Glas zu.

Der Friedensrichter reichte jedem von uns einen Strang der Herzperlen und bat uns, ihm nachsprechen.

Gemeinsam sagten wir: „Mit den Perlen heiraten wir einander."

„Ausgezeichnet!" Der Friedensrichter klatschte in die Hände. „Mit der Befugnis, die mir der großartige Staat Louisiana verliehen hat, erkläre ich euch jetzt zu verheirateter Hexe und Incubus." Er wandte sich Kane zu. „Sie dürfen Ihre Braut jetzt küssen … aber nicht übertreiben bitte."

Kane zog mich in seine Arme, beugte mich hintenüber und küsste mich so gründlich, dass ich vergaß, wo wir waren … bis all das Gejohle und Gebrüll mich wieder in die Realität zurückbrachte. Er stellte mich vorsichtig wieder auf die Füße und legte meinen Arm auf seinen. „Das war's, es ist offiziell", sagte er mir ins Ohr.

„Ja, das ist es." Ich legte meinen Arm um seinen Nacken und beugte mich vor. „Und ich hätte es nicht anders haben wollen."

„Ja!" Pyper kam angesprungen und warf einen Arm um jeden von uns. „Endlich! Jetzt lasst uns feiern! Es ist Mardi Gras, Leute!"

Ich lachte. „Du hast sie gehört. Gibt es einen schöneren Rahmen, eine Hochzeit zu feiern, als Mardi Gras?"

Das mussten wir nicht zweimal sagen. Alle strömten zu ihren Autos. Seit Pyper Prominente und die Namen Brad und Gerald erwähnt hatte, waren alle mehr als bereit zu gehen.

Ich wollte ihnen folgen, doch Kane packte mich am Handgelenk und hielt mich zurück.

„Was ist?", fragte ich.

Er musterte mich, und seine Augen wanderten über mein wunderschönes Kleid mit den silbernen Perlen. „Ich wollte nur einen letzten Blick auf dich werfen, bevor wir uns den anderen anschließen."

„Und vielleicht noch was anderes?" Ich stellte mich auf meine Zehenspitzen und strich mit meinen Lippen über seine.

Er lachte. „Du kennst mich zu gut, Mrs. Rouquette."

„Oh, ich liebe es, wie sich das anhört." Ich strich mit meinen Fingern über sein Kinn.

„Ich auch, hübsche Hexe." Sein Ton war tief und heiser. Er blickte aus dem Fenster auf unsere Freunde, die in ihre Autos stiegen. „Macht es dir was aus, ein bisschen später zur Party zu kommen?"

Das Verlangen, das direkt unter der Oberfläche seiner Haut summte, jagte mir einen Schauer der Vorfreude über den Rücken. „Nein. Keineswegs."

Er zog mich an sich, drückte mich an seine harte Länge und zeigte mir, wie sehr er mich wollte. Und als das Geräusch der anfahrenden Autos durch die Haustür drang, küsste mich mein Mann erneut. Dann fegte er mich von den Füßen und trug mich die große Treppe hinauf.

# ÜBER DIE AUTORIN

Die New York Times und USA Today Bestsellerautorin Deanna Chase ist gebürtige Kalifornierin, die in den langsameren Lebensstil des südöstlichen Louisiana gezogen ist. Wenn sie nicht gerade schreibt, hat sie mit ihrem Mann in New Orleans Spaß oder spielt mit ihren zwei Shih-Tzus. Weitere Informationen und Updates zu Neuerscheinungen finden Sie auf ihrer Website unter deannachase.com.

www.ingramcontent.com/pod-product-compliance
Lightning Source LLC
Chambersburg PA
CBHW031119210626
46816CB00016B/1718